IPPOLITA AVALLI

LA NEVE CADE SUI VOSTRI PECCATI

PIEMME

Questo romanzo è un'opera di fantasia. Personaggi e situazioni sono invenzioni dell'autrice e hanno lo scopo di conferire veridicità alla narrazione e sono quindi utilizzati in modo fittizio. Qualsiasi analogia con fatti, eventi, luoghi e persone, vive o scomparse, è puramente casuale.

Pubblicato per

PIEMME

da Mondadori Libri S.p.A.

ISBN 978-88-566-6961-9

I Edizione giugno 2019

Anno 2019-2020-2021 – Edizione 1 2 3 4 5 6 7 8 9 10

Finito di stampare presso Grafica Veneta S.p.A.
Via Malcanton, 2 – Trebaseleghe (PD)

A Ubaldo Visco Comandini

PRIMO MOVIMENTO

1

Il fiocco di velluto nero

E dire che il decorso stagionale era stato fino a oggi incolore. Ma ieri sera il meteo ha annunciato un raffreddamento proveniente dalle sacche antartiche che, attraverso la penisola balcanica, avrebbe interessato anche la nostra città. Nella notte una spruzzata ha imbiancato i quartieri settentrionali. Poche ore di pioggia gelida e nella tarda mattinata, dopo un quarto di secolo dall'ultima volta che era comparsa, la neve ha cominciato a cadere con intensità: sotto l'assalto di un esercito di pulviscoli ghiacciati, Roma è caduta nelle mani di una perfetta giornata invernale.

Al volante di una spazzatrice Gianni Britti, netturbino, sta transitando in centro storico diretto al deposito. Da dieci minuti ha urgente bisogno di pisciare. Superata Bocca della Verità, all'altezza dell'area sacra Sant'Omobono, inserisce la freccia e svolta su vico Jugario, che diventa poco dopo piazza della Consolazione, dove sa che c'è un bar. La zona è poco frequentata anche d'estate. I turisti preferiscono passare dalla pianeggiante e più comoda via dei Fori Imperiali per salire al Campidoglio e visitare l'area archeologica.

In piazza i lampioni stradali sono accesi, ma nei palazzi

che ne circondano il lato destro le luci delle finestre sono spente. Accosta l'automezzo al muro che corre lungo i palazzi. Spegne il motore. Sfila i guanti di servizio e li appoggia sul parabrezza. Toccando terra si volta a guardare l'arabesco disegnato dalle ruote sul manto nevoso. Calcola mentalmente l'accumulo: venti centimetri.

Soffiandosi sulle mani, guarda verso il bar. La serranda è abbassata. La piazza è piena di telecamere per la vicinanza alla rocca comunale, con molte macchine parcheggiate, ma non passa nessuno. Il netturbino attraversa. Una stretta rampa, seminascosta da un cespuglio di oleandri e felci, sale al municipio da vico Jugario costeggiando la rupe Tarpea. Da lì la vista spazia sui Fori, oltre la chiesa della Consolazione. Sulla piazza di fronte alla rocca tutte le luci sono spente. Solo dietro un paio di finestre dell'attico che fa angolo con la chiesa brilla una luce.

Come immaginava, non viene nessuno.

Via libera. Gianni Britti caccia fuori l'uccello e scarica. Il getto traccia un cerchio nella neve. All'uomo scappa un sorriso vedendo apparire un tombino con la scritta SPQR, *Senatus PopulusQue Romanus*, il senato e il popolo romano. In quell'area per secoli hanno brucato, pisciato e defecato mandrie di buoi e greggi, la sua in aggiunta non profana nulla.

Se continua a nevicare, farà gli straordinari. Qualche soldo in più da spendere a pesca sul lago di Trevignano con gli amici. Un piccolo brivido di freddo gli gonfia una vena sul collo. Spalanca la bocca e morde l'aria per inghiottire qualche fiocco, si sgrulla l'affare, se lo risistema nel cavallo dei pantaloni e gira sui tacchi per tornare all'automezzo.

Qualcosa però lo blocca. Poco più in alto sulla balza, tra un cespuglio di oleandri e di felci già verdi, accanto a un capitello steso orizzontalmente sul terreno, una sagoma scura buca il bianco. Sembra un uccello caduto.

Invece è un sacchetto della spazzatura mezzo sepolto dalla neve.

Incivili.

Lo stipendio non aumenterà se s'impegnerà di più. Però quel sacco nero che guasta il bianco a Gianni Britti dà sui nervi. Stando attento a dove mette i piedi per non scivolare, va a recuperarlo.

L'involucro è vuoto, ma quando l'uomo lo tira su da terra, scopre quella che a prima vista sembra una zampa di gallina irrigidita.

Non è una zampa di gallina. È una piccola mano.

La mano di un ragazzino. O di una ragazzina. Amputata all'altezza del polso e chiusa a pugno. Intorno all'indice, puntato per metà come un gesto accusatorio contro di lui, è legato un grosso fiocco di velluto nero, teso e lucente.

Forse è un effetto ottico, ma gli pare che la neve brilli. La mano sembra animarsi. Le dita aprirsi, distendersi e allungarsi verso di lui. Per anni quell'immagine tornerà nei sogni dell'uomo, trasformandoli in incubi.

Gianni Britti fa un salto indietro. Rincula, inciampa nei suoi stessi stivali e finisce lungo disteso. Con mosse disordinate si rialza e corre verso la spazzatrice. Un sapore acido gli è salito in gola e gli riempie la bocca. Si ferma, si piega in due e dà di stomaco. Poi si fruga freneticamente in tasca. Prende il cellulare. Digita il numero dell'ufficio. Chiede del responsabile. Quando la voce risponde, riesce solo a farfugliare parole come mano, neve, sacco, sì, non tocco niente, polizia, okay, okay, aspetto.

Sono le venti e quarantacinque di venerdì 3 febbraio 2012, zero gradi centigradi.

La volante si trova all'altezza di piazza Venezia, trecento metri da vico Jugario. La radio crepita e il commissario Paolo Rosato alza il volume per sentire meglio.

«C'è una segnalazione. Un netturbino. Dice che ha trovato una mano. La mano di un bambino.»

L'agente scelto Carlo Cima, alla guida, fischia.

«Che s'è bevuto 'sto stronzo?»

«Dove?» chiede Rosato.

«Vico Jugario. Sotto la rupe Tarpea, piazza Santa Maria della Consolazione.»

«Okay. Dirigiamo sul posto.»

Le gomme slittano. La civetta fa un testa coda, ma Carlo Cima è uno dei migliori al volante e la rimette in asse. Il commissario Rosato apre il finestrino, sporge il braccio e applica sul tettuccio il lampeggiante magnetico. La sirena parte.

Vedono subito il grosso automezzo. Gli si affiancano. Rosato scende accarezzando con la destra il cane della pistola nella fondina. Il tronco scheggiato di un pino romano in fondo alla strada, a ridosso del Foro di Cesare imbiancato, sembra una freccia puntata contro il cielo. Il commissario ha un brutto presentimento. Queste sono rogne. Rogne grosse, pensa.

I due uomini della municipalizzata sono pallidi. Gianni Britti trema per il freddo e la tensione. Il suo responsabile sposta nervosamente il peso del corpo da una gamba all'altra. Non hanno i guanti e si soffiano sulle mani.

Il capo si presenta. Il netturbino punta l'indice e farfuglia: «Là».

Addita il cespuglio di oleandri accanto agli scalini che portano alla rupe. Il commissario va, s'inginocchia nella neve smossa. Impallidisce vedendo di che si tratta. Mano di bambino. O di bambina. Destra. Tranciata di netto all'altezza del polso. Che la neve ha parzialmente ricoperto. Dove l'aspetto bluastro si è attenuato, spicca la pelle bianchissima. Le unghie sono sporche, rosicchiate fino ai polpastrelli. Le dita sono rigide, deve essere cominciato il *rigor mortis*. L'indice, infilato in un fiocco di velluto nero punteggiato di nevischio e annodato con cura, punta verso la strada e i palazzi.

Il pensiero del commissario corre a Bibo, il figlio di otto anni. Per fortuna è al sicuro a casa, a giocare a *Piante contro zombies*, a chattare con i compagni di scuola.

Mentre ruota sui talloni per inquadrare dove punta l'indice della piccola mano, incrocia lo sguardo angosciato di Cima. La stessa reazione per entrambi: rabbia sorda, pugno chiuso contro chi tocca i bambini. Fruga con lo sguardo il lato opposto della piazza, dove una fila di palazzi civili svetta oltre il muro di contenimento. Un ristorante, un bar, due strade che partono a raggiera. Sulla sinistra, la chiesa omonima. Sulla destra, un palazzo di uffici comunali, la chiesetta e l'area archeologica di Sant'Omobono. Tutto chiuso, deserto, a parte una finestra all'ultimo piano del palazzo sulla piazza che confina con la chiesa, dove brilla una luce. Oltre l'abside, svettano le colonne superstiti del tempio di Vespasiano. I capitelli imbiancati splendono, come i resti del tempio di Saturno alle loro spalle.

Chi ha portato lì il sacchetto può essere arrivato da diverse direzioni. Qualcuno farebbe caso a un pedone, a un turista che transita con un sacchetto così piccolo da poter essere lasciato cadere inavvertitamente? E le telecamere dislocate negli svariati angoli della piazza mancano proprio sulla rampa sotto la collinetta.

Paolo Rosato chiama via radio la centrale investigativa: che mandino i tecnici per i rilievi. Poi telefona a Carmen

Belfiore, il medico legale. Mentre ascolta gli squilli, immagina la sua smorfia di fastidio. Il freddo lei lo sopporta solo in laboratorio, dove fa le autopsie.

Due volanti e il furgone dei tecnici per i rilievi inchiodano sulla piazza. Gli uomini scendono e cominciano a transennare la zona, illuminandola a giorno. Numerano e fotografano le telecamere presenti per i filmati da visionare. Poco dopo arrivano uno dopo l'altro i cameramen delle varie emittenti e cominciano i soliti tira e molla tra i poliziotti che impediscono ai giornalisti di avvicinarsi e riprendere e questi che insistono per farlo, mentre i flash scattano a ripetizione. Paolo Rosato non ha niente contro i mezzi di stampa: fanno il loro lavoro, ma sa di dover usare il polso fermo per tenerli a bada.

Cima intanto ha finito di compilare il verbale.

Gianni Britti. Anni quarantotto, nato a Roma, ivi residente in via dei Cedri 48, quartiere Centocelle.

«Esattamente, come sono andate le cose?»

«Mi sono fermato per pisciare. Con questo tempo non c'è un bar aperto, sa com'è.»

«So com'è.»

È andato a rimuovere il sacchetto per senso del dovere. Riferisce i propri movimenti in modo circostanziato e preciso. Deve superare il disagio di mostrare davanti al capufficio il punto dove la sua urina ha scoperto il tondo di metallo con la scritta SPQR: sulla neve è rimasto l'alone giallastro. Questo gli procurerà una lavata di capo, se non un rapporto. Giura di non aver toccato niente, oltre al sacco dell'immondizia. Indica le impronte dei suoi stivali vicino al cordolo e ai cespugli di felci e oleandri, e la neve scomposta dalla sua caduta. Da che è lì non è passato nessuno. Nessuno è entrato o uscito dai palazzi che danno sulla piazza. Nessun movimento dietro le finestre. Nessuna luce negli appartamenti. A parte quella dell'ultimo piano, sempre accesa. Semplice. Chiaro.

Bene. Si tenga a disposizione, per adesso può andare. La consegna è che né lui né il suo capo aprano bocca in privato o peggio in pubblico su quanto visto. La notizia della mano mozzata scatenerà un vespaio con aperture di Tg e prime pagine sui quotidiani nazionali. Senza contare i fiumi di contatti in rete. Divulgare i dettagli può compromettere le indagini. Quindi: bocche cucite, ordine tassativo. L'identità dell'operatore dovrà restare segreta malgrado la prevedibile e scontata pressione dei media.

Gianni Britti sembra tranquillo. Si rimette alla guida. Pur circondato dal nugolo dei giornalisti che urlano domande e sparano flash, la spazzatrice guadagna la strada e riparte.

Il commissario manda Cima a trascrivere i nomi che compaiono sul citofono del palazzo. L'attico sembra l'unico appartamento vivo, forse chi ci abita ha visto qualcosa che potrà tornare utile.

Carlo Cima pigia più volte il pollice sul campanello. Nessuno risponde.

Finalmente il fuoristrada del medico legale spunta su vico Jugario e Rosato tira un respiro di sollievo.

Mentre la guarda venire ondeggiante sulla mole, Rosato pensa che Carmen Belfiore gli piace molto. Apprezza la sua intelligenza acuta e la logica stringente con cui coglie e coniuga i dettagli a tempo record e i suoi modi spicci. Anni prima un brutto incidente l'ha bloccata a lungo su una carrozzella, ma si è ripresa. Ora claudica leggermente ma non ha perso l'ottimismo. La passione per la cucina le ha allargato il giro vita e dimostra qualcosa di più dei suoi sessant'anni.

Carmen Belfiore risponde al saluto del commissario con un grugnito, toglie di tasca un fazzoletto a quadri, lo stende sulla neve accanto al reperto e ci s'inginocchia sopra. Estrae un termometro dalla valigetta dove tiene gli arnesi da lavoro. Lo infila nella resezione del polso.

Rimane in silenzio per qualche istante poi esamina l'indicatore della temperatura.

«Difficile stabilire l'ora precisa dell'amputazione...»

«Neanche dal *rigor mortis*?»

«Forse otto, nove ore fa. Il *rigor mortis* comincia tre ore dopo la morte ma dipende da tanti fattori. Dall'ambiente dove è tenuto il corpo, caldo o freddo; se la vittima soffre di patologie, tipo diabete per esempio, i valori cambiano notevolmente.»

«Comunque l'hanno ammazzato oggi, stamattina. A metà mattina.»

«Sembrerebbe di sì. È un maschietto. Otto, nove anni. Nessuna abrasione né ferite sulla pelle, a parte gli aloni scuri intorno alla resezione. Non ha lottato, forse non era in condizioni di farlo. La mano non è gonfia. Il fiocco non è macchiato, devono averglielo stretto dopo che il sangue era quasi completamente defluito, cioè dopo l'amputazione. Le analisi stabiliranno i tempi con esattezza.»

«L'hanno amputato da vivo o da morto?»

«È presto per dirlo. Direi più morto che vivo.»

«E il fiocco?»

«Velluto comune a una prima occhiata. Lo compri in tutte le mercerie.»

«Potrebbe essere una messinscena?»

«Questo devi stabilirlo tu, sapientone.»

Belfiore si rialza, Rosato l'aiuta e fa segno a quelli della Scientifica. Si avvicinano in due, tracciano un ampio solco intorno alla terra, scavano e raccolgono il blocco stando attenti a non contaminare la scena. Infilano il tutto in un contenitore sterilizzato di plastica che sigillano.

«Mi trovi in laboratorio. Chiamami tra un paio d'ore, sarò più precisa.»

Il commissario accompagna Belfiore al fuoristrada. Aspetta che parta.

Il gruppo dei giornalisti gli si agglutina intorno. Pioggia di flash. Qualcosa deve dire. Il minimo indispensabile.

Allarga le braccia.

«Una mano.»

«Una mano?»

«Amputata.»

«Amputata?»

«Sì. All'altezza del polso.»

«Uomo?»

Alza i palmi.

«Donna?»

«No comment.»

«Razza bianca?»

«No comment.»

«Segni particolari?»

Scuote il capo.

«Anelli? Tattoo?»

«Ci sono denunce di scomparsa?»

«Faremo una dichiarazione dalla questura.»

Carlo Cima aspetta alla guida con il motore acceso. Rosato lo raggiunge facendosi largo a spintoni.

«Per cortesia!»

Sale faticosamente a bordo. La volante parte a sirena spiegata.

Il gruppo della stampa si apre per farli passare. Fasciati nelle loro tute bianche, quelli della Scientifica sembrano stalattiti semoventi che rimpiccioliscono a distanza.

Dalla centrale arriva la voce gracchiante di un collega: il pm è stato allertato. Il commissario capo Dario Balleri è fuori Roma, ma ha indetto una riunione nel suo ufficio domattina, all'alba.

Cima mostra a Rosato il display del suo cellulare. La notizia è già in rete. Questione di minuti e diventerà virale.

2

Un velo sulle ciglia

La nevicata ha steso una coltre di calma piatta sulla città. In giro non c'è un'anima, a parte le volanti delle pattuglie con le sirene che si rincorrono tra le piazze e i lungotevere, come provenienti da luoghi lontani. Sotto la rupe Tarpea sembra che il tempo si sia fermato.

Un uomo appare come dal nulla all'altezza del tempio della Fortuna Virile, attraversa via dei Cerchi e imbocca vico Jugario in direzione di piazza della Consolazione. Ha l'andatura lenta, ondeggiante, gli occhi che frugano i palazzi oltre il muro di contenimento a destra e la rocca capitolina a sinistra. Sembra cercare qualcosa di perduto, seguire con la mente un percorso mandato a memoria in un tempo diverso da quello presente come per ricomporre stralci di una vita che non esiste più. Ogni tanto si ferma e si appoggia a una sporgenza, a un cartello stradale, a un lampione, gonfiando il petto come per riprendere fiato e darsi lo slancio.

Da quanto l'odio gli si è cristallizzato dentro fino a diventare una fune salda e nodosa cui si aggrappa, un virus che pian piano con il passare degli anni ha contagiato ogni fibra del suo essere?

Quante volte ha percorso quella strada con lei? La rivede avanzare incespicando nei sanpietrini, a volte desolata, altre furente, altre ancora barcollante. Quante volte l'ha vista bussare a quella porta, appendersi a quel citofono, pregare, supplicare, minacciare? Tutto inutile. Non le hanno mai aperto. Non l'hanno mai ascoltata, anche se non supplicava per sé.

L'uomo ripensa a un pomeriggio come questo, ventisette anni prima, quando aveva nevicato l'ultima volta. Mentre in città scoppiava la festa, lei lo trascinava per i vicoli di Trastevere. Avevano fatto colazione in un bar su ponte Fabricio e lei era andata alla toilette. Quando era uscita, si reggeva appena in piedi. Sotto la rupe Tarpea si era fatta di colpo tutta pallida, era scivolata graffiando il terreno con le unghie nella vana ricerca di un appiglio, finendo bocconi sul lastricato. Era rimasta immobile, un braccio appoggiato al capitello rovesciato accanto al cespuglio di oleandri, nel punto esatto dove è stata trovata la mano, l'altro abbandonato lungo il fianco con i bioccoli che cominciavano a ricamarle un velo sulle ciglia scure. Lui si era accucciato accanto chiamandola e richiamandola tra i singhiozzi anche se lei non rispondeva più, finché un passante aveva cominciato a gridare, era arrivata gente, lui era stato caricato su una macchina della polizia e portato via. Dal finestrino aveva guardato i fiocchi che infittivano mentre inghiottiva le lacrime che gli scorrevano sulle guance. Di lei gli era rimasta l'immagine delle gambe ripiegate una sull'altra dentro gli stivali di nappa scura al ginocchio e la sagoma del suo corpo che rimpiccioliva nel bianco.

Ma adesso finalmente la neve è tornata. Cade fittissima di taglio, seppure non ci sia vento.

L'uomo si ferma in raccoglimento ai piedi della scalinata che porta alla rupe accanto al divieto di accesso sulle transenne. Infila una ciocca dei capelli chiari tagliati pari sulla nuca sotto il berretto nero di lana. Raccoglie un pugno di neve intatta, se la porta alle labbra, la bacia.

Non importa se da lì non riesce a vedere il quadrato di zolla asportato insieme al reperto protetto dalla recinzione.

Lo vede riflesso dentro di sé: un buco buio e profondo, come una bocca spalancata che invoca aiuto invano.

Al calduccio di casa, guardo scendere la neve. Mi mette allegria, come quando ero piccola e vivevo nel nord Italia, a Milano. Allora era una festa. Aspettavo che papà e Monia, la ragazza che lui aveva sposato dopo la morte prematura della mamma, fossero a letto e quando vedevo la sottile linea della luce spegnersi sotto la porta di camera loro uscivo in cortile. Non c'era nessuno e io saltellavo lasciando le mie impronte nel manto immacolato senza preoccuparmi di avere ai piedi solo le pantofole. Al mattino papà le toccava: erano bagnate, il mio segreto era scoperto e io immancabilmente sgridata. Nessuna punizione era così umiliante da impedirmi di riprovarci, la notte seguente. Adesso papà non c'è più, io sono una donna adulta e nessuno può più punirmi, qualsiasi sciocchezza faccia. E ne faccio tante.

Oggi, per esempio, ho trattato male Julie. La sua fissazione per la chirurgia estetica mi manda in bestia. Lei che si occupa dei disturbi della psiche altrui non vuole saperne di andare a vedere qual è la verità nascosta dietro la sua ossessione per il corpo perfetto. Del suo bisogno di mettersi sempre in mostra, di essere guardata. A me non può raccontare che lo fa per stare bene con se stessa. Lei vuole imprigionare, impossessarsi dello sguardo altrui, catturare non importa chi, ammaliarlo, e, come diciamo noi analisti, sprofondarlo nell'angoscia.

Passi per le iniezioni trimestrali di botulino. Gli interventi gentili, come li chiama lei, che già le hanno modificato la linea delle guance. Adesso ha una faccia paffuta che fa un po' ridere in una donna di cinquantadue anni. Il peggio è che si è convinta a fare un lifting. O meglio, l'ha convinta il suo chirurgo plastico, il professor Lenna. Meglio anticipare i disastri del tempo invece che doverci mettere riparo, è il suo credo.

Stasera con Paolo abbiamo deciso di festeggiare. Non c'è un motivo speciale. A volte lo facciamo per ringraziare la sorte di stare bene insieme. Ho messo una bottiglia di champagne in frigo. Mi piace farlo contento, che male c'è?

È in ritardo. Spero solo non sia capitato qualcosa che lo inchiodi in questura. Dopo cena proporrò una passeggiata a piedi, voglio un diluvio di neve. Non cammineremo sottobraccio. Mi sentirei una sciocca donnetta. Gli starò semplicemente al fianco. Percepirò tutta intera la sua presenza insieme al fruscio della neve sotto gli scarponi e il *frr-scrr* delicato sul cappuccio del giaccone. Siamo innamorati e gli innamorati adorano la furia degli elementi (è una cazzata? Pazienza, gli innamorati sono specialisti in cazzate).

Basta. Sto diventando sentimentale, proprio io che guardo l'interlocutore negli occhi, agnostica da sempre e so che il sorriso dell'amante può nascondere un inganno.

Eppure, da quando Paolo è stabile nella mia vita le campane suonano a festa, ogni giorno è Pasqua. Mi piacerebbe chiudere lo studio e passare abbracciata a lui sotto la palma di una spiaggia assolata il resto dei miei giorni.

Ma lui è un poliziotto. Ha le sue indagini, ha la sua ex moglie, Jessica Rompipalle. Bella, giovane e molto sexy. Palesemente ancora innamorata di lui anche se Paolo dice che non è vero e che, anche se fosse, non lo riguarda. Io metto la mano sul fuoco che alla fine troverà il sistema di scombinare la nostra felicità. Ma soprattutto Paolo ha Bibo, adorabile peste di otto anni che è metà della sua vita. Bibo è metà della mia vita, mi ripete, l'altra metà sei tu, non potrei vivere senza di voi.

Il cellulare vibra. Finalmente!

«Sandra, faccio tardi, mi spiace per la cena.»

«Immaginavo, con questa neve.»

«Non è la neve. Non posso dirti al telefono. Guarda il Tg così capisci.»

«Okay. Metto la cena in caldo e ti aspetto. Abbiamo tutta la notte.»

Mi sembra di vederlo che sorride attraverso l'iPhone.

Un nuovo *bip*. Julie.

«Tesoro come va, come stai?»

«Sto aspettando Paolo. È in ritardo.»

«Sarà per la nevicata.»

«Non è per la nevicata. Hai visto i telegiornali?»

«No.»

«È successo qualcosa di grosso. Devo sintonizzarmi. Ti lascio.»

«Dimmi solo cos'hai deciso per quella faccenda.»

«Quale faccenda?»

«E dai!»

«Non mi va. Te l'ho detto. Non vengo. Detesto il botulino. E il tuo mago mangiasoldi.»

«Non devi fare quello che faccio io, non ti serve, hai dieci anni meno di me. Però una rinfrescata non ti farebbe male, visto che stai con uno più giovane che ha un fisico da sballo. Lascia cadere le barriere.»

«Quali barriere Julie! Sei una psicanalista e hai gli stessi problemi delle tue pazienti. Ti deprimi a vedere il tuo corpo allo specchio. Quanti interventi hai già fatto? Non tengono e ti senti obbligata a farne di nuovi. Sempre più invasivi, poi. Dimmelo, dai, sei già stata a letto con il *professore*?»

«Be'... una volta.»

«Non mi pare che ti abbia colpito al cuore.»

«Che vuoi, non è il mio genere, troppo vecchio.»

«E allora perché ci vai?»

«Non lo so. Non ancora.»

«Se non sai subito il perché quando vai a letto con qualcuno, non lo saprai mai.»

«Non è più così importante alla mia età. Mi ha invitato da lui per un dopocena. Tu vieni con me.»

«Ho di meglio da fare.»

«Lo so, lo so. Antipatica!»

«Dio santo, Julie, hai rotto. Va bene, vengo, vengo, mollami adesso!»

Finalmente chiude. Mi precipito al televisore, ultime notizie. C'è una panoramica sul Campidoglio, poi inquadrano una via che conosco bene perché l'avrò fatta mille volte: vico Jugario. È transennata. Ci sono civette e auto dei vigili. C'è anche un gruppo di uomini del RIS curvi su una balza erbosa alla base della rupe Tarpea. Ripresi così, da lontano, non si capisce cosa stiano facendo. Il giornalista parla in tono convulso del ritrovamento di una mano amputata ai piedi della rupe. Manda in onda un servizio. Per un momento la figura di Paolo entra in campo. Cammina veloce e dietro di lui arranca Carmen Belfiore, il medico legale. C'è anche Carlo Cima, il suo compagno di pattuglia. Ora l'inquadratura si apre sulla vicina chiesa della Consolazione e sui Fori visti da dietro, da via di San Teodoro. Vado spesso a fare l'aperitivo in zona, in un bar in via del Velabro, di fronte alla chiesa di San Giorgio e all'arco di Giano Bifronte. Nella Roma repubblicana

Giano era il dio di ogni fine e di ogni inizio, le sue porte, chiuse in tempo di pace, venivano spalancate in tempo di guerra. Seduta sulle comode poltrone all'esterno del bar, ripenso ai milioni di devoti che sono venuti a rendere omaggio a un dio che, grazie ai due volti, si credeva avesse il potere di guardare nel futuro e nel passato, nei comportamenti esteriori e nel segreto del cuore degli uomini.

Aguzzo le orecchie per capire meglio i particolari mentre arriva il trillo del citofono.

Eccolo finalmente, penso, mentre corro ad aprire.

Con la semplice gonna lunga, il maglioncino attillato e la leggera scollatura che mostra l'attaccatura dei seni, Sandra non gli è mai sembrata così bella. In un altro momento cederebbe all'impulso di stringerla subito a sé, di sussurrarle sul collo e tra i capelli cosa le farà non appena nudi nel letto ma ora sente nei muscoli tutta la fatica e la tensione della giornata. Desidererebbe solo lasciar scorrere i pensieri senza dargli peso né corpo, invece la mente non gli dà requie. Oltretutto – e Sandra ancora non lo sa –, al contrario di quello che le ha promesso, domani non potrà portare lei e Bibo in montagna. Senza contare che nel doversi occupare del figlio al suo posto senza preavviso, Jessica troverà un buon motivo per litigare, accusandolo di mettere davanti a tutto il lavoro, poi l'amante, come lei continua a chiamare Sandra, quindi Bibo e, per ultima, lei.

Avrebbe almeno dovuto passare un momento a cambiarsi, invece di presentarsi con la faccia pesta, il giubbotto aperto sul petto e i pantaloni zuppi fino alle ginocchia.

«Ho visto i Tg,» dice subito Sandra «è terribile! Vieni, bevi qualcosa, ho preparato la cena...»

«Non ho fame.»

«Sei uno straccio, ti farà bene qualcosa nello stomaco.»

Cenano in silenzio, con tempi lenti, occhi negli occhi, sorridendosi a tratti, inciampando nelle mani.

Dopo l'ultima forchettata Sandra chiede: «Stai pensando a Bibo?».

«Sì. Ci penso.»

Sandra si alza da tavola, gli va alle spalle, lo abbraccia.

«Al Tg non hanno dato i particolari. Ti va di parlarmene?»

«La mano è stata tranciata di netto, un colpo solo che ha spezzato l'osso del polso.»

«È un ragazzino o una ragazzina?»

«Maschietto, dice Belfiore.»

«Nessuna denuncia di scomparsa?»

«No.»

«Dio santo!»

«C'è un particolare inquietante che i media non hanno passato. Intorno all'indice era annodato un fiocco di velluto nero.»

«Pensi che sia stato messo apposta?»

«Ovvio, ma non capiamo che cazzo vuol dire. L'indice era puntato contro la strada e i palazzi. Stiamo verificando i proprietari delle poche macchine parcheggiate. Lì ci sono un bar e un ristorante, entrambi chiusi per la neve.»

Sandra sembra molto colpita.

«Per me il soggetto sta raccontando una storia» dice d'un fiato.

«Il soggetto? Il bastardo vuoi dire! Una storia? Dietro ogni fatto di sangue c'è una storia. Solo se si riesce a mettere insieme i pezzi si trova il nesso, lo sai meglio di me.»

«È il tuo lavoro e tu sei bravo.»

«Stavolta ho paura che sarà più difficile.»

«Questo tizio non è uno banale. Usa strumenti particolari, parla a un uditorio che ritiene sia in grado di capirlo. La scena è connotativa. Autoreferenziale.»

«Spiegati.»

«È come se l'avesse allestita per rendersi visibile in pompa magna. Ha scelto un posto specifico, dove il ritrovamento avrebbe fatto un gran rumore. Forse è uno pieno di rancore, odia, si sente sottovalutato, non calcolato. Vuole affermare la propria esistenza, di più: dirvi che è onnipotente e vi porta dove vuole lui. La sua è una citazione colta, di uno che ha studiato.»

«Dove vuole lui...» Paolo si massaggia le tempie con gli indici.

«Mal di testa?»

«Dov'è che vuole portarci?»

«Intanto lì, a vico Jugario, sotto la rupe Tarpea.»

«Perché, cosa c'è lì?»

«Il Campidoglio, per esempio.»

«Già, il Campidoglio.»

«Vieni.»

Siedono davanti al computer e Sandra va su Wikipedia.

«Il testo è breve, non dovrebbero esserci troppi errori.»

«Errori?»

«La fanno i navigatori della rete e spesso ci sono errori e imprecisioni.»

Legge a voce alta:

«"Secondo la tradizione mitografica il *saxum tarpeium* deriverebbe dalla figura eponima di Tarpeia, che, tradendo Roma, aprì ai Sabini di Tito Tazio la rocca del Campidoglio."»

«Tutto qui?»

«Aspetta.»

Sandra va a uno scaffale della libreria. Prende un grosso volume: *Le strade di Roma*[*]. Lo spulcia. Apre su una pagina, legge: «"Anticamente, come adesso, si passava da vico Jugario sia per salire alla rocca capitolina che per raggiungere il Foro romano. La strada si snoda ancora sul tracciato del *Vicus Jugarius* dell'antica Roma, nome che gli veniva dalle ininterrotte file di buoi aggiogati che transitavano provenienti dal Foro Boario. Ricca di reperti archeologici, passa sotto la lugubre rupe Tarpea che ebbe questo nome dalla figlia di Spurio Tarpeo, custode dell'Arce, che, avida di oro e gioielli, aprì nottetempo la porta della rupe ai Sabini che la assediavano chiedendo in cambio ciò che essi portavano al braccio sinistro. Lei intendeva le armille d'oro ma dimenticò che portavano sullo stesso braccio anche il pesante scudo di bronzo. Furono questi scudi che i Sabini le gettarono addosso, uccidendola."».

«Poraccia!»

«"Qui si esercitava la giustizia, soprattutto le esecuzioni capitali. Due erano i luoghi per l'estremo supplizio: ceppo e mannaia per i nobili nel posto chiamato del Leone davanti al palazzo senatorio mentre i plebei erano fatti precipitare nel vuoto dall'alto della rupe."»

«Non mi dice niente. Cosa c'entra la storia antica di Roma, che legame può avere con quello che abbiamo trovato oggi?»

«C'è anche la presenza del nastro di velluto che bisogna analizzare.»

«Appunto... il nastro.»

«Idee?»

«Non so. Nessuna.»

Curvi sul libro si sono avvicinati. Ginocchia e mani che

* Claudio Rendina, Donatella Paradisi, *Le strade di Roma*, Newton & Compton Editori (biblioteca de Il Messaggero), Roma 2004.

si sfiorano. Sandra ammutolisce. Lo guarda. Sono entrambi turbati.

«Stringimi.»

Con l'anima a fior di pelle, Paolo la stringe, le preme la bocca sulla bocca. Il respiro di entrambi si fa più affannoso, i cuori accelerano. Le monta sopra cavalcioni, le bacia il collo, i seni, prima uno poi l'altro, con la punta della lingua le disegna un cerchio sui capezzoli, lieve come una carezza. A Sandra la voglia scende dalla gola fino alle parti intime dove Paolo ora sta dolcemente avventurandosi con dita esperte. Lui la penetra muovendosi lentamente mentre lei si inarca e gli allaccia le cosce intorno ai fianchi per prenderlo fino in fondo dentro di sé e farsi coprire tutta.

«Ti amo, Sandra.»

Paolo freme, ma aspetta. Sa come farle perdere la testa e arrivare al piacere insieme. Le stringe forte i capezzoli con le dita, le succhia la lingua. Sandra geme e abbandona indietro la testa. Lui si blocca, teso come un arco, e la guarda venire, la testa rovesciata sulle spalle, le vene che pulsano sul collo, lo sguardo liquido, poi attira la sua testa contro il proprio petto, esplodendo a sua volta.

Paolo sa che a Sandra piace che resti dentro di lei, dopo. La solleva a tenendola stretta per le natiche la porta sul letto. Si sdraia sopra di lei aspettando che i battiti dei cuori rallentino, i respiri si plachino del tutto.

«Ti amo, Sandra,» le dice tra i capelli «sono tutto per te, dedicato a te. Con la testa. Con il cuore. Lo senti?»

«Sì, lo sento.»

Paolo si scioglie dall'abbraccio, le rotola al fianco. Sandra gli appoggia la testa nell'incavo della spalla.

La stanza è illuminata dalla luce lattea che i lampioni stradali proiettano sulla neve che continua a cadere copiosa, ricopre il terrazzo e fa bianca e purissima anche la loro pelle.

Sandra non può dimenticare che anni prima Betty Savio, una sua paziente, era sparita e in seguito il suo corpo martoriato era stato rinvenuto nella cantina di una villa sulla costa dell'Argentario. Lei si era trovata coinvolta suo malgrado nella bruttissima faccenda e solo il tempestivo intervento di Paolo aveva evitato il peggio. L'indiziata più probabile era in carcere, in attesa del processo.

«Ci penso spesso, sai?»

«A cosa?»

«A quando stavamo sulla terrazza davanti al mare del ristorante dei Pescatori a Orbetello, e brindavamo alla cattura di Chiara Sabatini.»

«Be'?»

«Mi avevi salvato la vita, ci stavamo innamorando.»

«Eravamo già innamorati. Io mi sono innamorato di te subito, appena ti ho visto.»

«E io avevo tirato fuori quella frase a bruciapelo: non posso, non potrò mai avere figli.»

«Una frase infelice, vero. Ma c'è un modo giusto per dire le brutte cose?»

«Tu non mi avevi fatto domande.»

«Forse perché ci sentivo un dolore ancora vivo, acuto.»

«C'è Bibo» mi avevi detto.

«Gli stavi già simpatica. È sempre stato un tipetto sveglio, fin da piccolo. Non lo dico perché è mio figlio.»

«Solo molto dopo che stavamo insieme sono riuscita a raccontarti dell'aborto e dell'operazione alle tube.»

«Perché tiri fuori quella storia adesso? Non sei felice con me?»

«Sono molto felice ma ogni tanto penso che lo saresti di più se avessi altri figli.»

«Io voglio stare con te e un figlio ce l'ho. So che è ancora presto per una convivenza per noi due, figurarsi a tre, e poi c'è l'osso duro Jessica.»

Dalla strada non sale il solito rumore delle macchine e neppure i laceranti strombettii dei clacson. Solo qualche voce umana, risate che si perdono in lontananza. La città sembra preda di un incantamento.

Paolo si accende una sigaretta.

«Mi spiace,» dice, gettando fuori il fumo «niente vacanza. Questa maledetta faccenda è troppo grossa. Il capo sta dando fuori di matto, la stampa l'ha già messo sotto torchio. Non riesco a immaginare il casino nei prossimi giorni. Devo dire a Jessica di tenere il bambino, chissà quanto scasserà.»

«Ho annullato le sedute. Se vuoi, mi occupo io di Bibo per un paio di giorni.»

«La storia di Tarpeia mi ha dato un'idea. Potrei portare Jessica in Campidoglio e buttarla giù dalla rupe.»

«Eh dai, scemo. Porto Bibo al Circo Massimo con lo slittino. Non sarà una pista di montagna ma vedrai che si divertirà. A lui piace stare con me. In quanto a Jessica, non si buttano giù dalla rupe le belle donne.»

«Anche se ti creano l'inferno intorno?»

«Soprattutto.»

Paolo sospira.

«Secondo Jessica tutto quello che faccio con Bibo è sbagliato. Sono troppo duro, severo, anzi no, lo vizio, lo copro di attenzioni, lo faccio mangiare troppo o troppo poco. Gliele do tutte vinte. Non capisco i suoi veri bisogni. Dimmi tu se un ragazzino di nemmeno otto anni ha bisogno di vivere attaccato al cellulare. Dice che così Bibo è protetto. È assurdo, lo porta a scuola e non è il solo. La maestra s'è lamentata. Invece di seguire la lezione chattano.

Finalmente si sono decisi a ritirarglieli appena entrano in classe e ridarglieli all'uscita. È una babilonia. Secondo me Jessica non lo fa per Bibo, è che dando più responsabilità a lui scarica la sua. Un po' quello che succede quando arrivo in ritardo a scuola a prenderlo. Il bidello non vede l'ora di chiudere il cancello, le maestre di tornarsene a casa. Ognuno si preoccupa dei fatti propri. Viviamo in un mondo di egoisti, dove tutti fanno a scaricabarile. Almeno Jessica la smettesse di parlargli male di me. Sono suo padre.»

S'interrompe. Passa un braccio dietro le spalle di Sandra, la stringe a sé. Lei si rannicchia contro il suo ventre come dentro un cerchio magico.

«Le hai detto che vorresti portare Bibo a vivere qui, con noi?»

«Solo accennato.»

«E?»

«È andata fuori di testa appena ho aperto bocca.»

«È ancora innamorata di te, questo è il problema.»

«Può darsi. Io non posso farci niente. Tra noi non andava più già prima che ti incontrassi, perciò...»

«Non credo che si sia rassegnata. Farà di tutto per riconquistarti.»

«Fatica sprecata. Io amo te e lei lo sa benissimo.»

Le prende il mento con una mano, le fa alzare la testa.

«Sei gelosa? Non mi dispiace per niente se sei gelosa.»

Un rumore di cocci spezza la quieta, intima armonia della stanza facendoli sobbalzare.

Paolo si alza nudo com'è e va a controllare alla porta finestra. Sotto la luce dei lampioni i fiocchi danzano e si danno festosamente battaglia.

«È crollato un vaso.»

«Si è rotto?»

«Sì.»

Lei lo raggiunge e gli circonda i fianchi con le braccia.

Sotto il peso della neve, l'agrifoglio che hanno comprato insieme dal fioraio è caduto e le sue rosse bacche chiazzano il manto nevoso come macchie di sangue.

3

Dove punta l'indice

Il commissario Rosato vuole sentire ancora una volta Carmen Belfiore in privato prima di presentarsi alla riunione dal commissario capo Balleri. Quantomeno per arrivarci con qualche elemento utile in più. La chiama sul telefonino.

«Passo a prenderti con la volante, se non ti dispiace.»

«Non mi dispiace.»

Il tetto della costruzione anni Quaranta, la sede di medicina legale, è quasi irriconoscibile sotto la neve che continua a cadere. Le serrande delle finestre sono abbassate. Non c'è nessuno in giro.

Rosato sale a piedi al primo piano. Il riscaldamento è ancora spento, la luce glaciale della fila dei neon sul soffitto si somma al candore della neve fuori e mette ancora più freddo.

La porta della stanza autopsie è accostata.

«Oh bravo, vieni!»

Belfiore mastica a bocca piena una barretta macrobiotica, anche se sul ripiano alle sue spalle c'è una lattina di Coca-Cola aperta.

«Ho avuto i primi rilevamenti della Scientifica, ma c'è poco. Gli esperti hanno setacciato la zona al centimetro.

Non è saltato fuori niente. Chi ha amputato la mano indossava i guanti e sembra essere arrivato sul pendio in volo. Sulla neve c'è solo un tipo d'impronte, scarponi, molto probabilmente del netturbino. Per il resto confermo: otto, nove anni, pelle chiara, razza bianca. La presenza di muccosacaridi acidi e di enzimi indica che ha subìto l'amputazione almeno otto ore prima del ritrovamento. In ogni caso era già morto.»

«Sei sicura?»

«Credo proprio di sì. Abbiamo trovato una tale quantità di tracce di sonniferi e psicofarmaci nel sangue che ammazzerebbero un bue. Consolati, la vittima non ha sofferto. Almeno non per l'amputazione. Non ti farà piacere, ma il nostro mostro è buono.»

Rosato stringe i pugni in tasca.

«La mano è in ottimo stato, la pelle delle dita, del palmo e del dorso non presenta abrasioni né ferite. L'unico dato interessante è che sotto le unghie ci sono tracce di terriccio. Forse era tenuto prigioniero e ha provato a scavare nella terra per liberarsi. Se ne sta occupando Corini in laboratorio, sapremo presto la consistenza. Speriamo di essere più fortunati e trovare qualche impronta sul sacco dell'immondizia, anche se ne dubito.»

«Cos'hanno usato per amputare?»

«Un coltello affilato e a seguire una lama ricurva, forse una piccola scure di quelle che adoperano i macellai per disossare le costate. Un colpo secco. Il taglio non è slabbrato. Se avessero usato un coltello seghettato, per dire, la dentellatura sarebbe irregolare. Un altro dato indicativo è che chi ha amputato è mancino. Guarda,» e Belfiore solleva con la punta del bisturi un brano di carne ai margini della resezione «il taglio parte dal dorso, non dal palmo, la pressione della lama è più forte nel punto di partenza, com'è logico che sia, ma invece che dalla base del pollice parte da quella del mignolo.»

«E il piccolo era morto. Ne sei certa?»

«Sì. Chi ha amputato sa il fatto suo. Il sangue è defluito velocemente. I ristagni sono di poca sostanza. Ovviamente abbiamo repertato il dna.»

«E il corpo chissà dov'è.»

L'espressione di Rosato s'incupisce, come se sulla faccia gli stesse passando una nuvola carica di pioggia.

Carmen Belfiore allarga le braccia e storce la bocca.

«Il fiocco, me lo confermi, è...»

«Un normalissimo fiocco di velluto. Lo trovi in tutte le mercerie.»

«Perché utilizzare un nastro di velluto e fare un gran bel fiocco come fosse un regalo? Assurdo. E verso cosa puntava l'indice? Di fronte c'è il muro di contenimento della strada, e dietro al muro ci sono palazzi civili, un bar, un ristorante.»

«Questo riguarda la tua indagine, non la mia.»

«Riflettevo...»

«Adesso rifletti pure a voce alta? Sei messo male, commissario. Come me, solo che io ho il doppio dei tuoi anni.»

«Non mi hai detto molto. Speravo in qualcosa di più per identificare la vittima.»

«Abbiamo il dna e le impronte digitali, sappiamo l'età, che al momento dell'amputazione era morto. Non si andrà lontano se nessuno denuncia la scomparsa. Le impronte non risulteranno negli schedari.»

«Già e senza il corpo.»

«Speriamo in una denuncia e aspettiamo Corini. Forse il tipo di terriccio sotto le unghie, qualche traccia sul fiocco se siamo fortunati, saliva, sangue, un dna diverso da quello della vittima, ci diranno qualcosa di più.»

Scarta un'altra barretta. La offre al commissario che scuote il capo.

Belfiore stacca il cappotto dall'attaccapanni. Infila una manica mentre raccoglie le carte degli appunti stringendo la barretta tra le labbra con l'involucro che pende per metà.

Si avvia. Fa venire in mente quei cani che corrono con il giornale in bocca per consegnarlo al padrone nei film inglesi degli anni Cinquanta, pensa Rosato aprendole cavallerescamente la porta.

Percorrono il corridoio in silenzio, fianco a fianco.

«Vieni a cena da noi una di queste sere,» fa Belfiore sprofondando sul sedile passeggero della volante «con la tua amica, naturalmente. Salsiccia, spuntature di maiale e polenta. Perfetto con la neve, no?»

Paolo Rosato apre un nuovo pacchetto di Marlboro. Belfiore gli dà un colpetto sulla mano. Il pacchetto finisce sul tappetino.

«Basta veleno! Ti fai del male, furbone.»

«Già» fa lui, tastando il pavimento della volante in cerca del pacchetto.

«Già.»

Il cielo è color latte ma per fortuna, secondo il meteo, verso l'ora di pranzo dovrebbe smettere di nevicare, anche se sulla città innevata calerà il gelo.

Appoggiato allo schienale della poltrona nella sua stanza surriscaldata alla centrale investigativa, il commissario Dario Balleri tamburella con le dita dalle unghie curate sul ripiano lucido della scrivania. Quando lo incontra, afferra l'esiguo pizzico di lanugine polverosa, lo appallottola strizzandolo più e più volte tra l'indice e il pollice mentre fa girare lo sguardo sugli astanti. "Imbecilli: vi ho trovato, non vi ho scelto, non vi sceglierei mai" dicono gli occhi.

Nessuno dei poliziotti della squadra presenti ha in animo di sfidarlo, anche se per tutti o quasi tutti la riprovazione e il disprezzo che leggono in lui sono stampati a chiare lettere. Addossati gli uni agli altri, si passano le foto della manina mozzata. Il televisore digitale a lato della scrivania trasmette le immagini di vico Jugario transennato, innevato e deserto. La sequenza ingrandisce sul cespuglio di oleandri e lo speaker interpreta efficacemente l'orrore e lo sdegno. La buca scavata sulla balza per raccogliere il reperto pare una bocca scura, una gola profonda spalancata nel terreno che la neve non riesce a coprire. Ripresa perfetta per scatenare le fantasie più morbose e terrorizzanti dei telespettatori. Non c'è da stupirsi se l'immagine è diventata subito virale.

«Ci sono denunce di scomparsa?»

«No.»

«Quindi non abbiamo niente per confrontare il dna e, visto che non possiamo risalire al sesso né all'identità della vittima perché manca il corpo e non ci sono denunce di scomparsa, mi sembra che i punti cardine della questione siano due: la scelta del posto e la messinscena del fiocco.»

Alcune gambe cambiano nervosamente posizione, qualche gola tossisce. Molti dei poliziotti sono padri di famiglia.

A Balleri squilla il cellulare.

«Sì, certo, in fretta. Lo so. Lo sappiamo. Tutta la squadra lo sa. Non dubitare. Ci stiamo lavorando. No, ancora no. I referti del medico legale? Te li comunico appena li ho. Dovere.»

Chiude.

«Il sindaco. Bella rogna. Nel cuore della città. Sotto la sede del Comune.»

Più voci commentano.

«Forse ce l'hanno col sindaco, o con qualche assessore.»

«Perché non fare trovare il sacco direttamente sulla piazza capitolina allora.»

«Hanno scelto un posto riparato, nascosto, ma hanno calcolato che con la neve il nero della plastica si sarebbe visto facilmente.»

«Le chiacchiere stanno a zero. Muovetevi!» ordina Balleri. «Setacciate la zona a tappeto. Chi ci abita, chi frequenta i ristoranti, i bar. Andate a chiedere al parroco della Consolazione. Impossibile che nessuno abbia visto né sentito niente. Rosato, se hai bisogno di uomini, disponi. Ma in fretta. Siamo in prima pagina e la cosa non rientrerà tanto presto. Lungaggini, lassismi e perdite di tempo non saranno tollerati, chiaro? Voglio un rapporto dettagliato ogni due ore. Belfiore, a che punto sei?»

Il medico legale snocciola le sue conclusioni.

«Abbiamo il dna, il gruppo sanguigno, le impronte digitali, sappiamo che la vittima ha otto, nove anni, l'ora della resezione, presumibilmente sette, otto ore prima del ritrovamento, vale a dire tra le nove e le undici del mattino. Ma niente con cui confrontare i dati.»

Girano sguardi apprensivi. Comincia a disegnarsi l'opera di un sadico e la tensione salirà inevitabilmente con il passare delle ore.

«Come cercare un ago in un pagliaio.»

«Siamo sicuri che fosse morto al momento dell'amputazione? Belfiore!»

«Confermo. La circolazione venosa arteriosa era debole, e altissime le tracce di barbiturici nel sangue. L'emorragia non è stata importante. Il pezzo di merda che cerchiamo è ben attrezzato. Deve avere un posto dove agire in sicurezza. Se è un messaggio che ci sta lanciando, vorrà essere sicuro che l'abbiamo decifrato. In mancanza di risposta si sentirà in obbligo di farcene arrivare altri» e Belfiore si azzittisce, come rendendosi conto dell'enormità di quello che sta dicendo.

Balleri si alza scansando la poltrona con un colpo leggero delle natiche.

«Sulla presenza del fiocco sono state rispettate le consegne. Mi pare che nessun media ne abbia parlato. Domani o dopo valuterò se è il caso di fare una conferenza stampa. Voi continuate con il massimo riserbo. Niente foto né dichiarazioni, che i cronisti anneghino nel loro brodo. Dobbiamo avere il campo libero. Andate!»

Rosato distribuisce i compiti: le condizioni meteo riducono parecchio il raggio d'azione. Lui e Cima faranno una prima ricognizione nei ristoranti e nei bar in piazza della Consolazione. Gli altri, alle scrivanie: controllare le telecamere in zona, setacciare le denunce di scomparsa, telefoni e schede informative sugli abitanti del quartiere da interrogare.

«Ti ho messo sulla scrivania la lista degli abitanti nel palazzo, a cominciare dall'attico con le finestre illuminate. L'hai vista? Non mi hai riferito niente» dice trafelato Cima mentre rincorre Rosato lungo il corridoio in direzione delle rispettive stanze.

«Sì, l'ho vista ma non l'ho ancora guardata. Lo faccio adesso.»

4

Il più grande

Me l'ha detto quando già eravamo in macchina e la cosa mi ha colpito. Il famoso professore abita in piazza della Consolazione, proseguimento di vico Jugario, dove è stata trovata la mano. Non vedo l'ora di dirlo a Paolo.

La corta scalinata che porta alla rocca del Campidoglio è ancora transennata. Mi fa una certa impressione pensare a un tizio che scende o sale alla rupe reggendo un sacchetto dell'immondizia, un tipo normale, non potresti mai immaginare che abbia con sé un involucro con dentro una piccola mano e lo lasci cadere come per caso sulla balza innevata.

Immagino Paolo sul posto, che coordina le persone e impartisce gli ordini. Penso a com'è arrivato stanco e provato alla nostra cena l'altra sera, a noi due seduti vicini che consultavamo il testo su Roma antica. Mi torna in mente anche quello che è successo dopo e mi viene voglia di mollare Julie e di correre a casa subito, inventarmi qualche diavoleria sessuale, qualcosa di bellissimo per sollevargli il morale. Non posso, ogni promessa è debito, così metto il pensiero stupendo di Paolo in un angolo.

Dalla strada si vede brillare una successione di torce su quello che dev'essere il muro della terrazza dell'attico, dove abita il professore. Come si fa a festeggiare in un posto dove è accaduto un fatto tanto orribile soltanto ieri? I ricchi vivono nel loro mondo, indifferenti ai problemi della gente, come i generali nelle guerre antiche che, mentre sul campo di battaglia si compiva una carneficina, osservavano e dirigevano gli attacchi con un binocolo dall'alto di una collina.

«Che c'è?» mi chiede Julie come leggendomi i pensieri.

«Niente, niente.»

Ho deciso. La accompagno su, resto il minimo indispensabile per non passare per la solita antipatica e me ne vado. La zona transennata alle nostre spalle mi attira, vorrei poterci dare un'occhiata da sola, in tranquillità.

Parcheggiamo sulla piazza, accanto a una Mercedes. Julie sfila le chiavi dal cruscotto, controlla il trucco nello specchietto retrovisore. Si ravvia qualche ciocca e mi guarda.

«Be', come sto?»

Non ha dato neppure un'occhiata alle transenne su vico Jugario. È tesa e mi chiedo se è perché tra poco mi farà conoscere il suo professore e perché teme che io confermi il giudizio negativo su di lui.

«Perfetta,» rispondo «sembri una mia coetanea.»

«Grazie.»

È un grazie convinto. È vero che sembra una mia coetanea, ma non posso fare a meno di chiedermi se crede davvero che sia un bene.

Superiamo il ristorante e il bar, gli unici esercizi sulla piazza, chiusi. Sarà per il freddo e i cumuli di neve ammassati lungo i marciapiedi che danno all'ambiente un'aria oltremodo malinconica e rendono disagevole il cammino, ma non incontriamo nessuno.

Suoniamo, il portone si apre, saliamo all'ultimo piano.

Il cameriere indiano che ci accoglie saluta cordialmente Julie e io mi domando quante volte l'ha già vista, quante volte lei è già stata qui, nel letto del professore. In salone chiacchierano alcuni ospiti. L'appartamento è arredato con gran gusto, ma è troppo pieno di suppellettili, al punto che non si sa dove posare lo sguardo per far riposare la mente e gli occhi. Quando mi capita di andare in appartamenti come questo, resto scioccata nel rendermi conto che su certe cose non sono andata avanti di un passo. Provo lo stesso disagio, quel fastidioso senso d'inferiorità che provano alla Vernaccia, la villa dei Pagani all'Argentario, al tempo della mia relazione con il rampollo di famiglia, Andrea.

Ne è passata di acqua sotto i ponti da allora, e non posso dire che lo smacco che vivevo ogni volta non sentendomi mai all'altezza di Andrea e del suo ambiente mi procuri ancora quell'acuto dolore, l'antico morso allo stomaco che mi faceva respirare male e camminare con la spalla sinistra alzata, a protezione, come fosse il pesante scudo di bronzo che i Sabini gettarono addosso insieme alle armille a Tarpea, la figlia di Spurio Tarpeo, traditrice di Roma. Così mi blocco, mi controllo, non esprimo il mio lato migliore, come so fare in altre occasioni. Per fortuna stasera sono a rimorchio di Julie e non serve una performance. Non devo conquistare nessuno. Il mio tesoro mi aspetta a casa, in un semplice appartamento in via delle Fornaci, stravaccato sul divano, i piedi gonfi dopo una giornata di pattuglia stesi sul tavolino basso dove ceniamo quando guardiamo la tv.

Non appena ci vede, il padrone di casa ci viene incontro. Borse scure gli segnano gli occhi di un azzurro slavato ma nel completo di sartoria la sua figura è snella, piacevole. Si muove con energica eleganza, non è un tipo comune, piuttosto quel genere di uomo sempre in primo piano che fa pensare alle donne che può risolvere tutti i problemi della loro vita. Settant'anni o giù di lì, mi ha detto Julie e ne dimostra dieci di meno. Si curva sfiorando appena con le labbra la mano tesa di Julie e poi la mia.

Mi fissa. Mi studia? Sta elaborando un primo esame per riportare il mio collo ai vent'anni? Per fortuna la smette, facciamo qualche passo tra gli invitati, veniamo presentate. Dimentico i nomi subito dopo che sono stati pronunciati. È il mio limite. Faccio fatica a ricordarli. Le facce no però, come i numeri di telefono.

Perdo presto di vista Julie. Poi rintraccio uno scorcio della sua schiena nuda dentro il tubino nero a contrasto con la giacca del professore. Sprofondo in un divano. Ho un completo pantalone, non devo controllare le gambe come sarà costretta a fare Julie, sedendosi. Scommetto che non lo farà mai, la gonna corta potrebbe rialzarsi e metterla in imbarazzo. Arriverà cotta a casa. Un certo fastidio comincio a provarlo anch'io, perché troppo spesso incrocio lo sguardo del professore su di me. Julie se ne accorge e mi lancia occhiatacce.

Gli invitati devono essere per lo più colleghi di Lenna e le loro compagne tutte pazienti della Biomedical, visto come si somigliano.

«Cazzo, sono tutte uguali,» sussurro a Julie quando mi passa accanto «anche tu tra un po' avrai la stessa faccia!»

«Ti prego, Sandra, rilassati. Non rovinarmi la serata.»

Ha ragione. Meglio non venire se dovevo rompere. Vado verso una delle porte finestre che danno sul terrazzo. La vista è da cardiopalma. Sotto, a strapiombo, si alzano le colonne superstiti del tempio di Saturno, di Vespasiano, della Concordia, l'arco di Settimio Severo, la facciata della Curia e, più lontano, i resti della basilica Julia. Cartolina insolita e stupefacente sotto la coltre di neve. Quando torno a guardare gli ospiti devo avere l'espressione turbata perché uno degli uomini si alza dal divano per cedermi il posto.

In molti mi osservano. La mia faccia non dichiara interventi estetici, devono chiedersi chi sono.

Quando non si sa cosa dire è meglio stare zitti. Funziona sempre e non faccio nulla per partecipare ai loro discorsi. Per fortuna c'è una libreria a tutta parete. Saggi di medicina, enciclopedie (immancabile la Treccani), libri d'arte. Uno, meraviglioso, sulla cattedrale di Assisi. Non sarà educato isolarsi ma lo tolgo dal ripiano e comincio a sfogliarlo.

«Le piace Giotto?»

Vedo solo un paio di jeans. Alzo gli occhi. Davanti a me, c'è un ragazzo in giacca e cravatta, completamente rasato, grandi occhi azzurri sgranati.

Ho l'impressione di averlo già visto. Dove? All'improvviso ricordo. Qualche sera fa, all'uscita di un cinema. Incrociandomi, era rimasto paralizzato come se avesse visto un fantasma, proprio come adesso. Era andato via di buon passo, voltandosi indietro un paio di volte. Nell'attraversare la strada aveva evitato per un soffio una macchina in transito. Era caduto e mi ero precipitata a controllare se si fosse fatto male. Il conducente si era fermato, era sceso dalla macchina restando in piedi accanto alla portiera aperta qualche minuto a osservare la scena, poi vedendo che non c'erano conseguenze, era rimontato e ripartito.

Devo continuare a fargli lo stesso effetto.

«Non ha avuto conseguenze per quella caduta, spero.»

«No, no.»

Poso il volume.

«Certo che mi piace Giotto. Come fa a non piacere?

Tempo fa sono andata ad Assisi, nella cattedrale stavano facendo i restauri e c'erano i ponteggi. Ci hanno permesso di salire. Mi sono trovata a pochi centimetri dagli affreschi. Qui Giotto ha passato il pennello, mi dicevo. Non potevo crederci. Sudavo. Mi sentivo svenire. A momenti perdevo l'equilibrio e cadevo di sotto. Sa, la sindrome di Stendhal...»

Mi avrà ascoltato? Non credo, visto che continua a frugarmi insistentemente i lineamenti.

«L'arte è pericolosa, ha dentro il fuoco.»

Ha l'aria di avermi comunicato un fatto suo, intimo.

«Mi scusi, non mi sono presentato. Sono Ernesto. Ernesto Lenna.»

«Il figlio del professore?»

«No. Suo nipote.»

«Mi scusi lei... suo nonno sembra così giovane.»

È contrariato. Il mio era un complimento ma lui ha l'aria di prenderlo per un insulto.

«Sandra Kapsa.»

Sorride.

Un sorriso timido. Ernesto. Un nome antico. Desueto. Un altro pesce che ha sbagliato acquario?

«L'arte le interessa?»

«Non è proprio un interesse, piuttosto un piacere. E lei? Lavora nel settore o è un semplice appassionato?»

«Un pittore... appassionato.»

«Non sono un'esperta ma insieme al Michelangelo della Sistina, per me Caravaggio è il più grande.»

S'illumina e io sono contenta di aver trovato un interlocutore.

«Sa che passavo casualmente da Orbetello, all'Argentario, quando hanno scoperto, almeno così hanno detto, le ossa del pittore nella cappella del cimitero? Al Tg è passato un servizio che mostrava un femore tirato a lucido in una teca sulla plancia del panfilo di un politico. Le risparmio il nome.»

«Una buffonata.»

«Sono d'accordo. Ho seguito anch'io quella pagliacciata.»

È Leonardo Lenna. Dietro di noi. Con Julie.

«Sandra... lei ci ricorda tantissimo una persona cara della nostra famiglia scomparsa anni fa, non è vero, Ernesto?»

Il ragazzo fa un passo indietro. Ho l'impressione che la frase sia stata un colpo.

«Anche lei s'interessa di pittura?» mi chiede Lenna.

«Non sono un'esperta. Mi piace molto.»

C'è un'inspiegabile tensione nell'aria. Non capisco cosa voglia da me Leonardo Lenna. E non posso contare sull'aiuto di Julie che sembra ipnotizzata da lui.

«Non mi dica!» esclama Leonardo Lenna. «In famiglia abbiamo una vera e propria fissazione per i grandi pittori. Ernesto è avvantaggiato: non deve spremersi per inventare qualcosa di suo visto che è proprio bravo a riprodurre i maestri. Venite, prego!»

Il professore si dirige verso il fondo del salone, facendoci segno di seguirlo.

Guardo Ernesto. È livido. Il disprezzo di suo nonno è tangibile, è evidente che la situazione per lui è una tortura. Tuttavia ci segue, riluttante.

Siamo davanti a una rientranza della parete. Il professore fa scattare un interruttore e le luci di tre faretti fiottano su altrettante tele di varia grandezza appese alle pareti.

L'uomo fende l'aria con un ampio gesto della mano.

«*Impressione, levar del sole* di Monet e *Il sogno* di Picasso. E questo magnifico *Canestra di frutta* di Caravaggio. Tutti riprodotti da lui, da Ernesto. Formidabili, non trovate?»

«È un peccato che siano esposti qui. Dovrebbero stare in salone, sotto gli occhi di tutti!»

Julie, penso, a volte sei proprio un'ingenua!

La risposta di Leonardo Lenna arriva subito, tagliente.

«Sarebbe di cattivo gusto esporle in salone, non sono gli originali.»

Che stronzo, penso. Mi sembra di cogliere finalmente una certa delusione e riprovazione anche negli occhi della mia amica e la cosa mi fa piacere.

«Scusate, vado a prendere il vino» dice Ernesto e gira sui tacchi.

«Benedetto ragazzo!» sospira Leonardo Lenna non appena suo nipote è fuori portata. «Non so come aiutarlo. Avrei tanto voluto che studiasse medicina e facesse il chirurgo plastico, come me. Gli avrei lasciato in eredità tutto quello che ho costruito. Lui preferisce dipingere. La generazione perduta, la chiamano, a ragione. Voi avete figli?»

«No» si affretta a rispondere Julie.

Io mi limito a scuotere il capo.

«Meglio così. Vi risparmiate un sacco di guai.»

Non faccio commenti. A Leonardo Lenna non mancherebbero certo i mezzi per aiutare suo nipote. Potrebbe fare molto più che comprargli le copie d'autore. È un ipocrita: porge al nipote la zampa dell'agnello, ma è infarinata, sotto nasconde quella del lupo.

Sono pronta a scommettere che Ernesto non tornerà con il vino. Infatti, eccolo là, accanto a una finestra che dà sul terrazzo. Forse sta guardando la rupe Tarpea e la zona transennata dove è stata trovata la piccola mano mozzata. Quando si volta e incrocia il mio sguardo mi fa un mezzo sorriso imbarazzato.

Quel ragazzo m'incuriosisce. Qualcosa lo tormenta, mi

fa pena. Non mi dispiacerebbe approfondire la sua conoscenza. Per stasera ne ho abbastanza. Cerco Julie per dirle che me ne vado. Che resti, se vuole, chiamerò un taxi.

«Vengo via anch'io.»

«Come mai? Cos'è successo?»

Ha le labbra tirate. Conosco l'espressione. È di quando qualcosa la irrita, la fa arrabbiare.

«Niente, davvero. Solo che non voglio fare tardi. Domani ho una giornata piena di sedute.»

Un'altra coppia se ne sta andando. Scegliamo di scendere a piedi. Julie non parla.

«Ce l'hai con me? Ho fatto qualcosa di sbagliato?»

«Speravo mi chiedesse di restare, stanotte.»

«E invece?»

«Domani ha tre interventi. Deve riposare.»

«Non mi piace il tuo professore. Scusa la franchezza ma sei sprecata con uno così. Se vuoi che te la dica tutta quell'Ernesto mi fa pena. Non deve essere facile avere un nonno che ti disprezza, sì, mia cara, lui Ernesto lo disprezza, non fa niente per nasconderlo, anzi! Dammi retta, lascialo perdere.»

Mi spiace essere così diretta e in fin dei conti anche sgradevole, ma mi dà fastidio che Julie perda la testa per uno come Leonardo Lenna. C'è un silenzio teso in macchina mentre andiamo verso via delle Fornaci. Mi spiace questa incomprensione tra noi, ma sono tranquilla. Julie è intelligente. La sua insicurezza affettiva le ha fatto prendere un abbaglio. Quella per Lenna è un'infatuazione momentanea. Le passerà e ne rideremo insieme davanti a un bicchiere di buon vino.

Non vedo l'ora di arrivare a casa. Di dire a Paolo dove abita Lenna, probabilmente lo sa già, avranno fatto una mappatura dei residenti in zona. Di raccontargli dei rapporti tesi col nipote. Magari gli potrebbe servire. Mi piace essere utile a Paolo. Mi frulla in testa come una mosca fastidiosa la domanda che avrei voluto fare all'esimio professore: chi è la persona cara della sua famiglia cui somiglio? E perché Ernesto si è impappinato quando mi ha visto? Scommetto che Julie lo sa. Inutile chiederglielo ora. È troppo di cattivo umore. Glielo domanderò domani.

Dopo che gli ultimi ospiti se ne sono andati, il professor Lenna si versa due dita di cognac e siede in poltrona davanti a una finestra a contemplare la vista spettacolare dei Fori imbiancati.

Nei saloni ristagna il retrogusto di tabacco delle sigarette e lui spalanca per un momento un'ampia finestra beandosi dell'aria gelida e corroborante che gli sferza il petto.

In bagno rimane a lungo sotto il getto della doccia bollente. Si asciuga, indossa una vestaglia e raggiunge la stanza da letto. Si ferma davanti alla cassettiera del Seicento napoletano con allineate le foto incorniciate dei familiari e prende tra le mani quella di una coppia felice: lui e sua moglie Nadine, belli e giovani sulle Dolomiti, a Cortina. Resta per qualche tempo a osservarla, pensando a Sandra Kapsa, l'amica di Julie, che somiglia a Nadine come una goccia d'acqua. Stesso ovale, taglio e colore degli occhi, zigomi alti e labbra carnose. Solo lo sguardo è diverso, più morbido quello di Nadine, più deciso quello di Sandra.

Rimette a posto la fotografia e torna in bagno. Si posiziona davanti al grande specchio a parete. Contrae e rilascia una decina di volte i muscoli dell'addome, stringe i pugni per gonfiare quelli del petto con un'espressione compiaciuta. Sì, può andare orgoglioso della sua figura, è decisamente un bell'uomo, dimostra molto meno della sua età.

Quella mattina, di buon'ora, aveva raggiunto in taxi la sua clinica privata vicino a piazzale Flaminio. Grazie all'équipe di medici che lui stesso ha formato, la Biomedical va a meraviglia e le clienti, come il fatturato, sono in costante aumento.

Alla radio del taxi trasmettevano l'ennesimo servizio sul ritrovamento della mano amputata. Secondo lo speaker le indagini erano a un punto morto.

La mascella quadrata del tassista aveva occupato tutto lo specchietto retrovisore. «Disturba?» aveva chiesto con il tono di uno per cui un sì o un no sono lo stesso. «Ha sentito che roba? Roma è uno schifo. Tutta questa violenza, chissà dove andremo a finire. Meno di una settimana fa hanno rapinato un collega. Un cliente, un signore come lei, gli ha puntato la pistola alla nuca e si è fatto consegnare il portafoglio.»

«Non abbia paura, non sono armato.»

L'aveva detto in tono freddo, come se fosse possibile e logico il contrario e il tassista si era assestato nervosamente sul sedile.

Leonardo Lenna detesta i tassisti chiacchieroni, che vogliono rendersi simpatici.

«E donne ammazzate, già due dall'inizio dell'anno. Mia moglie ha paura a uscire di casa da sola. Certe però si divertono a provocare, non si rendono conto che noi uomini possiamo cadere in tentazione.»

Il cellulare aveva vibrato in tasca di Lenna. Ugo Vitali, capo dello staff medico, chiamava dalla clinica per sapere tra quanto sarebbe arrivato. Non c'erano state cancellazioni di pazienti nonostante la neve, lo studio era affollato.

Quando il professor Lenna era entrato, nell'ambiente

stracolmo era corso un fremito. Alcune delle presenti si erano alzate per andargli incontro. Ultimamente l'età di quelle in crisi sulla propria immagine si era molto abbassata. Ora venivano anche le minorenni, accompagnate dalle madri, anche se le più assatanate restavano le trenta-quarantenni con in tasca la carta di credito del marito o dell'amante.

Fin dagli esordi come chirurgo plastico, lo inebriava vedere una donna esporre quello che considerava un difetto di cui vergognarsi. Il disprezzo per l'imperfezione del corpo scardinava l'endemica potenza del femminile. Ora il mondo aveva subito una grossa accelerazione, le donne avevano fretta di restare giovani. In cambio di un bel seno e di una faccia giovane erano pronte a qualsiasi compromesso, a negare se stesse, a perdere l'identità, non c'era bisogno di fare pressioni per convincerle, la sua parola sulla forma da dare a un gluteo, a un naso, a un seno, era legge.

Secondo il professore, essere capace di modificare l'opera di madre natura lo assimila alla divinità. A Crono, dio che comanda il tempo. L'autorità e la determinazione delle sue sentenze sono da sempre la chiave del suo successo.

L'adorazione che leggeva negli occhi delle donne, di tutte le donne che venivano alla Biomedical, la riteneva dovuta. Per qualche sortilegio anche quelle più intelligenti si rivolgevano a lui con fede cieca.

Tuttavia Leonardo Lenna era ben cosciente di essere un dio monco. Con gli anni i seni si afflosciavano, gli addomi e i glutei si ammosciavano. Solo i volti, grazie al botulino, resistevano più a lungo, bassorilievi senza vita, reperti archeologici della perduta giovinezza, involucri marmorei di emozioni compresse. Il professore non si stupiva che le donne fossero tanto crudeli con se stesse.

Nell'ansia di tenere lontano il tempo, cioè la morte, scucivano e ricucivano il proprio corpo come la tela di Penelope ricorrendo alla bacchetta magica del bisturi.

Julie Legrange era l'ultima in ordine di tempo che aveva fatto entrare nel suo letto. Che fosse una psicoanalista all'inizio l'aveva eccitato. Immaginava contorsioni cervellotiche e prestazioni erotiche hard da *domina*, invece lei gli si era consegnata subito con dolcezza, con dedizione. Purtroppo se ne sarebbe stancato presto se, come sospettava, anche Julie era il tipo di donna che scodinzola quando un uomo entra in scena. Julie però gli aveva fatto una gran sorpresa portandogli la sua amica. Sandra Kapsa. Così somigliante a sua moglie Nadine. Dolce Nadine, che l'aveva amato al punto di passare anni sotto i ferri, imbottita di psicofarmaci.

Devo approfondire la sua conoscenza, pensa Leo Lenna, e tenerle lontano quell'impiastro di mio nipote. Ho visto come la guarda. Chissà cosa si è messo in testa.

Gusta l'ultimo sorso di cognac, posa il bicchiere sul tavolo basso, si alza e raggiunge la sua pinacoteca. Appoggia l'indice alla base della *Canestra di frutta* dove c'è una scannellatura invisibile a occhio nudo. La parete ruota su se stessa rivelando una porticina che si apre su una stanza cieca e senza arredo, a parte alcuni scaffali su cui poggiano un computer, un lettore e pile di dvd. Un divano a tre posti troneggia dirimpetto a un televisore di ultima generazione.

Leonardo Lenna lo accende, scova un dvd seminascosto dalla pila e lo inserisce nel lettore. Allenta la cintura della vestaglia, si mette una cuffia sulle orecchie, sprofonda nei cuscini del divano e fa partire il filmato.

La stanza è insonorizzata.

Nessuno sentirà le grida.

In questura i caloriferi vanno al massimo, ma la temperatura non supera i sedici gradi centigradi.

Paolo Rosato si avvicina alla scrivania di Carlo Cima strofinandosi le mani nell'inutile tentativo di scaldarle. Il collega gli tende un foglio con una lista di nomi.

«Immagino che tu sia qui dall'alba.»

«Lo sai che quando ci sono di mezzo i bambini vedo rosso...»

Sì, Rosato lo sa. Quattro anni prima Carlo Cima ha perso il nipotino cui era affezionatissimo, figlio di sua sorella, stroncato da una leucemia fulminante. La sorella è quasi impazzita di dolore, ha cominciato a soffrire di disturbi psicologici, il rapporto col marito si è irrimediabilmente guastato e hanno divorziato. Da ottimista e gioviale che era, Cima si è chiuso e incupito. È molto legato a Paolo, chiede spesso di Bibo e diventa una furia se qualcuno fa del male a un bambino.

«Gente normale, quartiere tranquillo. Le solite cose, cartelle di Equitalia non pagate, multe. Uno della tv che abita nella parallela, via dei Fienili, ha querelato un quotidiano che lo accusava di evasione fiscale. In via di San Teodoro esercitano un paio di escort d'alto bordo, c'è un dentista che ha fatto lavori abusivi nello studio, rientrati nell'ultimo condono. Ci abita anche un noto chirurgo plasti...»

«Lo so. Leonardo Lenna» lo interrompe Paolo.

Carlo Cima deposita un fascicolo sulla scrivania. «Come fai a saperlo?»

«Sandra era là, ieri sera.»

«Là?»

«Là, sì, da Lenna. Ha accompagnato la sua amica Julie, paziente del professore. Mi ha parlato di un nipote che fa il pittore, anche lui presente. Pare che i due abbiano un pessimo rapporto, sono ricchi sfondati e il loro terrazzo sta di fronte alla zona transennata.»

Cima batte l'indice sul fascicolo.

«Ti ha detto anche che il professore anni fa è stato protagonista di un fatto di cronaca nera? Leggi.»

«Dimmi tu!»

«Nel '90 il cognato, Dominic Puyol, l'ha accusato di aver lasciato volontariamente affogare la moglie Nadine nella vasca da bagno del loro appartamento, lo stesso in piazza della Consolazione. La donna era imbottita di Roipnol. Non c'erano prove che il marito l'avesse costretta ad assumere i barbiturici in quantità letale. Il professore era sceso in garage. La moglie ha fatto un bagno, il narcotico le ha fatto perdere i sensi e non ce l'ha fatta a uscire dalla vasca. Il giudice ha archiviato il caso. Fine della storia. Purtroppo pare sia successo sotto gli occhi del nipote Ernesto, che all'epoca aveva otto anni.»

«Cazzo! Un tipo raccomandabile. Comunque c'è una scarsa probabilità che Lenna possa esserci utile per l'indagine. Pure se era in casa avrebbe dovuto guardare in strada nel momento preciso in cui chi portava il sacco passava sotto le sue finestre e lo lasciava lì. Improbabile che saprebbe darci dettagli data la lontananza,» lungo sospiro «comunque dobbiamo sentirlo, come tutti quelli che abitano in zona. Dai, muoviamoci.»

«Aspetta...»

Carlo Cima si alza ma non scatta.

«Che c'è?»

«Devo dirti una cosa.»

Fa una pausa.

«Tanto lo scopri. Una delle escort...»

«Be'?»

«La conosco. Patrizia Pelluso, da Zafferana, provincia

di Catania. Patty per gli amici. L'ho sorpresa durante una perquisizione in casa di uno spacciatore. Tu non eri ancora qui in sezione. È venuto fuori che ha un bambino che vive con la nonna, giù in Sicilia. Mi ha fatto pena e l'ho lasciata andare.»

«E non l'hai messa nel rapporto.»

«No.»

«Insomma ti sei fatto corrompere.»

«Un momento di debolezza.»

«Una cosa sbagliata.»

Cima infila il giaccone.

«Continui a fartela?»

«Tu che dici?»

«Che cazzo!»

«Se capita...»

Rosato gli appoggia una mano sulla spalla.

«È così che si comincia. Una piccola concessione. Sembra insignificante. Accettabile. Siccome se n'è fatta una se ne può fare un'altra. Si scivola giù e poi è difficile risalire.»

Cima si stringe nel giaccone. Guadagnano il corridoio.

«Rintraccia questa Patty Secapita. Può esserci utile per informazioni sulla vita del quartiere. Se nicchia convocala.»

Una sciarpa di nuvole bianco latte avvolge il quartiere Campitelli e i suoi reperti archeologici innevati si stagliano contro l'abbagliante chiarore del mattino.

Alle spalle di quei palazzi, dove fu poi innalzato il Circo Massimo, si dice che il 21 aprile del 753 a.C. Romolo abbia tracciato il quadrato per delimitare i confini della nuova città chiamata Roma.

La zona è calma, isolata dal rumore del traffico del lungotevere poco distante. Sui marciapiedi sono ammassati alti cumuli di neve sporca.

I vecchi proprietari, popolani che abitavano lì da generazioni, hanno venduto. I nuovi ricchi hanno restaurato gli immobili, il valore è triplicato, fino a diventare proibitivo. Clienti difficili da trattare per un'indagine di polizia.

Il commissario Rosato e Carlo Cima suonano a vari citofoni. Molti trilli restano senza risposta. Molte porte, serrate. Le bocche degli scarsi portieri presenti, cucite. Gli studi professionali sono chiusi a causa delle cattive condizioni meteo, i pochi condomini presenti dichiarano che erano assenti durante la nevicata, presso amici o parenti fuori città. Nessuno ha visto niente di sospetto.

Targhe in ottone lucido sopra i portoni indicano la presenza di sistemi di videosorveglianza, ma le telecamere, circoscritte, sono danneggiate o spente e soprattutto nessuna inquadra la piccola scalinata con la balza innevata che porta al Campidoglio, dove è stata trovata la mano.

Dopo un'ora e mezza né Rosato né Cima sentono più i piedi tanto sono ghiacciati. Hanno assolutamente bisogno di un caffè.

Il ristorante InRoma, all'angolo di piazza della Consolazione, è chiuso. Il bistrot accanto, il San Teodoro, invece è aperto. Una solitaria coppia di avventori occupa un tavolino dietro la vetrata. Girano lentamente il cucchiaino nelle tazzine guardando estasiati lo scenario.

Il commissario e Cima pestano i piedi sullo zerbino per scrollarsi la poltiglia di fango e nevischio dalle scarpe, entrano e si addossano al bancone.

«Due caffè ristretti.»

Il ragazzo mette le tazzine sotto il filtro, avvia la macchina. Li guarda sospettoso. Poliziotti?

«Dovremmo farti qualche domanda.»

Poliziotti.

Venerdì aveva staccato all'ora di pranzo quando il locale aveva chiuso per l'inizio della nevicata. Non aveva notato nulla di particolare. Parcheggia sempre il motorino davanti al bar e anche se passa accanto alle pendici della rupe per andare e venire non guarda mai da quella parte, né ci mette piede. Sa che nel palazzo che confina con la chiesa c'è uno studio di avvocati, di dentisti, ci abita un consigliere comunale in carica e nella parallela, all'angolo con via dei Fienili, un noto conduttore televisivo. Il politico viene qualche volta la mattina a prendere il caffè lasciando l'autista in macchina ad aspettare. E parecchie belle ragazze frequentano il bar all'happy hour nella speranza di incontrare e farsi notare dal conduttore televisivo o da qualcuno del suo staff. La coppia seduta al tavolino, turisti, sono lì da un paio d'ore ma fra poco li caccerà perché il bar chiude. L'ordine del proprietario, che vive a Montecarlo, è di riaprire solo dopo che le condizioni meteo saranno tornate normali, le strade ripulite, cioè tra due o tre giorni.

Rosato e Cima si scambiano un'occhiata. Non caveranno altro dal barista.

Resta l'ultimo palazzo, quello prospiciente la chiesa. Sul citofono corrispondente all'attico dietro le cui finestre brillava l'unica luce, c'è una targa d'ottone: Leonardo Lenna.

Suonano e aspettano. Nessuna risposta. Suonano ancora. Niente.

«Andiamo. Lo convochiamo in questura» dice Paolo.

Si avviano. Cima si volta indietro e alza la testa verso le finestre un paio di volte. Rosato si accende l'ennesima sigaretta.

La nevicata ha lavato l'aria, portando via l'odore acido dei tubi di scappamento delle macchine. Il Gianicolo pullula di gente. Siamo qui, finalmente, io e Bibo. Ce l'abbiamo fatta. Fino a mezz'ora fa ne dubitavo e immaginavo la tristezza del piccolo. Jessica fa sempre così quando vedo Bibo da sola perché Paolo non può all'ultimo momento. Mi boicotta. Ha portato il bambino con un'ora di ritardo. La giornata in questo modo si è accorciata. Nel pomeriggio devo ricevere sei pazienti e decido per il Gianicolo, che è più vicino, invece di allungarci fino al Circo Massimo. Oltretutto il colle è raggiungibile a piedi da casa, basta risalire via delle Fornaci stando attenti al traffico che scorre in senso inverso. Mando un sms a Paolo per avvisarlo del cambiamento.

Bibo che si lancia con lo slittino dalle discese erbose che gli piacciono tanto, le sue "strade segrete", come le chiama, è l'immagine della felicità. Abbiamo scelto di costruire il nostro pupazzo di neve nell'angolo meno affollato della piazza. Bibo lo vuole alto quanto lui e corre dappertutto a raccogliere manciate di neve che io modello sulla figura per darle forma.

Ci vuole tempo e suscitiamo la curiosità di altri bambini che si fermano a guardare. Uno di loro si offre di aiutarci e Bibo è molto orgoglioso, gli ordina dove andare a raccogliere la neve e dove metterla. Quando il pupazzo è pronto, tolgo di tasca una pallina rossa di plastica e gliela piazzo al centro della faccia. Mando Bibo a cogliere due foglie di alloro da un cespuglio per fare gli occhi. Insieme, picchiettando palmi aperti, lisciamo le gibbosità della scultura, aggiungiamo una fila di sassolini sul petto come bottoni di un'ipotetica giacca e, come tocco finale, gli mettiamo in testa un vecchio berretto di Bibo con il pon-pon rosso.

«Così non avrà freddo!»

«Come vuoi chiamarlo?»

Bibo esita.

«Pallino.»

«Pallino. Mi piace.»

L'aiutante di Bibo se ne va richiamato dalla madre, i due bambini si danno il cinque, come vecchi amici. Intorno pascolano mandrie di passanti con pellicce lunghe fino ai piedi, e c'è perfino chi calza sci da fondo. Credono di essere al Terminillo, sulle piste da sci, oggi qui è festa e per i romani ogni occasione è buona. Molti si fermano davanti al pupazzo e Bibo batte le mani per la contentezza. All'improvviso, mi getta le braccia al collo, cado addosso a Pallino. Il mio braccio descrive un mezzo giro in aria, la testa del pupazzo vola via. Restiamo muti e immobili a guardarlo poi Bibo la raccoglie lesto e la rimette sul tronco.

«Bene! Bravo!»

Aggiungiamo a quattro mani altra neve per ricompattare i buchi, picchiettiamo, lisciamo. Adesso Pallino è tornato Pallino, anche se con la testa un poco storta.

«Faccio le foto per papà.»

«Ottima idea.»

Lo aiuto a far scorrere la cerniera dello zaino. Estrae il cellulare. Scatta come un veterano, cacciando fuori la punta della lingua per concentrarsi. Un buffo ometto, tutto preso dall'importanza del ruolo, le gambe divaricate, i piedi piantati nella neve.

«Fotografi proprio tutto, non solo Pallino ma anche la gente?»

«Sì!»

Sì, è per papà. Papà che non è qui e ci manca tanto, hai ragione, vorrei dirgli. Ma sto zitta. Perché in realtà quando diciamo che ci manca qualcuno non intendiamo l'assente ma noi stessi, le belle persone che siamo quando abbiamo accanto la persona cara. Concetto complicato da far capire a un bambino.

Intanto mi copro la faccia con le mani.
«Basta, non inquadrarmi. Sono bruttissima!»
Ride.
«Chiamo papà.»
Pochi secondi con l'apparecchio all'orecchio e il mento comincia a tremargli. Rabbia. Mi tende il cellulare, come se scottasse.
«Non risponde?»
Scuote la testa.
«È al lavoro, lo sai. Appena vede che lo hai cercato ti chiama.»
Paolo ha ragione sulla faccenda del cellulare, penso. Forse il suo giudizio sulle motivazioni di Jessica è troppo duro, ma ha un fondo di verità. Comunque ha accettato la situazione.
Essere accondiscendente con la mia ex è il prezzo che pago per aver divorziato, dice sempre.
Così ti consegni nelle sue mani, è un modo malsano di stare ancora insieme, gli dico, ma non insisto.
Ci sono verità difficili da accettare.
Bibo mi strattona per un braccio.
Mentre lo aiuto a infilare di nuovo gli spallacci dello zaino, ho l'impressione di essere osservata. Mi volto. Sul lato opposto della strada c'è Jessica. Indossa un piumino azzurro, un berretto di lana in testa e immensi occhiali da sole che le nascondono gran parte del volto. Ci sta osservando a braccia conserte. Da quanto? Mi sento avvampare.
Tutto preso da Pallino, Bibo non ha notato sua madre.
«Ti va una cioccolata calda?» gli propongo.
Ho fretta di togliermi di lì.
Bibo si appende alla mia mano. Mi auguro che non mi abbracci come fa di solito quando è entusiasta. Allungo il passo in direzione del chiosco.

Mentre faccio la fila alla cassa, con la coda dell'occhio controllo Jessica. Non è più là. Al suo posto c'è un tizio. Un berretto di lana nero gli copre i capelli chiari tagliati pari sulla nuca, e una sciarpa gli fascia il collo.

Ci sta osservando. Forse qualcuno mandato da Jessica?

Il cellulare trilla mentre sono in seduta. Controllo sul display. Sconosciuto. Non rispondo.

La paziente va via e trilla di nuovo. Sconosciuto. Che palle.

«Buona sera, Sandra, sono Leonardo Lenna.»

«È successo qualcosa a Julie?»

«No, no. Non la chiamo per Julie. Vorrei invitarla a cena. Mi farebbe un immenso piacere.»

«Ma...»

«Non mi dica di no.»

Non me l'aspettavo.

«Il mio invito la sorprende? Vorrei chiederle consiglio per mio nipote. È un ragazzo problematico, l'avrà capito.»

«Vuol dirmi che sta pensando a un'analisi?»

«Le sembra un'idea peregrina?»

«Scusi la franchezza, ma perché non ha posto la questione a Julie? Saprà che siamo colleghe.»

«Certo, avevo pensato di farlo. Ho visto che Ernesto ha familiarizzato con lei e...»

«Non funziona così. Non è lei che può decidere o no al posto di suo nipote. Non si può portare o mandare qualcuno in analisi. È una scelta molto personale, comporta impegno e spesso sofferenza.»

«Non ho potuto dirle niente l'altra sera a casa mia, ma lei somiglia in modo impressionante a mia moglie, alla mia povera Nadine, la nonna amatissima di Ernesto.»

«Ah!»

Adesso capisco perché il ragazzo era così colpito.
«Il fatto non mi sembra trascurabile.»
«Non so cosa dirle. Se Ernesto è interessato a entrare in analisi mi può chiamare. Posso indirizzarlo a qualche valido collega.»
«Diciamo che mi farebbe piacere conoscerla meglio. Il mio invito è del tutto innocente, mi creda.»
Cosa ci sia d'innocente in quell'uomo me lo chiedo ogni volta che Julie mi parla di lui.
«Professore...»
«Leonardo, Leo per gli amici.»
«Leonardo. Apprezzo il suo invito ma sono molto occupata e sono già impegnata.»
«Questo lo so, non dimentichi che abbiamo una cara amica in comune.»
«Appunto, non mancherà l'occasione di incontrarci, magari con Julie. Mi scusi ma sono in studio e il paziente ha suonato. Devo lasciarla. Buone cose.»
«Buon lavoro a lei. Julie ha il mio numero privato ma glielo mando per sms insieme a un arrivederci.»
Marpione.
Faccio subito il numero di Julie.
«Dico, sei scema che dai il mio numero a Lenna?»
«Ha insistito. Per suo nipote.»
«Avresti dovuto avvisarmi.»
«Senti è dalla sera a casa sua che mi mette in croce. Dice che somigli a sua moglie.»
«E allora?»
«Dice che questa cosa ha sconvolto sia lui che Ernesto, vorrebbe approfondire la conoscenza.»
«Per cambiarmi i connotati e ovviamente portarmi a letto. È la sua prassi, no? È un gioco che non mi piace e che non voglio giocare. Tu sei libera di fare quello che ti

pare e non ti voglio meno bene solo perché fai cazzate. Ma non coinvolgermi. Spero di essere stata chiara. E in quanto al nipote pensaci tu. Mandalo da uno della nostra scuola.»

SECONDO MOVIMENTO

5

Un ciuffo di capelli

Nel primo pomeriggio la pioggerella gelida che ha fatto il solletico alle strade comincia ad agglutinarsi in piccoli fiocchi.

Nessuno si aspettava una seconda nevicata e come sette giorni prima le sirene delle volanti della polizia, le autoambulanze, i mezzi dei vigili del fuoco tornano a rincorrersi ululando sui lungotevere, la gente lascia in massa gli uffici, autobus e tram rientrano nei depositi e i tassisti a casa loro, in un delirio generale che crea ingorghi e disagi fino all'ora di cena.

Poi le luci si accendono dietro le finestre e i bagliori dei televisori cominciano a impazzare dentro gli appartamenti, le strade sono finalmente vuote e silenziose. La neve cade e una calma struggente torna a depositarsi sui palazzoni delle periferie e sulle vestigia monumentali del centro.

Sotto il fornice di Porta del Popolo, una senzatetto sta approntando un giaciglio dove trascorrere la notte. Illuminato di taglio da uno dei due lampioni sospesi a un filo che lo percorre orizzontalmente, uno dei tre archi incrocia l'angolo alla base della breve scalinata della chiesa di Santa Maria, un buon posto che la neve cadendo lascia libero e dove il vento gelido non riesce a incunearsi.

La donna ha zoppicato tutto il giorno trascinandosi sulla gamba malata, riposandosi nelle poche chiese aperte, riparandosi dietro la sporgenza di un muro o di una colonna romana, e ora vorrebbe tanto dormire, ma la neve che continua a scendere ha in sé qualcosa di frizzante che la tiene sveglia.

Il gracchiare di uno stormo di gabbiani taglia il cielo sopra la sua testa. Manca molto all'alba. Restando distesa e muovendosi il minimo indispensabile per non far penetrare gli spifferi sotto i cartoni, la senzatetto cava una confezione di vino dal carrello dove tiene i suoi averi e butta giù qualche sorso. È l'unica fonte di calore di cui dispone.

Con l'obelisco al centro e le due chiese gemelle sul lato opposto alla porta antica, tutta bianca e vuota la piazza appare immensa.

Innalzato a Eliopoli dall'egiziano Seti I e completato dal figlio Ramses II, l'obelisco al centro del Tridente, le tre vie che convergono sulla piazza, via del Corso al centro, Ripetta e Babuino ai lati, è stato portato a Roma da Augusto e alzato nel Circo Massimo nel 10 a.C. Nel 1590 papa Sisto V l'ha fatto sistemare lì.

Da ragazza, Senzatetto ha studiato storia dell'arte, le piace tutto di Roma.

Nella sua vita precedente di persona integrata, non aveva tempo per passeggiare in città, ora non ha altro da fare che girovagare col naso in su. Al contrario dei romani che conoscono a mala pena il nome della via dove abitano, lei conosce quelli di tantissime strade e potrebbe essere d'aiuto ai turisti senza cartina, navigatore e Google Maps, se solo glielo chiedessero. Invece nessuno le domanda nulla, anzi, chi la incontra guarda dall'altra parte, quando non si fa scrupolo di scansarsi. Eppure ne avrebbe di storie da raccontare Senzatetto, perché dietro ogni angolo della città si apre uno scorcio che trasuda storia e mozza il fiato per la bellezza e lei stessa resta spesso sorpresa da un particolare che prima non aveva notato.

Sola, emergendo come dal nulla sotto il turbinare dei fiocchi, una figura d'uomo sbuca dal terzo fornice, il più lontano, e viene verso di lei.

Dove va a quell'ora e con quella neve? Sembra uno normale, certo non un senza casa come lei, e sta attaccando d'impegno la corta scalinata, sebbene il portale della chiesa sia chiuso.

Ultimamente, la donna ha paura di tutto. Delle aggressioni: c'è sempre qualche disperato pronto a portarle via il borsone, gente normale che non sopporta quelli come lei e le inveisce contro, bulli che la prendono a calci.

Senzatetto si spalma a terra sperando che l'uomo non si avvicini.

Lui è fermo e guarda nella sua direzione, come studiando il da farsi. La luce del lampione lo colpisce di sbieco, un berretto di lana nero gli copre la fronte, è magro, i capelli chiari tagliati pari gli arrivano oltre la nuca, all'attaccatura delle spalle, e tiene in mano un pacco. Lei lo segue con lo sguardo salire la scalinata fino al portale della chiesa e deporre l'involto.

Lo vede scendere e nel silenzio i suoi passi fanno scricchiolare il nevischio. Con il cuore in gola Senzatetto si fa piccola, affonda la faccia nel cartone e chiude gli occhi, fingendo di dormire. Percepisce che le è arrivato vicino, la punta di una scarpa si fa strada tra i cartoni e gli stracci. L'aria fredda le frusta il ventre ma lei riesce a controllarsi e a non muoversi.

Aspetta il colpo di grazia, occhi chiusi, labbra serrate.

Invece non accade nulla. L'uomo si allontana, sparisce da dove è venuto, e tutto riprecipita nel silenzio.

Senzatetto guarda verso la piazza. Nessuno.

Osserva il sagrato davanti al portale. Solitario sotto la neve che adesso scende copiosa, il pacco è là. Un richiamo irresistibile.

Senzatetto sguscia fuori dai cartoni e sale i gradini gattonando per non scivolare, voltandosi indietro spesso.

Il pacco è confezionato con carta regalo chiusa da un nastro azzurro. Viveri o vestiti per i poveri della chiesa, il regalo di un uomo buono, pensa. Che male c'è se lo prende? Anche lei ha bisogno di tutto.

Torna velocemente al suo riparo stringendo al petto il tesoro.

Scioglie il nastro. Comincia a togliere la carta. Uno strato. Un secondo strato. Il regalo dentro deve essere piccolo. Che strano: puzza. Che contenga cibo avariato? Capita spesso che chi dona cibo non controlli la scadenza.

Finalmente l'ultimo strato di carta viene via.

Senzatetto griderebbe se la voce non le mancasse di colpo.

Lancia via il pacco. Annaspa con un braccio cercando un sostegno che non trova e crolla priva di sensi.

L'uomo risbuca sotto il fornice e torna veloce sui suoi passi. Si ferma un momento accanto alla donna incosciente. Risale i gradini camminando all'indietro sulle impronte lasciate fino al sagrato. Ridiscende ripetendo l'operazione.

I fiocchi scintillano e si accumulano sulle scarpe, sulle calze e sull'orlo della gonna di Senzatetto. L'uomo si curva su di lei. Indugia, stringendo i pugni, indeciso se colpirla o no. Lascia stare e torna verso il fornice camminando a ritroso sulla neve e sparisce.

Pochi minuti e il rombo dell'accensione del motore di una macchina squarcia il silenzio della notte e si allontana.

Da via del Corso una volante in servizio notturno entra nella piazza e viene a fermarsi sotto l'obelisco. Dai finestrini aperti esce il fumo delle sigarette.

Sono in due e chiacchierano.

Passano alcuni minuti senza che succeda niente, poi le portiere si aprono. Il poliziotto alla guida mette una gamba fuori dall'abitacolo, si sporge con il busto e guarda verso la rientranza del muro ai piedi della scalinata.

«C'è qualcuno, là, vado a vedere» dice al compagno.

Senzatetto ha ripreso conoscenza. Siede a gambe larghe in mezzo alla carta regalo ciancicata. La neve le disegna un velo luminoso sui capelli, sulle spalle. Fissa il vuoto e ripete ossessivamente: «Il diavolo. Il diavolo!».

Il poliziotto la raggiunge scansando le cartacce. Si curva su di lei.

«Stai male? Che è successo?»

Senzatetto non lo ascolta.

«Il diavolo! Il diavolo!»

Il poliziotto torna alla volante battendosi l'indice sulla fronte per indicare al collega che hanno a che fare con una pazza.

La ricetrasmittente gracchia, parte la richiesta di soccorso.

L'ambulanza arriva poco dopo. Frena accanto alla volante. Gli uomini scendono tutti a terra, scambiano due parole. I due poliziotti rimontano in macchina, la volante fa inversione e si allontana verso dove era venuta.

Gli operatori scendono, uno apre lo sportello posteriore e fa scivolare fuori la lettiga. L'altro, con una grossa pila in mano, va da Senzatetto.

«Coraggio. Raccogliamo le tue cose.»

Indirizza il fascio di luce a terra per non spararglielo in faccia e per illuminare gli effetti personali da raccogliere. Con la punta della scarpa scansa la carta regalo sparsa tutt'attorno ma subito si blocca.

È grande e grosso, un uomo fatto, tuttavia comincia a tremare.

Quella che il potente faro della pila sta illuminando è una mano di bambino.

Tranciata di netto all'altezza del polso e stretta a pugno intorno a quello che a prima vista ha tutta l'aria di essere un ciuffo di capelli.

L'operatore gira sui tacchi, inciampa e quasi cade addosso al compagno che lo sta raggiungendo.

«Fermo,» sibila, mettendogli una mano sul petto «richiama il 113.»

Seduta a terra come un pupazzo di neve, Senzatetto scuote il capo, aggrappata alla sua cantilena.

«Il diavolo, il diavolo.»

6

Foto dalla Scientifica

Che cazzo è? Ah sì, il cellulare. Da quanto sta vibrando? Da un pezzo, è giorno fatto.

Paolo si scioglie dall'abbraccio di Sandra. Un'occhiata all'orologio da polso. Accidenti le nove. Ieri ha nevicato parecchio e ha promesso a Bibo di passare la giornata con lui. Loro due soli con lo slittino al Circo Massimo, per farsi perdonare di avergli dato buca lo scorso fine settimana. È in clamoroso ritardo, perché diavolo la sveglia non ha suonato? Afferra l'apparecchio da sotto il letto, chiude il palmo a conchiglia sul microfono per non svegliare Sandra.

Cima.

«Dove sei? Qui sono tutti impazziti. Hanno trovato un altro pacco a Santa Maria del Popolo con dentro una mano di bambino, che stringe un ciuffo di capelli.»

«Porca putt...! Dovevo passare la giornata con Bibo. Non ce la faccio prima di mezz'ora. Coprimi se arriva Balleri.»

«Che gli dico?»

«Inventa qualcosa.»

«Cosa?»

«Quello che ti pare.»

Si veste a razzo. Quella arrivata è una pessima notizia

ma gli scappa un mezzo sorriso mentre raccoglie mutande, maglietta, maglione, giubbotto, jeans sparsi per la stanza. Le prove di una notte di passione. Cominciata sul terrazzo, sotto la neve che cadeva. Proseguita per tutta casa, sul tavolo di cucina, sui cuscini del divano, sotto la doccia, per finire tra le lenzuola. Cose che si fanno a vent'anni, aveva detto Sandra, esausta e strafelice.

Fa pianissimo ma lei lo sente. Allunga un braccio e tasta la parte vuota del letto, ancora calda. Si tira su, sbadigliando e stropicciandosi gli occhi gonfi di sonno.

«Che c'è, che succede?»

Ha la voce impastata.

«Hanno trovato un'altra mano a Santa Maria del Popolo.»

Sandra si rizza sui gomiti.

«Dio mio!»

«Mi aspettano in centrale, ti chiamo più tardi.»

Si allunga sul letto e le sfiora le labbra con un bacio.

«Che ore sono?»

«Le nove.»

«Nevica ancora?»

«No. Per fortuna ha smesso.»

È davvero una fortuna. La prima nevicata di sette giorni fa è stata una festa. Alla seconda le difficoltà stanno presentando un conto salatissimo.

Paolo infila il giubbotto. Sulla porta si ferma un istante a guardare Sandra.

La camicia slacciata sul petto le scopre un seno. Per un momento s'immagina con lei dentro una macchina comoda e ultraccessoriata lungo una strada costiera in pieno sole, suo figlio seduto dietro che chiede ridendo: «Uffa quando arriviamo al mare, papà?».

Paolo ha una grande fiducia nelle capacità intuitive di

Sandra. Contava di ritagliare un momento della giornata per analizzare la faccenda del ritrovamento a vico Jugario. Per questo aveva portato con sé le foto scattate dalla Scientifica. Ormai è tardi. Deve correre. Lo aspetta un'altra mano mozzata.

Sfila dalla tasca del giaccone la busta con le foto. La posa in fondo al letto.

«Te le lascio. Guardale. Magari ti viene in mente qualcosa. Ti chiamo più tardi.»

Il battente scatta e io m'infilo sotto tirandomi le coperte sul naso. Dalle tende filtra una luce opaca. Il letto è ancora tiepido, morbido, accogliente. Profuma di noi. Ripenso a certi momenti di questa notte. A certe frasi che non avrei mai immaginato di pronunciare. A certe carezze che non avrei mai immaginato di fare. A posizioni che non avrei mai pensato di poter chiedere al mio corpo. Mordicchio un angolo del lenzuolo. Sorrido. Non vedo il mio sorriso ma sono sicura che è lo stesso di Rossella O'Hara in *Via col vento* dopo la notte di passione col marito Rhett Butler. Da qualche tempo l'ha messo fuori dalla stanza da letto e una notte si ritrovano per caso in salone per farsi un goccetto. La tensione è al massimo. Lei si è persa nell'infatuazione per il debole Ashley, lui è folle di gelosia. Scambiano accuse, tremendi insulti, lei fa per andarsene, lui schizza in piedi, la prende di forza tra le braccia e sale la scalinata che porta al piano di sopra, apre con un calcio la porta della camera senza ascoltare i suoi vibranti no. Noi spettatori non entriamo con loro ma la mattina lei si sveglia con quel sorriso sulle labbra.

La mia notte magica è passata, devo tornare alla realtà. Mi getto una sciarpa sulle spalle, vado in bagno a lavarmi e a vestirmi.

Mentre faccio velocemente una solitaria colazione, riecco l'immagine di Jessica al Gianicolo. Perché non ne ho fatto parola con Paolo? Per non caricarlo di altre preoccupazioni in un momento difficile? Qualcosa non mi convince. Come ha fatto Jessica a sapere che io e Bibo non eravamo al Circo Massimo ma al Gianicolo? L'unico che lo sapeva era Paolo, l'avevo avvisato con un sms. Impensabile che Jessica si sia trovata al Gianicolo per caso proprio mentre c'eravamo noi. Deve averglielo detto per forza lui. Perché? Per quale motivo?

Sono incorreggibile. Jessica resta un problema per me. Sono gelosa? Sì, sono gelosa. Per me lei è un ragno che tesse silenziosamente ma caparbiamente la sua tela. Tempo fa mi è capitata sottomano in rete la tabella per una vita affettiva ideale:

1°	👫	incontrarsi
2°	💑	innamorarsi
3°	💎💍	sposarsi
4°	✈️🚢	viaggiare
5°	👶👦👧	avere figli
6°	👵👴	invecchiare

Le solite semplificazioni che si trovano in internet. Però mi ha colpito. Al punto 5 il coltello ha girato nella piaga. Ecco qualcosa che di sicuro Paolo non farà con me: un bambino. Su questo non potrò mai competere con Jessica. Non sarò mai alla sua altezza. La sua ex mi ha battuto in partenza.

Se non insisto perché Bibo venga a stare con noi è anche perché non voglio che Jessica si senta derubata di suo figlio. Io non voglio essere la sua mamma. Bibo una mamma ce l'ha già. Ci vuole molta maturità per capirlo e stare tranquilli, Jessica non è ancora così matura e, quel che è peggio, non ha rinunciato a Paolo.

Dopo aver studiato e dissertato sugli uomini per anni, il grande scrittore russo Lev Tolstoj è arrivato alla conclusione che nel sentimento dell'amore c'è qualcosa di singolare, capace di risolvere tutte le contraddizioni della vita e dare all'essere umano quel bene completo la cui ricerca costituisce la vita stessa.

Mi chiedo se il cammino verso questo qualcosa di singolare non preveda un'alta dose d'ingenuità che io sono ben lontana dal possedere. Devo vergognarmi, condannarmi, considerarmi sciocca, stupida per questo, come mi dice Julie e soprattutto la logica?

L'occhio mi cade sulla busta che Paolo ha lasciato sul letto. Mi fa un enorme piacere che lui mi ritenga capace di aiutarlo e ancora di più in questo caso, proprio perché c'è di mezzo un bambino.

Apro la busta e allineo le foto sul tavolo di cucina. Molte ritraggono l'ambiente, vico Jugario, la rupe Tarpea, la piccola scalinata, la piazza con la chiesa della Consolazione, via di San Teodoro e il Foro, tutta l'area di Sant'Omobono, il mezzo dell'Ama, gli uomini della Scientifica al lavoro e soprattutto la zolla erbosa con la neve e la mano.

La mano.

Questo povero ragazzino non è malnutrito. Deve avere una madre, un padre, una famiglia. Perché nessuno ne ha denunciato la scomparsa?

La carne è paffuta, la pelle bianca, il polso gonfio e bluastro per il taglio netto, un colpo solo, preciso, secco. Il fiocco non è legato al dito. Piuttosto trattenuto a gancio dall'indice e cade quasi per caso sul medio, nascondendo l'anulare. Il mignolo, ripiegato in dentro, non si vede. Secondo me non punta verso qualcosa o qualcuno, come crede Paolo. La mano è raccolta su se stessa in una posa d'infinita, rassegnata dolcezza. Non c'è *pathos* o disperazione, mi fa pensare a un agnello che non sa di essere condotto al macello.

Ho una sensazione di familiarità con l'immagine. Ma dove l'ho già vista?

Ho bisogno di un altro caffè. Forte. Preparo la moka. Il citofono. Accidenti. Il primo paziente. Spengo il gas. Pazienza per il caffè. Controllo gli appuntamenti della giornata. Quattro, solo stamattina. Sarà difficile concentrarmi.

In macchina, Paolo Rosato deve aspettare qualche minuto per scaldare il motore. Meglio se va di persona a dire a Bibo che non possono passare la mattina insieme invece di telefonare. Spiegarlo a Jessica. Con quest'orribile faccenda delle mani mozzate ogni giorno sarà emergenza e con lei le cose sono già abbastanza complesse senza aggravi successivi. Quanto a Bibo ci resterà male ma è un ragazzino in gamba, capirà.

Sotto la sua ex casa matrimoniale inserisce le quattro frecce senza spegnere il motore. Scende e citofona.

«Sono io. Salgo un momento.»

«Okay.»

La voce di Jessica è stridula. Ci siamo, pensa Paolo.

Lascia la macchina dov'è, in doppia fila. Chiama l'ascensore e sale al quinto piano. Gli secca andare su. Incontrare Jessica nella loro ex casa, magari mezza nuda. Non è la prima volta. Sembra provarci gusto, si diverte a provocarlo. Per Paolo il passato è passato. Preferisce guardare avanti. Ma lei gli chiede sempre qualcosa, tempo, disponibilità, informazioni e lui accetta di pagare il conto perché, deve ammetterlo, continua a sentirsi in colpa con Bibo per essersene andato.

Jessica apre subito.

«Dov'è lui?»

«In bagno. È quasi pronto.»

«In questura abbiamo un problema grosso come una casa, Jessica. Non posso tenere Bibo. Mi spiace.»

«Certo che ti spiace.»

Paolo non vuole far caso al tono provocatorio di Jessica. Ha altro per la testa, ora. La casa è super riscaldata e lei indossa shorts che le coprono metà natiche e davanti le segnano il punto tenero dove le cosce incrociano l'inguine. Per un momento Paolo è sommerso dal ricordo di quanto lo eccitava passare e ripassare il pollice proprio lì, mentre il desiderio montava. A Jessica ha insegnato lui a far l'amore. All'inizio della loro relazione lei si vergognava di tutto, però gli fermava la mano quando lui cominciava a toccarla: aveva capito che quel gesto gli mandava il sangue al cervello perché era un implicito, pudico invito a continuare. Farlo con la luce accesa guardandosi negli occhi era stata una conquista.

Forse perché è ancora sotto l'effetto delle carezze di Sandra, Paolo sente aumentare i battiti. Si costringe a distogliere lo sguardo. Non così velocemente perché lei non si accorga del suo turbamento e gli lanci un'occhiata compiaciuta.

«Smettila di provocarmi.»

«Non ti provoco. È diverso. Ti amo e tu lo sai. Potremmo ancora essere felici insieme...»

Lei sbatte con malagrazia in tavola la colazione. Latte, cacao e una merendina.

«Perché non la pianti di dargli 'ste schifezze?»

Bibo trotterella dal bagno.

«Ciao papi.»

«Ciao topolino. Mi spiace tanto ma non possiamo stare insieme sulla neve oggi. È successa una cosa molto brutta, e tu lo sai che è il mio lavoro prendere la gente cattiva. Ma ti prometto che...»

Non dice altro. Forse non ci sarà un'altra nevicata. Bibo ha abbassato gli occhi e il mento gli trema. Ovvio, sta cercando di non scoppiare a piangere.

Gli scompiglia i capelli con una carezza. Gli darebbe un gran bacio e lo stringerebbe al petto ma vuole che sia forte e non si autocommiseri davanti alle delusioni.

Ora Bibo fa sì sì con la testa e quando lo guarda i suoi occhi sono due cucchiai di lacrime.

Quanto gli manca la quotidianità con suo figlio? si chiede Paolo. Otto anni tra quattro mesi. Forse il giudice riterrà Bibo perfettamente in grado di scegliere con chi vuole vivere. Sandra gli piace e lui farà di tutto perché gli piaccia sempre di più. Si rende conto che è crudele mettere un bambino davanti a una scelta simile, per questo temporeggia.

In commissariato, Paolo deve ammettere che l'immagine di Jessica in shorts gli occupa la mente. Impossibile scacciarla. La sua carne bianca, tremula e morbida è lì, un prepotente richiamo erotico, mentre lui percorre il corridoio del commissariato e con qualche apprensione infila la porta della stanza di Balleri.

Dentro, c'è la squadra al completo, una decina di agenti, quasi tutti in abiti civili, più Carmen Belfiore.

Il commissario capo tamburella con le dieci dita sulla scrivania sgombra e lucida.

«Parlo una volta sola. Aprite bene le orecchie. L'Ansa ha battuto la notizia, i Tg l'hanno ripresa. Per fortuna non hanno filmati, a parte l'intervista agli operatori che l'hanno trovata. Facevano il giro di notte e hanno chiamato l'ambulanza. Pare che la barbona abbia visto uno che lasciava un pacco regalo sugli scalini della chiesa, l'ha scartato e ha dato fuori di matto.

Hanno transennato la scalinata della chiesa di Santa Maria del Popolo ma la gente va a curiosare. Sembra un carnevale, ci sono stati anche due scippi. La chiesa non può restare chiusa. Il parroco si lamenta che non può dire messa. Poi ci sono i turisti. Capirai, lì dentro c'è roba grossa, Bernini, Caravaggio. Sono soldi.

Non è nostra competenza di zona, ma abbiamo la prima mano, dunque ce ne occupiamo noi. Alle undici ci sarà una conferenza stampa. Dovrò dire qualcosa, il meno possibile. Niente particolari, ma sapete bene che le notizie filtrano sempre. Allora vogliamo farci trattare da stupidi? Rosato!»

«Certo che no, capo.»

«Certo che sì Rosato, se continuiamo a navigare nel mare delle nebbie. Abbiamo uno stronzo che si diverte ad amputare mani di ragazzini e a farcele trovare impacchettate. In centro. Nella capitale. Chi cazzo è? Che c'ha in testa? Abbiamo almeno un profilo di 'sto stronzo? Ha agito da solo o con dei complici? Belfiore!»

«Questo taglio è opera dello stesso mancino» Belfiore parla con freddezza scandendo bene le parole. «La sinistra che abbiamo appena repertato è dello stesso ragazzino di vico Jugario.»

Esclamazioni costernate degli agenti.

«Ma tracciare il profilo del soggetto ora come ora è problematico. Come quello della vittima, del resto, di cui conosciamo il sesso e l'età, e abbiamo i materiali trovati sotto le unghie della sua destra, quella di vico Jugario, per intenderci. Terriccio. Con un po' di fortuna riusciremo a stabilire la zona da cui viene, anche se non dovesse dirci dove sono avvenute le amputazioni. Il fiocco di velluto e il sacco d'immondizia che copriva la destra sono puliti. Il nostro uomo indossava i guanti. Stiamo lavorando a pieno ritmo ma ci vuole tempo, lo sa bene anche lei, capo. Quello che è certo è che il taglio è avvenuto con la vittima morta per overdose di narcotici, parlo sempre della mano di vico Jugario. La seconda invece presenta leggere tracce di necrosi in corrispondenza del mignolo, segno che non era "fresca" – scusatemi – ma conservata, certamente in un freezer.»

Esclamazioni di forte sconcerto si propagano nella stanza. Qualcuno chiede: «E i capelli? Di chi sono?».

«Ci stiamo lavorando.»

«La testimone?»

«Senzatetto. Niente documenti. Sessantacinque, settant'anni. Ha visto chi ha lasciato il pacco sulla scalinata della chiesa, dice. Diavolo, lo chiama.»

«Bisogna tirarle fuori una descrizione per l'identikit.»

«Sarebbe un gran colpo se il bastardo fosse schedato.»

«Dov'è lei?»

«Ti aspetta nella tua stanza, Rosato, ma non potremo trattenerla. Al Santo Spirito l'hanno ripulita. Però sa sempre di pesce marcio.»

Risatine nervose.

Paolo sa che le battute di pessimo gusto servono a sciogliere la tensione, ma non approva mai quando si prende di mira un poveraccio.

«Impronte?»

«Prese, ovvio, ma non servono. Non è schedata.»

Balleri fa circolare sui presenti uno sguardo assassino.

«Idee? Suggerimenti?»

«Il fiocco al dito della destra e i capelli nel pugno della sinistra. Una messinscena per raccontarci qualcosa, forse una storia. La sua.»

Paolo sta ripetendo le parole di Sandra.

«E la scelta dei luoghi non sembra casuale. C'è una logica, dobbiamo ragionare con la sua testa e scoprire qual è.»

Sempre parole di Sandra.

«Abbiamo a che fare con uno che sa il fatto suo. Nevicava e aveva lasciato le impronte con le scarpe. È tornato indietro a cancellarle rinculando, spostando e acciaccando la neve. Speriamo che la Scientifica trovi qualche elemento identificativo, anche se ne dubito. Per ora abbiamo solo una cosa degna di nota: colpisce quando nevica. È successo una settimana fa con la prima nevicata e ieri con la seconda. Non può essere un caso.»

«Speriamo che non nevichi più sennò questo pazzo è capace di farci trovare pezzi di ragazzini per tutta Roma.»

«Se si preoccupa di cancellare le impronte significa che ritiene che possiamo identificarlo. E se ha avvelenato la vittima per la prima amputazione, e tenuto in freezer il corpo per potersene servire in un secondo momento, deve avere un posto sicuro dove agire. E tempo e modo per liberarsene» fa notare Rosato.

Balleri batte energicamente i palmi sulla scrivania.

«Bene. Mettete insieme tutti gli elementi e datevi da fare. Voglio fatti, risultati. Subito. Al momento non c'è altro.»

Il gruppo si scioglie.

Paolo Rosato attraversa a passo sostenuto il corridoio in direzione della propria stanza. L'ha scelta personalmente ampia, luminosa, con le sedie comode. Ci tiene che i suoi interlocutori, colleghi, informatori, e persino i sospetti, si sentano a loro agio.

L'agente di guardia gli apre la porta tendendo la testa nella direzione opposta. Il perché è chiaro. Paolo lo capisce ancor prima di entrare.

Hanno ragione i colleghi. All'ospedale l'hanno lavata e rivestita con abiti puliti ma il lezzo della vita randagia è diventato una seconda pelle per la senzatetto. È pervasivo e dà il voltastomaco.

Un attimo di esitazione e Paolo entra. Siedono di fronte. La faccia di lei è una ragnatela di rughe, i capelli sporchi e ha lo smalto slabbrato sulle unghie. È un poliziotto sensibile, Rosato, dopo la terribile esperienza del terremoto che ha raso al suolo il paese dei suoi nonni in Abruzzo, il degrado fisico delle persone, segno di un tracollo psichico e spirituale, gli tocca il cuore.

«Vuole un caffè?»

Nessuna reazione.

«Signora...»

Niente.

«Signora!»

La donna gira impercettibilmente il capo. Paolo Rosato le vede gli occhi. Azzurro slavato. Come immersi nella varichina. Occhi vecchi, stanchi. Occhi da fine partita perduta.

«Come si chiama?»

Lei torna a guardare ostinatamente oltre i vetri della finestra. È evidente che guarda per inerzia, non è interessata a quello che vede. Assente, insensibile. La schiena curva, priva di energia, come se non la sostenesse più.

Non caveremo un ragno dal buco da questa poveraccia, pensa Paolo. Non parlerà. Non sarà in grado di descrivere chi ha lasciato il pacco. Chissà se parla italiano.

«Lui non è buono.»

Lo dice tutto d'un fiato. Paolo si assesta meglio sulla sedia.

«Non è buono?»
«No... il diavolo.»
«Le ha fatto del male?»
«Il pacco.»
«Ce l'ha detto. Ha lasciato il pacco. Sugli scalini, davanti alla chiesa.»
«Sì.»
«L'ha visto in faccia?»
«No.»
«Da vicino sì?»
«No... sì.»
«Com'era? Alto, basso?»
«Alto.»
«Magro? Grasso?»
«Non grasso.»
«I capelli? Come aveva i capelli? Chiari? Scuri?»
Senzatetto si porta la destra all'altezza della nuca e indica un taglio di piatto, cercando di tenere fermo il tremito delle mani.
«Chiari, pari, un berretto nero.»
«Un berretto nero, i capelli pari.»
«Come un paggio.»
«Un paggio?»
«Sì.»
«Com'era vestito questo paggio? Jeans, cappotto, magari un giubbotto?»
Per un momento Senzatetto si chiude il viso tra le mani e si copre la testa con un braccio come fanno gli uccelli quando dormono.
«Si è spaventata.»
«Lui è cattivo.»
«Signora, ci dice come si chiama?»
«Gina.»

«Gina. E poi?»

Nessuna risposta.

«Gina. Grazie, Gina, ci è stata molto utile. Stia tranquilla. Faremo un identikit, e speriamo che qualcuno lo riconosca. Vuole un caffè, un panino?»

Gina Senzatetto resta impassibile.

Rosato guadagna il corridoio. Sta arrivando Cima. Il commissario gli mette una mano sul petto per fermarlo.

«Non entrare, è spaventata. Allo stato attuale meglio lasciarla stare. Qualcosa ci ha detto. Il nostro uomo è un tipo alto, con i capelli lunghi tagliati pari sul collo, alla paggio. Con un po' di pazienza penso che possiamo arrivare a un identikit. Ci dicesse culo che è schedato. Lei non possiamo trattenerla e per interrogarla di nuovo dobbiamo aspettare l'ordinanza del giudice. Nel frattempo bisogna portarla in un posto protetto.»

Chiede a un appuntato un caffè e un panino. Resta in piedi, di fianco a Cima, dietro il vetro divisorio a guardare la donna che prende il bicchiere di carta con il caffè e lo porta alle labbra.

All'improvviso lo lascia cadere a terra e si lancia contro il vetro battendo i pugni. Rosato e Cima si precipitano dentro. Gina Senzatetto si dibatte come un'anguilla, è incredibilmente forte, i due uomini faticano parecchio a calmarla. Hanno il fiatone quando riescono a farla mettere di nuovo seduta. Anche Senzatetto ansima e comincia a eruttare a ripetizione: «Diavolo, diavolo, diavolo».

Carlo Cima raccoglie il bicchiere e lo passa all'appuntato.

«Stia tranquilla, qui è al sicuro, non deve avere paura, capisce?»

Senzatetto è già ricaduta nel nulla in cui sembra fluttuare la sua mente, le labbra strette, gli occhi inespressivi.

Dal girocollo del maglione liso spunta un cordoncino di cuoio con appesa una chiave antica di quelle che aprono i vecchi bauli, sormontata da un cavalluccio marino d'argento, che lei pizzica senza posa.

«Dobbiamo avere pazienza, darle il tempo di riprendersi, di affidarsi, anche se ho l'impressione che ci abbia già detto tutto quello che sa» fa Rosato a Cima mentre si rassettano gli abiti in corridoio.

«Hai ragione. È pure incazzata secondo me. Se lei ha visto il diavolo, il diavolo ha certamente visto lei.»

«Sì, e non è stupida, lo sa e ha paura. È comprensibile. Fa' richiesta d'ufficio alle comunità di accoglienza. Bisogna piantonarla giorno e notte. Almeno finché il giudice non emette l'ordine di custodia cautelare. È la nostra unica testimone. Insistiamo, con le dovute maniere. Io vado da Belfiore. Dobbiamo tornare a vico Jugario. Setacciare le abitazioni. Interrogare la gente dei palazzi. Sperare che qualcuno abbia notato il tizio e aggiunga qualche elemento per l'identikit. A Santa Maria del Popolo non sappiamo a chi chiedere, non ci sono residenti, solo turisti, gente che va e viene.»

La neve caduta occupa tutto il terreno intorno al complesso di medicina legale e l'edificio brilla come appena imbiancato, i vetri delle ampie finestre tirati a lucido.

Paolo Rosato si affretta a entrare. Non c'è un'anima in giro ma, se la conosce, Carmen Belfiore deve essersi precipitata in laboratorio appena terminata la riunione.

Il medico legale si volta sentendo Rosato entrare. Tira un profondo sospiro. La mascherina protettiva vibra risucchiata ad arco nella sua bocca. La voce le esce con il brontolio di un tuono lontano.

«Stiamo controllando l'intervallo tra i dentelli ma sembrerebbe proprio che il tipo di lama usata per il taglio sia lo stesso per entrambe le mani. Come identica è l'inclinazione.»

«Stesso ragazzino, identico macellaio.»

«Mancino.»

«Secondo te abbiamo a che fare con un bastardo seriale?»

«Diciamo che segue un rituale.»

Belfiore mostra a Paolo un contenitore trasparente.

Dentro c'è il ciuffo di capelli che stringeva la mano.

«Sono della vittima. Glieli ha tagliati e messi nel pugno quando ancora era vivo. Con il *rigor mortis* la stretta si è saldata.»

«Scusa, vuoi dire che chi ha ucciso ha tagliato i capelli della vittima, gli ha mozzato le mani e ci ha fatto trovare per prima la destra e ha tenuto in freezer la sinistra per consegnarcela la settimana dopo?»

«Credo sia andata così.»

«E il corpo?»

«Può averlo tenuto o distrutto. Chi lo sa? Dipende se deve farci trovare un altro pezzo.»

Paolo Rosato appoggia entrambe le mani al tavolo in cerca di sostegno. Fa girare lo sguardo nella stanza.

«Quella creatura avrà anche subito violenza.»

«Finché non abbiamo il corpo, non sapremo mai cosa ha subito e cosa no.»

«Otto anni. Nove, forse. Per quelli che toccano i bambini non ho pietà. Lo so, è sbagliato, per me sono bestie e gli taglierei la gola.»

Il commissario ha il fiele in bocca. Succhiasse cento scatole di mentine, si lavasse i denti cento volte di seguito non servirebbe. L'amaro viene dallo stomaco, dall'angoscia che lo attanaglia.

7

Sangue bollente

«Quando arriva papà?»

Bibo è a letto con qualche linea di febbre. Una semplice influenza scoppiata la sera prima, guaribile nei soliti tre giorni, ma il bambino chiedeva insistentemente del padre e Jessica è stata ben contenta di chiamarlo.

Quando Paolo entra, Bibo ha il termometro in bocca. Gli tende le braccia, contento.

«Trentotto e mezzo.»

«Hai sentito il medico?»

«Sì. La febbre è già un po' scesa rispetto a ieri.»

«Bene.»

Paolo deposita sul tavolo un sacchetto colorato. Lo apre, siede sul letto e tira fuori una manciata di palloncini che comincia a gonfiare soffiandoci dentro. Jessica indossa gli shorts dell'altra volta che sul davanti le segnano l'attaccatura dell'inguine.

Paolo si obbliga a distogliere lo sguardo.

Jessica fa per uscire dalla stanza e lasciarli soli ma Bibo le afferra un braccio.

«Mamma, mammina, resta qui!»

Jessica siede sull'altro lato del letto. Gli shorts diventano una striscia sottilissima tra le sue cosce. Il blu della stoffa fa risaltare la bianchezza della carne.

Paolo comincia velocemente a gonfiare i palloncini. Ogni volta che ne gonfia uno annoda il capo e lo libera. Presto l'intero soffitto è fatto di palloncini colorati e Bibo ride.

Prende una mano di ciascuno dei genitori e le unisce.

Seppure a disagio, Paolo non ritira la sua.

Ravvia i capelli al bambino con una carezza rassicurante.

Minuti di silenzio collettivo, finalmente Bibo chiude gli occhi.

«Ecco, bravo, dormi adesso, così domani sei guarito» mormora Paolo.

Sciolgono le mani. Jessica distende le braccia di Bibo sul letto, rimbocca il piumino e si alza. Paolo fa lo stesso e insieme guadagnano il soggiorno con cucina a vista.

Paolo prende il giaccone e comincia a infilarlo.

«Ti faccio un caffè» propone Jessica.

«Grazie. Ne ho già presi troppi oggi. È tardi, poi non dormo.»

Jessica comincia lo stesso a trafficare con la moka.

«Mi spiace che Bibo si sia ammalato.»

«Non doveva andare sulla neve.»

«Non cominciare, per favore. Era ben coperto e in buone mani.»

«Sì, ho visto in che buone mani era. Tutto accaldato senza il berretto a costruire quel cavolo di pupazzo di neve!»

«Come fai a saperlo, l'hai visto?»

«Sì, l'ho visto. Cosa c'è di male se controllo dove va mio figlio?»

«Come facevi a sapere dove stavano?»

«Me l'hai detto tu, non ricordi?»

«No. Può darsi. Non ricordo. Non ci sto con la testa. Comunque sei pessima Jessica. Devi stare lontano da Sandra, come faccio a fartelo capire? Cazzo non cambi mai!»

«No, non cambio mai. Non voglio cambiare. Sei tu che devi cambiare. Devi tornare qui. Bibo ha bisogno di te. Io ho bisogno di te.»

«Smettila, Jessica. È una storia vecchia. Non torno. Sto bene dove sto. E anche Bibo sta bene. Piantala di mettermi in croce.»

«Sei ingiusto. Ti piace farmi star male.»

Gli occhi di Jessica si riempiono di lacrime.

«Piantala!»

Lei si asciuga le lacrime con i pollici.

Gira intorno al tavolo e gli si abbandona addosso. Comincia a baciarlo. Una gragnuola di piccoli baci, sul collo, sulle guance, sugli occhi, sulla bocca.

Paolo sente i suoi seni gonfi contro il petto. Le preme le mani sulle spalle per allontanarla.

«Finiscila!»

«Ti prego, ti prego.»

«Lo capisci che sono preoccupato, incazzato?»

Ora le mani di Jessica scendono sul cavallo dei suoi pantaloni. A Paolo monta una gran rabbia. Contro Jessica che lo provoca, contro se stesso che si sta ingrossando. L'afferra per la nuca, la fa voltare, la schiaccia contro il muro, le scopre le spalle e le mordicchia la schiena.

«Ahia, piano! Mi fai male!»

Jessica si dibatte come per sciogliersi ma in realtà gli spinge contro il posteriore ad arte. Paolo si sfila la cintura dei jeans, gliela arrotola intorno ai polsi torcendole le braccia all'indietro, le sposta di lato gli shorts e la penetra.

«È così che ti piace, è così che mi vuoi?»

«No, sì, nooo, ti prego, ti prego, piano scemo, mi fai male!»

Le divarica le natiche con la mano libera. Colpi rudi, vigorosi.

Non dura a lungo ma quando si ritira da lei ansante e frastornato la corona rossa dei suoi denti le timbra la schiena.

«Mi ami ancora... mi ami ancora.»

Jessica ride, si massaggia i polsi mentre Paolo si ricompone alla meglio e si passa una mano sulla faccia, una, due volte come per riprendersi da uno choc.

«Scusa, scusami.»

Apre la porta senza aggiungere altro, Jessica resta dov'è, gli shorts per traverso che lasciano scoperta una delle grandi labbra, la faccia scomposta e l'espressione trionfante.

Paolo scende a precipizio le scale. È in strada. Monta in macchina.

Come ha potuto lasciarsi andare così come un animale?

Testa di cazzo. Quei no, i sì, con Jessica non ci si capisce mai niente, credeva che non avesse più il potere di farlo diventare matto e invece c'è riuscita. Mi ami ancora, ha detto lei. No, quello non è stato un atto d'amore, ma un cedere a istinti bestiali.

Che razza di uomo è uno che non è capace di trattenere l'uccello nei pantaloni?

Pezzo d'idiota. Porco. Stronzo.

Le ha pure chiesto scusa. Come se bastasse. Ridicolo.

Il pensiero corre a Sandra e Paolo ha un tuffo al cuore. L'ama, eppure l'ha tradita. Crolla con la testa sul volante. Mena un gran pugno sul cruscotto.

Le nocche del medio e dell'anulare della mano destra gli si anneriscono subito.

8

Un rapporto inquietante

Paolo Rosato attraversa con la faccia buia il corridoio della questura centrale e raggiunge a grandi falcate la sua stanza. Risponde a monosillabi al saluto dei colleghi.

Cima sta depositando alcuni fogli sulla sua scrivania.

«Che ci fai qui?»

«Ho finito ora il turno. Stanno controllando foto e identità dei pedofili. Ci sono pochi elementi, nessuno corrisponde alla descrizione. E quelli che abbiamo sentito finora hanno un alibi.»

«Bisogna continuare.»

Cima agita in aria i fogli.

«Cos'è?»

«Dall'archivio. Leggi.»

Paolo si appoggia con le natiche alla scrivania. Legge.

«Addì, 20 dicembre 1982. Ore 19.30 nel mio ufficio in Questura ricevo una segnalazione anonima: elementi sovversivi dell'estrema sinistra sono impegnati in un'azione in via della Lungara, a Trastevere. Predispongo accertamenti. Una volante si dirige immediatamente sul posto. All'arrivo degli agenti, un maschio e una femmina, su una Cinquecento Fiat rossa targata Roma 45897, si danno alla fuga. La volante richiede un intervento di appoggio. Dopo un breve inseguimento su via della Lungara, la Cinquecento imbocca la salita del Buon Pastore e s'immette su lungotevere Sanzio. Le due volanti affiancano l'utilitaria intimando l'alt. Invece di rispettare l'ordine, la Cinquecento Fiat accelera, sbanda, striscia alcune macchine parcheggiate sul lato sinistro del lungotevere medesimo e cappotta al centro del viale. Gli agenti delle due volanti Guarneri Franco e Altamura Gennaro, Gaudio Giuseppe e Cacioppo Natalino, portano i primi soccorsi e chiedono l'intervento di un'ambulanza che ricovera i feriti al vicino ospedale Fatebenefratelli. Il maschio alla guida, Michele Lenna, di anni 21, nato a Roma e ivi residente in via dei Sabelli 24, muore sull'ambulanza. Adele Foglia, di anni 26, nata a Roma e convivente del Lenna, accusa rottura di una costola e varie contusioni. Dimessa e rilasciata dopo un interrogatorio durante il quale non emergono capi d'imputazione a suo carico.»

Quello che fa schizzare su Rosato è la firma in calce al rapporto: agente responsabile Dario Balleri.

«Chi è questo Michele Lenna?»

«Da non credere: il figlio del professore.»

«Accidenti, Cima. Balleri e il professore si conoscono. Perché il capo non ce l'ha detto visto che sa che andremo a sentirlo?»

«Tipo strano questo Lenna. Moglie affogata in casa, figlio...»

«Hai notato? La clinica di Lenna, la Biomedical è a un tiro di schioppo da piazza del Popolo. I luoghi dei ritrovamenti ci portano dal professore.»

«Può essere un caso. Mai saltare subito alle conclusioni. È una delle regole fondamentali che ci insegnano ai corsi di addestramento.»

«Okay. La prima mano la troviamo dove abita, la seconda dove opera. Non ti sembra troppo per essere un caso?»

«Sì, ma dobbiamo andare con i piedi di piombo.»

«Allora non lo confrontiamo subito?»

«No, meglio di no. Balleri non agisce d'impulso. Al contrario. Se ha mantenuto segreta la cosa deve avere le sue ragioni. Sa dell'esistenza del rapporto e immagina che alla fine ci arriveremo. Magari non così presto, bravo Cima!»

«È una storia vecchia e il capo non crepa di simpatia nei tuoi confronti, vuole lasciarti cuocere nel tuo brodo per il gusto di metterti i bastoni tra le ruote.»

«Che gliene viene a farmi fare la figura dell'imbecille? Le mani amputate sono da prima pagina. Più in fretta si risolve il caso, meglio è.»

«Ah senti, la Patty, Secapita, non vive più nel quartiere. Inutile rintracciarla, non serve.»

Un agente mette dentro la testa. La sua espressione non promette nulla di buono.

«Commissario, la barbona è scappata dal centro, il capo vuole vederci tutti da lui. Subito.»

Dario Balleri veste elegante, in piedi dietro la scrivania, il peso del corpo poggia sulle mani chiuse a pugno, la testa infossata nelle spalle come un toro pronto a caricare.

«Avevo dato disposizioni precise perché la donna fosse piantonata.»

Fatica a controllare l'incazzatura, spiegazza la pagina del quotidiano sulla scrivania, lo sguardo truce puntato su Rosato.

«Siamo fortunati che non è passata l'informazione dei capelli e del nastro. Adesso bisogna far circolare la foto per ritrovare 'sta barbona prima possibile.»

«È anche pericoloso per lei. Chi ha lasciato il pacco l'ha vista in faccia, da vicino.»

«Me ne fotto se lei è in pericolo, Rosato. Ce l'avevi qui, dovevi farla parlare subito. Insistere. Tirarle fuori tutto quello che sa e solo dopo mandarla al centro. Me ne frego se chi ha portato il pacco l'ha vista in faccia, da vicino. Mi frega che lei abbia visto lui. E riferisca i dettagli.»

«L'ha fatto. Ha parlato di un tizio alto, capelli chiari tagliati alla paggio. Il diavolo, lo chiama.»

«Coglionate. Trovala. E fa' presto. Chiaro?»

9

Figli perduti

Ogni sera, all'imbrunire, una fila di luci lo illumina alla base. Forse per la lunghezza delle sue tre arcate in muratura o per la presenza delle carceri di Regina Coeli su uno dei suoi lati, ponte Mazzini è un ponte malinconico.

Senzatetto lo imbocca col suo trolley sfilacciato e alcune buste di plastica sottobraccio. Da quando vive per strada preferisce i vicoli e le zone pedonali alle strade importanti e ben illuminate. Lì non c'è pericolo di incrociare volanti della polizia. Nessuno fa caso a lei.

Ma su quel ponte ci passa ogni giorno, è una tappa fissa, un pellegrinaggio. Soprattutto all'ora di cena. Il traffico dirada, i passanti pure e lei può sostare in raccoglimento poco oltre l'imbocco, davanti all'altarino di fiori, candele, scritte e pupazzetti dove la famiglia e la pietà popolare rinnovano quotidianamente il dolore per la perdita del piccolo Claudio, sedici mesi.

La settimana scorsa, mentre la città era sotto la prima nevicata, suo padre l'ha gettato nel fiume. Era uscito un resoconto dettagliato in cronaca sul «Messaggero», il quotidiano di Roma. Senzatetto l'ha letto tante volte da saperlo a memoria.

«L'omicidio ha colpito al cuore i romani» diceva l'articolista. «Questa maledetta mattina d'inverno la capitale è ostaggio del gelo e della neve. Patrizio Franceschelli, 26 anni, che convive con Claudia, 29, sedici mesi fa è diventato papà di un maschietto, Claudio. Tra i due c'è un rapporto difficile. Lui ha precedenti per spaccio. E gli piace alzare le mani. Lei è innamorata e non pensa che lui possa far del male al figlio. Fino a sabato. Claudia è al Santo Spirito piena di lividi e in stato delirante perché lui l'ha picchiata. Patrizio arriva all'alba a casa della suocera Rita, in via degli Orti d'Alibert, a Trastevere. Il bambino dorme. Vuole dormire lì anche lui, ma Rita non glielo permette e così l'uomo va via. Però subito torna. Afferra Claudio nel lettino. La nonna cerca di fermarlo con le buone: "Aspetta, faccio il biberon a lui e un cappuccino a te". Interviene anche Manuela, un'altra figlia di Rita, al nono mese di gravidanza. Tenta di non farlo uscire. Patrizio le dà un calcio, esce col bambino in braccio. Le due donne lo seguono. Su ponte Mazzini c'è un agente di polizia penitenziaria in auto, che vede il bambino piangente e tremante per il freddo e invita il padre a salire a bordo. Patrizio invece stende il piccolo oltre il parapetto, tenendolo per i piedini. Le donne e l'agente lo supplicano di non fare pazzie. Macché. L'uomo lascia cadere il figlio nel vuoto. Il corpicino s'inabissa nelle acque livide e gelide del Tevere, lui si allontana. Lo fermeranno poco dopo i carabinieri, mentre si nasconde dietro un albero. "Ho fatto una gran cazzata" sono le sue prime parole.»

Il caso del piccolo Claudio è passato in secondo piano. Ora quello che fa notizia è il doppio ritrovamento delle mani mozzate di bambino. Ed è toccato proprio a lei vivere lo choc dell'ultima scoperta. È stato come se la mano del destino le avesse inferto una seconda coltellata, riaprendo e facendo sanguinare di nuovo la ferita che anni prima le aveva squarciato il cuore. Patrizio Franceschelli, il padre omicida del piccolo Claudio, è in carcere e c'è da sperare che gli altri detenuti gli rendano la vita un inferno, si accaniscono spesso contro chi commette reati simili. Al mostro in circolazione che tortura i ragazzini daranno la caccia e prima o poi lo incastreranno. Ma per Enrico, suo figlio, anche lui vittima di un uomo violento da cui Senzatetto non ha saputo difendersi, non c'è stato neppure un trafiletto su un giornale.

Una giovane coppia in crisi in auto su una litoranea nel sud della Sardegna. Una vacanza, l'ultima occasione per ritentare. Un litigio scoppiato per una parola sbagliata che se ne porta dietro altre. Vecchi rancori che vengono a galla, nodi mai sciolti di una coppia come tante. Il piede del papà che pigia sull'acceleratore, il terrore e le urla della mamma, i lacrimoni del figlioletto. Una curva presa male, l'auto che sbanda, vola, sbatte contro le rocce, una, due, tre volte, s'impenna e finisce tra le onde.

Azzurro, cobalto, blu notte.

L'acqua che s'insinua e dal pavimento sale a lambire le caviglie. Il padre ha la testa abbandonata sul volante, un filo rosso gli cola dalla bocca. Dal sedile dietro il piccolo tende terrorizzato le braccine verso la mamma. La cintura di sicurezza del seggiolino resiste, non si sgancia. Aspetta tesoro... ci penso io... ecco Enrico, non aver paura. Lo schiocco della cintura che salta. Il bambino che le scivola fra le braccia, le si appende al collo e stringe, stringe... pugni, calci contro il finestrino, il vetro che cede e la gigantesca lingua d'acqua che investe l'abitacolo, le strappa il piccolo dalle braccia e li risucchia, li separa, li trascina via in un clangore di bolle che scoppiano, tonfi, scricchiolii, gorgoglii, fischi.

Un ricciolo biondo ondeggia tra le alghe, scurisce mentre si allontana. Le sue mani che annaspano nel vano tentativo di afferrarlo.

Poi silenzio. Un grande silenzio.

Enrico! Enrico! Figlio, bambino mio!

Una stanza d'ospedale. Sola. Non volerci essere. Non voler esserci più.

Invece è rimasta. Contro ogni logica. Natale dopo Natale. Compleanno dopo compleanno. C'è ancora, sebbene alla deriva. Con le foto, un pigiamino e un orsacchiotto nel baule a casa di sua sorella, chiuso con la chiave antica col cavalluccio marino che porta come un prezioso gioiello al collo.

Sul marciapiede di ponte Mazzini, addossata al parapetto, piange. Per Enrico e per Claudio. Per i bambini ancora sconosciuti cui hanno mozzato le mani. Piangere la fa sentire almeno un poco partecipe della comunità. Condividere quella terribile sofferenza anche se idealmente – non conosce la mamma di Claudio, non ha intenzione di cercarla, cosa potrebbe dirle, queste sono ferite insanabili – è un sollievo.

Nessuna condizione la farà più tornare indietro dal suo status di persona del nulla cui ormai appartiene. Non l'affetto di sua sorella Piera, alla quale augura tutta la felicità del mondo, non i nipotini, che sarebbe straziante veder crescere poiché l'unica crescita a cui avrebbe voluto assistere le è stata sottratta.

Più di una volta negli ultimi giorni ha pensato di scavalcare anche lei il parapetto, nel punto esatto dove il padre ha fatto cadere il piccolo Claudio. Ma non può. Deve rimanere in vita per Enrico. Restare nella terra dei vivi per tenere anche lui al di qua dal punto di non ritorno, nell'unico mondo che conosce.

Chi le garantisce che lo ritroverà nell'altro, ammesso che un altro mondo esista?

Si curva e accarezza la fotografia del piccolo angelo del fiume. Stringe nel pugno la chiave del bauletto che porta al collo. La bacia.

«A domani» sussurra, come parlando ai due bambini accomunati e a tutti i bambini sofferenti del mondo.

Resta ancora un po' ferma davanti a quel luogo di devozione come davanti a un camino scoppiettante che produce calore nella sera gelida, poi riprende la strada.

Attraversa il ponte e s'infila in via di Panico, prosegue per via di Monte Giordano, supera palazzo Taverna e sbuca in via del Governo Vecchio.

Conosce ogni pietra di quella strada. Ragazza, con centinaia di altre donne aveva occupato il palazzo della Prefettura al numero civico trentanove. Un palazzo del quindicesimo secolo con un ampio cortile e un loggiato, semidiroccato e inagibile, che era diventato la Casa della Donna. Ci aveva passato giornate intere impegnandosi nell'attività di vari collettivi, stringendo amicizie importanti, di quelle che formano coscienza e conoscenza e cambiano la vita.

Ora il palazzo è abbandonato, il portone chiuso da un chiavistello e una grossa catena. Si può spiarne l'interno attraverso il buco della serratura. Anche solo la vista parziale di una colonna del loggiato, di un angolo del cortile le restituisce la memoria di se stessa e le fa battere più forte il cuore. Dove sono finite tutte le compagne? Molte si sono riconvertite alla normalità, altre hanno abbandonato mariti e figli per mettersi con una donna, altre ancora, come lei, si sono perdute e girovagano in città, irriconoscibili a tutti salvo che alle proprie simili. Quando le incontra, un sorriso, una parola, basta a confermarle che un tempo un'appartenenza è esistita. Allora, il vuoto di senso della sua giornata si fa da parte, altre volte aumenta, si fa così forte che lei si sente ancora più sola.

Fa un freddo terribile, l'ondata di gelo ha ucciso parecchia gente in tutta Europa. Senzatetto si copre la testa con la sciarpa, se la gira intorno al collo. C'è pochissima gente in giro. Meglio farebbe a raggiungere il suo covo, se non è già stato occupato.

Le tornano in mente le domande che le ha fatto il commissario. Ha visto in faccia chi ha lasciato il pacco?

Sì che l'ha visto. Ricorda bene anche il curioso taglio dei capelli chiari.

Sembrava un angelo e invece era un diavolo.

Questo l'ha pensato dopo, quando ha scartato il pacco e ha visto la mano.

Ha paura, è nervosa, agitata, al centro di accoglienza non si sentiva sicura. Per questo è scappata. Meglio se raggiunge il suo solito rifugio, sperando non sia già occupato. Appena avrà recuperato le forze, domani o dopodomani, andrà a cercare quel commissario e gli descriverà per bene il diavolo.

Da lattiginoso il cielo ora è punteggiato di stelle.

Fermo all'angolo tra via del Corallo e via del Governo Vecchio, l'uomo-paggio guarda la donna di stracci che cammina. Quando gli si fa più vicina, si rialza il bavero del cappotto sul collo, infilandoci dentro i capelli.

Nel momento in cui Senzatetto lo raggiunge, si gira di spalle, fingendo di guardare una vetrina.

Lei lo supera senza far caso a lui.

L'uomo-paggio aspetta qualche istante, battendo i piedi sul selciato per scaldarsi.

Poi la segue lungo via del Governo Vecchio.

Sorseggiando l'ennesimo caffè della giornata, dai vetri della cucina del casolare dove abita da cinque anni, Ernesto Lenna ammira la rocca su cui svetta il borgo che secoli addietro era stata un'importante cittadella fortificata. Contro le sue mura a fine marzo del 1503 si era scatenata la furia dell'artiglieria di Cesare Borgia, il duca Valentino, che, con la supervisione del suo ingegnere bellico Leonardo da Vinci, l'aveva stretta d'assedio per cacciare gli Orsini, nemici giurati di suo padre, papa Alessandro VI. Otto giorni di fuoco senza soluzione di continuità, come informa il cartello comunale posto ai piedi della salita per l'ingresso al borgo. A nulla era valso il sacrificio di un arciere che aveva puntato l'arma contro il Valentino. Il braccio destro del duca, il condottiero Michele Corella, aveva deviato la punta della freccia all'ultimo minuto, salvandogli la vita. L'arciere era stato catturato e impiccato, gli assediati si erano arresi e la battaglia era terminata. La fortezza è stata restaurata diverse volte nel corso dei secoli, ora è una semplice dimora abitata dai discendenti degli Orsini e la cittadella è un piccolo centro con pochi residenti. Il tufo su cui poggia dà l'impressione che si stia lentamente ma inesorabilmente sgretolando.

Una fitta boscaglia circonda l'abitato a nord e nei giorni di tramontana si sente nitidamente l'eco degli spari dei cacciatori e l'abbaiare furioso dei cani.

Il casale, ristrutturato, isolato, immerso in un bosco di querce, lecci e cespugli di pungitopo, è riparato da una collinetta a ridosso della quale una tettoia funge da parcheggio. Sul lato sud, oltre il frutteto e un enorme appezzamento di campagna incolta chiusa da filo spinato, c'è una rimessa, un tempo porcilaia, ora capanno per attrezzi agricoli.

Ernesto Lenna si scuote dal suo stato contemplativo. Posa la tazzina vuota nel lavello, attraversa la cucina e raggiunge l'ampio salone inondato di luce grazie ai quattro finestroni sui due lati. Contro una parete poggia una grande tela sulla quale si intravede il tracciato di alcune linee. Altre tele, rovesciate, sono appoggiate sul pavimento, interamente chiazzato di colore. Un carrello ospita una gran quantità di tubetti Newton nuovi e utilizzati, pennelli, risme di carta, un proiettore, due computer, tre macchine fotografiche, fili dappertutto, libri d'arte, stracci, vestiti dismessi e gettati in un angolo, una branda, un televisore. Una pila di quotidiani, alcuni ammuffiti, altri macchiati di colore, altri ancora accatastati in un disordine omogeneo. In cima, un paginone di cronaca romana riporta i fatti recenti con foto sui ritrovamenti e una di Paolo Rosato.

Ernesto Lenna chiude le persiane e l'ambiente precipita in un'ovattata oscurità.

Accende il proiettore. Il fascio di luce centra una tela sulla quale è tracciato un disegno geometrico di linee ancora indistinte. Respira a fondo. Si rimbocca le maniche del maglione e rimesta tra i colori in cerca di quello giusto. Schiaccia in una ciotola un'abbondante dose di marrone scuro e comincia a scioglierlo, montando il colore a frusta con un pennello piatto e largo.

È immobile nel grande silenzio appena graffiato dal sibilare del vento dietro le vetrate.

Lascia vagare per qualche secondo lo sguardo nel vuoto, poi lo punta sulla tela. Alza la sinistra e comincia a stendere con impeto il colore.

10

Finimondo alla Cloaca Maxima

Il vigile Giorgio Cafiero è fermo sul lungotevere Aventino all'altezza del tempio di Vesta. Ha finito il turno del mattino al comando Roma 1 in via dei Cerchi dove presta servizio e sta per attraversare il ponte e raggiungere casa sulla sponda destra, nel quartiere Trastevere. Tre mesi fa ha divorziato. Sua moglie si è messa con un altro e ora deve provvedere a lei e alla loro figlia quattordicenne, Nina, che dà parecchi pensieri. Tutte le speranze di un futuro migliore per la ragazza, l'università, un corso di perfezionamento all'estero, si arenano davanti al suo magro stipendio. Forse per questo, oltre alla difficoltà di maneggiare la solitudine, ha smesso di andare in palestra. Ora i bottoni della divisa d'ordinanza gli tirano sullo stomaco gonfio, fuma parecchio e ultimamente alza pure il gomito. E lavora sempre più di malavoglia.

È arcistufo dell'indisciplina e dell'inciviltà dei romani al volante. Ha visto numerosi incidenti, talmente assurdi che è diventato insensibile e, deve ammetterlo, prova un piacere sottile nel distribuire sanzioni. Solo gli scontri che coinvolgono ragazzi giovani sui motorini gli toccano ancora il cuore. Sa tutto sulle meccaniche del traffico. Gli sembra di percepire i pensieri di quelli al volante, un'occhiata gli basta per capire quello che sta per succedere, gli errori e le inevitabili conseguenze.

Come adesso, per esempio.

Venendo da lungotevere Aventino, l'Honda SH 150 con due motociclisti a bordo ha già tagliato più volte la strada infilandosi a serpentina tra le auto.

Poco prima della colonnina guardrail che divide la strada, a destra il lungotevere e a sinistra l'imbocco del ponte inglese che attraversa il fiume, il motociclista ha un'esitazione. Giorgio Cafiero nota il gesto delle mani guantate che lasciano il manicotto dell'acceleratore e stringono il freno. Imbecille, pensa, troppo tardi. Che curvi o vada dritto, ormai l'impatto è inevitabile. Infatti, l'Honda ha uno scarto e sbanda. Al vigile sembra di sentire sul ginocchio il bruciore della carne che si strappa quando il motociclista striscia la coscia sull'asfalto.

La ragazza seduta dietro grida. Le sue mani lasciano la presa sui fianchi del compagno. La moto fa un testa coda. I corpi si dividono. Quello del motociclista, con le mani inchiodate al manubrio, segue le evoluzioni del mezzo, che s'impenna e slitta su un fianco prima di schiantarsi contro il cordolo del marciapiede divisorio. La ragazza invece è sbalzata a terra e picchia la testa contro il parapetto del muraglione di contenimento dell'argine. Il casco e la borsa che porta a tracolla volano via, tracciando un arco nell'aria e precipitano oltre il parapetto, giù, verso la banchina del fiume, diversi metri più sotto.

Cafiero attraversa di corsa la carreggiata alzando la destra per bloccare il traffico e digitando sul cellulare il numero d'emergenza.

L'ospedale Fatebenefratelli è proprio lì di fronte, sull'isola Tiberina. L'ambulanza arriva in pochi minuti. Gli operatori tolgono il casco al ragazzo privo di conoscenza, lo legano saldamente alla barella che issano sull'automezzo. Fanno lo stesso con la ragazza che si lamenta con un filo di voce, imbracandola su un asse spinale, la coprono con un telo bianco e le mettono in grembo gli stivali che si sono sfilati dai piedi nell'impatto.

L'ambulanza parte a sirena spiegata e Giorgio Cafiero si sporge dal parapetto a guardare la banchina sottostante.

Sono arrivati altri due vigili in appoggio, il traffico si va vieppiù ingrossando, i fischietti si danno sulla voce e Cafiero decide di scendere sull'argine per recuperare gli oggetti personali della ragazza che s'intravedono tra le canne spoglie a ridosso dell'arcata della Cloaca Maxima. Procedendo a zig zag tra le pozzanghere di acqua fangosa lasciate dalla recente piena a seguito della nevicata, il vigile rastrella gli arnesi da trucco sparsi tutt'attorno. Quante volte ha raccolto la borsa di sua moglie restando stupito per la quantità e la varietà di oggetti che le donne si portano dietro?

Lassù, sui lungotevere c'è il finimondo, i clacson si danno battaglia. Lì sotto, a livello del fiume, tutto è tranquillo. Il Tevere scorre placido e indifferente, i rami scheletrici dei cespugli vibrano nell'aria che si sta facendo sempre più fredda e i piloni di epoca romana dell'attiguo ponte Rotto sono ancora più massicci nel secondo imbrunire.

Che cosa assurda la vita, pensa il vigile Cafiero. Quei ragazzi, quanti anni avranno? Forse non arrivano a venti. Non li ha neppure visti in faccia. E lei, come si lamentava piano! Ne vede ogni giorno a terra con i motorini.

Per questo, rendendosi ulteriormente odioso agli occhi dell'ex moglie, Cafiero si rifiuta di comprarne uno a sua figlia Nina. «Tanto monta su quelli degli amici,» dice la madre «non sei lì, non puoi impedirglielo.» No, non può. Può però non contribuire a metterla in pericolo. Anche se questo non lo salverebbe dalla disperazione qualora Nina fosse coinvolta in un incidente come quello cui ha appena assistito.

Mentre passa davanti alla Cloaca Maxima per raggiungere la scalinata, l'occhio gli cade sull'imboccatura della grotta. Una grossa pozza scura lambisce una lingua di sabbia giallastra. La rete metallica che dovrebbe proteggere lo scavo è tranciata di lato, evidentemente per consentire il passaggio. Infatti, un materasso di spugna e parecchi sacchetti di plastica poggiano sulla base della volta arcuata dei lastroni romani, segno che qualcuno ci passa le notti. Un fico selvatico ostruisce lo sbocco.

Qualcosa di bianchiccio galleggia pigramente nella pozza insieme a una bottiglia di birra vuota, grosso e panciuto come la cappella di un fungo porcino.

Giorgio Cafiero si avvicina.

Non è un fungo porcino ma un calcagno umano.

Osservando meglio, il vigile intuisce l'ombra scura di una sagoma. E, seminascosta dai rami spogli del fico, s'indovina una testa di capelli grigi fluttuanti come alghe.

Il vigile si copre la bocca con un braccio come cercando conforto nell'odore familiare della divisa. Cava di tasca il cellulare e compone il 112.

«Vigile Cafiero» grida. «Venite subito. Banchina del Tevere, davanti alla Cloaca Maxima. C'è un annegato!»

L'ordine, diramato sulla lunghezza d'onda della polizia, arriva a tutte le centrali e alle volanti in servizio.

La vicinanza del luogo con vico Jugario, ma soprattutto il fatto che la zona dipende da quel commissariato, fa sì che meno di venti minuti dopo Paolo Rosato stia velocemente scendendo gli scalini che portano sulla banchina del Tevere.

Ci sono cartacce e immondizia dappertutto e l'odore di piscio prende allo stomaco. L'imbrigliamento nei muraglioni ha tagliato fuori il fiume dalla vita cittadina, abbandonandolo a se stesso. Le ultime a scomparire sono state le spiagge e da oltre settant'anni la massa d'acqua scorre lercia e solitaria nel suo letto di cemento fingendo un'improbabile allegria nei punti in cui forma risibili cascatelle. Là sotto la città sparisce, la vita è un'eco lontana. Delle due sponde solo quella di destra gode tutto l'anno di una certa manutenzione per via di una pista ciclabile. Quella di sinistra è in pratica abbandonata, solo durante la bella stagione si allestiscono tende per manifestazioni culinarie e culturali come il cinema estivo sull'isola, dove anticamente sorgeva il palazzo dell'imperatore Tiberio.

I colleghi della Scientifica sono già al lavoro. Hanno tratto fuori dalla pozza il corpo, l'hanno rivoltato e adagiato sulla banchina.

Paolo Rosato si curva sul cadavere. La riconosce subito.

La faccia tumefatta e gonfia, le narici e le orecchie rosicchiate dai topi non hanno alterato la sua fisionomia.

È lei. Gina Senzatetto. Vestita esattamente come tre giorni prima in commissariato.

«Scostati e fammi lavorare.»

La voce di Belfiore lo fa sobbalzare. Non l'ha sentita arrivare.

Il medico legale libera la fronte dell'annegata dalle ciocche di capelli e dai filamenti di foglie. Gli occhi sono sgranati, i bulbi gonfi e violacei come le guance e le pupille, un tempo azzurro intenso, sono sbiancate, inespressive, la pelle del collo lacerata, segnata da un solco profondo e scuro.

«Che ne pensi?» chiede Rosato a Belfiore.

«L'hanno strangolata prima di farla cadere nella pozza Se non era già morta, è annegata. L'autopsia dirà se ha acqua nei polmoni.»

«Ricordo che aveva un cordoncino al collo con una strana chiavetta e un cavalluccio marino d'argento. Non ce l'ha più.»

«Forse è il cordoncino che ha lasciato questo segno. Gliel'hanno stretto intorno al collo. Il corpo non presenta altri segni di violenza. La poveretta non si è difesa.»

«Forse dormiva o era ubriaca. Magari l'hanno assalita all'improvviso. Come c'è arrivata lassù? Arrampicarsi sopra i lastroni di granito non è facile, soprattutto per una donna in età, magari un po' brilla.»

«Addormentata o ubriaca, l'impatto con l'acqua gelida l'avrebbe svegliata, fatta riprendere. Sbaglio?»

«Probabile che fosse già morta e che l'abbiano tenuta sott'acqua per sicurezza. Non l'hanno gettata nel fiume zavorrata perché evidentemente sanno che i gas putrefattivi che si formano nell'intestino gonfiano e spingono verso l'alto e un cadavere finisce per tornare a galla per la spinta idrostatica. Nasconderla qui era più sicuro.»

Il medico legale esamina le mani di Senzatetto.

Le unghie laccate e cortissime hanno una millimetrica corona di crescita in punta.

«Come vedi i cadaveri continuano a vivere, anche se per poco. To', guarda!»

L'unghia dell'indice della sinistra è spezzata perpendicolarmente a metà e nella fenditura si sono incastrati alcuni filamenti chiari.

Belfiore li afferra con le pinzette e li alza per osservarli in controluce.

«Capelli.»

Anche se non è facile all'entusiasmo, la sua soddisfazione è evidente. Chiude ermeticamente il prezioso bottino in un sacchetto di plastica sterilizzato e incrocia le mani in grembo alla morta. Fa segno ai colleghi che possono imbracare il corpo e portarlo via.

Paolo Rosato ispeziona l'ambiente. Ai piedi del buco nella rete c'è un grosso sasso che deve servire come gradino. Il materasso sull'arco dei lastroni romani è rovinato ma non troppo e stipato di coperte. Ci sono un paio di sacchetti di plastica con abiti da donna rabberciati e macchiati, calze e un cappotto di montone con ampi buchi. Persino un fornello a gas e una pentola senza manici, oltre a una serie di bottiglie d'acqua di plastica e cartoni di passata di pomodoro vuoti.

Ecco uno scenario possibile: qualcuno entra nella grotta sgusciando attraverso lo squarcio nella rete, monta sul sasso e da lì risale la collinetta di sabbia fino alla donna addormentata. La strozza con il suo stesso ciondolo e poi con una spinta la fa rotolare giù dai lastroni. Le facoltà di reazione di Senzatetto devono essere state minime fin dall'inizio. Una volta compiuta la missione, l'assassino trascina e incastra il corpo sotto i rami del fico. Il nascondiglio non è perfettamente sicuro, ma i turisti non vengono a visitare lo spurgo dell'antica Cloaca Maxima neppure durante la bella stagione, figurarsi d'inverno, e le numerose colonie di topi che infestano il lungofiume avrebbero avuto cibo garantito per diverse settimane. Forse uno dei barboni che frequentano la zona prima o poi avrebbe dato l'allarme, ma cosa sarebbe cambiato?

«A che punto siete con le indagini sull'uomo che ha lasciato il reperto a Santa Maria del Popolo?»

Paolo sta relazionando a Balleri.

«Fermi. Purtroppo la senzatetto, Gina, non potrà più aiutarci con l'identikit.»

Il commissario capo abbaia nel cellulare e Belfiore, che lo sente, scuote la testa.

Oltre ad abbaiare, Balleri sta pure dando qualche morso, a giudicare dall'espressione rabbuiata di Paolo.

«Vado in centrale.»

«Ti chiamo appena ho novità. Spero nei capelli.»

Quando Rosato arriva, la stanza di Balleri pullula di poliziotti. Il commissario posa i fogli sulla scrivania. Parla a raffica, senza interrompersi né prendere fiato e senza guardare Balleri negli occhi.

Fa una relazione dettagliata sul ritrovamento di Senzatetto e accenna al ciondolo, probabile arma del delitto, che la donna portava al collo e non è stato trovato, enuclea tutto quello che già sanno dell'indagine in corso, lo stato dei reperti, i dna, le somiglianze e le differenze, il possibile profilo dell'amputatore, il suo *modus operandi*: con ogni probabilità un maschio giovane, con buona conoscenza dei luoghi quindi non straniero o quanto meno integrato nel territorio, forse pedofilo. Nessuna denuncia di scomparsa, ancora buio sui significati e le motivazioni dei luoghi scelti per i ritrovamenti delle mani così come la loro probabile connessione. Aggiunge che vanno sentiti gli abitanti del quartiere intorno a vico Jugario. Lavoro enorme da fare con previsione di risultati modesti. Una vera iella che le telecamere massicciamente presenti in piazza della Consolazione non fossero in funzione al momento e nessuna installata sulla rampa che porta alla rupe Tarpea. E adesso l'esecuzione della senzatetto – perché, secondo il commissario di esecuzione si tratta – viene a complicare ulteriormente le cose.

Balleri ascolta con attenzione e sguardo severo, concentrato sui presenti.

Quando Rosato finisce, il capo fissa una riunione, due giorni dopo. Nessuno si arrischi a rilasciare interviste. Bocche cucite tanto più che i media sono scatenati. Non si parla d'altro. Talk show, interviste, lasciamo che sia il vigile Cafiero a vivere in solitudine il suo momento di notorietà.

«Oliare al massimo agli informatori. Via, via, fuori tutti!»

Una volta solo, Dario Balleri si lascia andare sulla poltrona e spende qualche minuto in profonda riflessione. La ruga netta e dritta che gli taglia la fronte si è accentuata. Estrae il cellulare di tasca e digita un numero.

Parla a bassa voce anche se sa che nessuno può udirlo.

«Dobbiamo vederci» dice all'interlocutore.

11

Un'idea delle tue

Al risveglio, Paolo ha la faccia scura come il mare in tempesta. Si alza ma non mi abbraccia come suo solito.

«Cos'hai?»

Non posso fare a meno di chiederglielo, anche se è una domanda banale. È terribile occuparsi di un bambino cui hanno amputato le mani che ha l'età di tuo figlio.

Lui mi guarda, non smette di fissarmi. Sta cercando di dirmi qualcosa d'importante ma niente affatto positivo. Sospira, cerca le sigarette nella tasca dei jeans lasciati sulla poltrona ai piedi del letto. Ne accende una.

«Subito, così, di prima mattina, non aspetti neanche il caffè? Non avevi promesso...?»

«Solo questa. Giuro. Ne ho bisogno.»

Stiamo zitti per un momento interminabile. Ho comprato una confettura speciale di fichi, ma mi sembra anacronistico proporla.

«Sono nei casini con l'indagine,» sbotta dopo il terzo tiro «stiamo girando a vuoto e Balleri pretende risultati che non possono arrivare. Mica possiamo fabbricare prove che non esistono. Abbiamo trovato la barbona, una poveraccia, con la faccia a mollo nella Cloaca Maxima, sulla banchina del Tevere, sotto il ponte Inglese. Non ci va mai nessuno lì. È uno schifo. Una latrina. Non fosse per l'incidente dei due motociclisti che a momenti ci rimettevano l'osso del collo non l'avremmo trovata. Almeno non intera. Se la sarebbero mangiata i topi e i gabbiani. Non sappiamo chi è, a parte che ha detto di chiamarsi Gina, non aveva documenti, non è segnalata, non è schedata, niente di niente...»

«Potreste pubblicare la sua foto, qualcuno la riconoscerà.»

«Balleri ha chiesto il silenzio stampa.»

«È stata annegata?»

«Strangolata. Con il cordoncino di cuoio di un ciondolo che portava al collo e che non abbiamo trovato. Comunque lei non potrà più aiutarci a identificare chi ha lasciato il pacco sulla scalinata di Santa Maria del Popolo.»

«Perché, l'aveva visto?»

«Sembra proprio di sì. Un tizio normale, con i capelli tagliati pari sul collo. Lei lo chiamava diavolo.»

«Cosa dice Belfiore?»

«Ha già detto tutto quello che poteva. Stiamo aspettando i referti della Scientifica sui capelli che Carmen ha trovato sotto l'unghia di quella poveraccia.»

«Una fortuna, no?»

«Dipende. Se non si potrà attribuire il dna sarà un altro buco nell'acqua.»

Paolo toglie dalla tasca del giaccone alcune fotografie, le dispone sul letto.

Vedo una manina mozzata che stringe in pugno un grosso ciuffo di capelli. Paffuta come sono le mani dei bambini a quell'età. Penso al piacere che provo a stringere nella mia di adulta quella piccola di Bibo quando attraversiamo la strada. Devo forzarmi per non distogliere gli occhi. È una composizione studiata, come l'altra con il fiocco.

Non è un gesto bestiale, dietro c'è attenzione, cura. Si direbbe: un sentimento.

«Mi ricorda qualcosa di conosciuto, come l'altra, ma non saprei dire, così, all'impronta. Le mani messe in questo modo sono esche, un richiamo, un filo legato a un laccio, che il bastardo, come lo chiami tu, dopo che l'ha lanciato riavvolge indietro.»

«Non ti capisco.»

«Mi hai detto che i reperti sono impacchettati, come fossero regali. È l'inconscio che lo guida con la sua logica stringente. Per quanto orribile, queste mani sono un dono. Esprimono bene la dialettica tra quello che c'è – le mani – e quello che manca – il corpo – cui le mani appartengono. Dov'è il corpo?»

«Non c'è traccia.»

«Vedi, questo tizio è un insoddisfatto e chiede soddisfazione.»

«Ma un assassino ha piacere a far trovare il corpo della vittima quando uccide. Se è insoddisfatto, come dici tu, e si soddisfa uccidendo, lo fa trovare di sicuro, è la prova della sua potenza, il suo trofeo.»

«Forse in questo caso quello che fa non basta a soddisfarlo. La sua soddisfazione lui l'aspetta da un altro. Forse da te.»

«Da me?»

«Non sei tu che conduci l'indagine?»

«Sì.»

«Appunto. Devi stare attento. Potrebbe prenderti di mira.»

Paolo riflette, concentrato sulle ultime boccate. Si alza, apre la porta sul terrazzo e va a spegnere la cicca in un vaso di cactus.

«Guarda che c'è il posacenere.»

Si affretta a riprendere la cicca, richiude la porta e sparisce in cucina.

Ritorna subito.

«Questa storia mi sta mettendo alle corde. Quel bastardo si diverte. Perché le mani? E i posti. Perché proprio quelli, vico Jugario, la chiesa di Santa Maria del Popolo. Un mistero. E la neve?»

«La neve?»

«Sì. Ha fatto trovare i reperti durante le due nevicate. Il primo la settimana scorsa e il secondo, questa. Ha certamente un senso.»

«Speriamo che non nevichi più.»

«Domani cominceremo a sentire quelli che vivono nel quartiere. Magari hanno notato qualcosa. Compreso quel chirurgo, Leonardo Lenna, il tuo nuovo amico.»

«Non è mio amico.»

«Sei stata a casa sua.»

«Con Julie. È lei l'interessata.»

«Lo sai che sua moglie si è suicidata in casa?»

«Come suicidata?»

«Si è annegata nella vasca da bagno.»

«Dio santo!»

«L'ha trovata il nipote. Era un ragazzino, all'epoca.»

«Chi, Ernesto?»

«Ernesto?»

«Era là quella sera.»

«Siete già così intimi che lo chiami per nome?»

«Dai, non fare il poliziotto!»

«Sono un poliziotto. Dimmi di questo Ernesto.»

«Tipo gentile, introverso.»

«Fisicamente voglio dire.»

«Alto, bella presenza, occhi azzurri, grandi e completamente rasato, come va adesso.»

«Altro?»
«Fa il pittore. O meglio, rifà i quadri dei grandi.»
«È bravo?»
«Non è male. È giovane, va incoraggiato. Glieli compra suo nonno. Ha un'esposizione in casa.»
«Anni di questo genio?»
«Non saprei.»
«All'incirca. Trenta? Quaranta?»
«Direi trenta.»
«Però!»
«Perché però?»
«Niente.»
Sento che c'è dell'altro. Qualcosa che non riguarda l'indagine. Un pensiero che lo tormenta. Che lo porta lontano da me.
«Se hai bisogno di concentrarti e ti sono d'impiccio puoi dirmelo, puoi anche tornare a stare di là da te senza che ci vediamo per un po', mica mi offendo.»
«Che dici? Quale impiccio, come fai a pensare una cosa del genere? Al contrario spero tu abbia un'idea delle tue, così mi dai una mano. Vieni qui.»
Apre le braccia e io mi rannicchio contro il suo ventre caldo come un gatto nella sua cesta.
«Com'è l'appartamento di Lenna? Stupendo, immagino, visto il palazzo.»
«Sì, stupendo. Anche se troppo pieno per i miei gusti.»
«E lui, che tipo è?»
«Bell'uomo. Carismatico. Gioviale. Affascinante. Se non fosse che riduce le donne a statue viventi sarebbe interessante.»
«Uno che fa innamorare insomma.»
«È Julie che ha preso una sbandata e ha deciso di farsi

tirare. Insiste che l'accompagni per l'operazione. Non credo che lo farò. Non sono d'accordo.»

«Dai, non essere moralista.»

«Non è questione di essere moralista. È che dopo che sei passata sotto il bisturi, devi tornarci ciclicamente e a furia di ritocchi perdi la tua espressione. Non hai più la tua fisionomia. Non sei più tu.»

«Restano sempre le impronte digitali.»

«Guarda che non mi fai ridere. Proiettata su Julie, la cosa mi fa impressione.»

«Magari all'inizio. Col tempo ci si abitua.»

«Può darsi, ma per me è una pratica mortale. Che senso ha cancellare le imperfezioni quando tutto dimostra che la bellezza a questo mondo è imperfetta, non dura? Guardati intorno.»

«Se Julie sembrerà più giovane tanto di guadagnato per lei.»

«Più giovane. Per voi maschi conta solo la carne fresca. Il seno sodo, il didietro a mandolino. Vuoi dire che ti piacerei di più se mi facessi tirare anch'io?»

Paolo mi prende i seni tra le mani.

«Non è opera di Leonardo Lenna questa. È roba genuina.»

Mi bacia e io pregusto qualcosa di più. Invece scende dal letto, raccatta i vestiti e va in bagno. Di lì a poco mi arriva lo scroscio della doccia.

Abbraccio il cuscino. Aspiro l'odore dei suoi capelli.

«Oggi c'è l'ennesima conferenza stampa, è solo una gran perdita di tempo. Dammi una mano, Sandra, ho bisogno di te.»

La sua voce ora mi arriva a spezzoni, credo si stia lavando i denti.

«Guarda le foto, ragionaci, magari ti viene in mente qualcosa.»

Riemerge dal bagno già pronto. Infila il giaccone e: ciao, scusa, ho fretta, se ne va con un bacio distratto, la testa altrove.

Resto tra le lenzuola scomposte. L'avrei voluto qui, sopra di me. Ma Paolo non ha notato le mie guance arrossate, non ha infilato le mani sotto le coperte per un'ultima carezza.

All'improvviso mi sento sola.

A volte Paolo mi basta, a volte no.

E io, gli basto, io?

Se Bibo vivesse con noi la nostra vita cambierebbe? Prenderebbe un senso più compiuto? Diventerebbe migliore?

Smetterei di chiedere a Paolo di essere tutto per lui, o Sandra o niente?

Mi alzo, tolgo le foto dal letto e vado a sistemarle sul tavolo di cucina. Sono convinta che i luoghi in cui sono stati trovati i reperti non siano casuali. Mi rendo conto che è una vita che non vado in Santa Maria del Popolo. Forse la chiesa più ricca di opere d'arte e di bellezza di tutta Roma. Accendo il Mac. Rileggo la storia, la descrizione delle navate, del transetto, del presbiterio e del coro, dell'organo. Tutte informazioni che conosco già e che è un piacere ritrovare, visto che si dimentica in fretta. Inevitabile fermarsi sulla Cappella Cerasi, con le pale di Carracci e di Caravaggio. Come è inevitabile fare una carrellata in sequenza sulle immagini delle altre opere del pittore che si susseguono sullo schermo.

Davanti al *Bacco* mi prende un colpo. Un lampo, uno squarcio. Prendo la foto della mano amputata e la metto accanto a quella del modello del dipinto. Sono identiche. Il ragazzo di Caravaggio avrà forse quindici o sedici anni, la sua mano è più formata, le dita sono più lunghe. Quella mozzata è di un preadolescente. In entrambi i casi si tratta della destra. Con un nastro di velluto stretto da un fiocco tra l'indice e il medio. L'emozione della scoperta è così forte che quasi non ci credo. Vado a prendere la lente d'ingrandimento. Confronto nei particolari le due foto, quella di vico Jugario e quella del dipinto. Non mi sbaglio. Allora corro con il mouse su tutti i dipinti trattenendo il fiato. Eccolo: *David con la testa di Golia*, autoritratto del pittore. David tiene la testa decapitata di Golia per i capelli. Stringe il ciuffo nel pugno, esattamente come fa la mano trovata sugli scalini di Santa Maria del Popolo. Gesto identico e identica mano: la sinistra. La scoperta mi sciocca.

Ho la bocca secca e le dita che tremano mentre digito il numero di Paolo.

È occupato. Pochi secondi e riprovo. Occupato. Provo ancora. Gli lancio un sms: *devo parlarti. È urgente. Chiamami subito.*

Fermo sotto casa, Paolo sta parlando al cellulare con Jessica. Al cellulare, non al numero fisso, perché non vuole correre il rischio che sia Bibo a rispondere.

«Ciao. Dov'è Bibo?»

«È rimasto da un amichetto, sai Enrico, il figlio di Cinzia.»

La voce di Jessica è allegra.

«So chi è Enrico.»

Breve pausa per tirare il fiato.

«Ti chiedo ancora scusa per quello che è successo tra noi. Non succederà più. Adesso c'è un'altra persona nella mia vita. Niente cazzate, che poi ci va di mezzo Bibo. Se devi dirmi qualcosa in futuro meglio se mi mandi un sms. Okay?»

«Ma...»

«E quando vengo a prendere Bibo per favore mandamelo giù. D'accordo?»

«D'accordo» la voce di Jessica è poco più che un sussurro.

«Ci conto?»

«Sì.»

Paolo la immagina benissimo. Jessica che chiude il telefonino con le mani che tremano per la rabbia, per la delusione, siede in poltrona e comincia a piangere silenziosamente. Oppure si avvicina alla finestra torcendo qualcosa tra le mani prima di gettarlo di sotto. Un giorno ha lanciato fuori un bicchiere, per fortuna non passava nessuno in strada. Fa sempre scenate ogni volta che la luce della speranza di riconquistarlo si spegne.

Paolo non può farci niente. Non può neppure consolarla. Sa che Jessica tornerà alla carica ma non ha paura di lei. Ha paura di se stesso. Di non sapersi controllare davanti a una sua eventuale nuova provocazione. Dalla sera in cui l'ha schiacciata contro il muro gli sembra che l'odore di lei gli sia rimasto appiccicato addosso come un tatuaggio malgrado le docce e la crema che si è spalmato su tutto il corpo. No, l'impiccio non è il senso di colpa verso Sandra, pensa Paolo, e non è neppure l'indagine complicata, è l'immagine degli shorts di Jessica di cui non riesce a liberarsi. E nessuno con cui scaricarsi la coscienza.

Non riesce più a gestire la sua natura di maschio con disinvoltura, come faceva in passato quando gli capitava di tradire Jessica con qualcun'altra. "Tradire è pericoloso, noi maschi siamo dei sempliciotti, crediamo di avere in mano il poker d'assi ma sono le donne a tenere il pallino del gioco" pensa. Si sente terribilmente in colpa ma se Jessica gliela sbattesse di nuovo in faccia, ha paura che ci ricascherebbe. L'unica è evitare di trovarsi da solo con lei in una situazione intima.

Chiude e vede l'sms di Sandra. La chiama.

«Forse ho scoperto un legame per i reperti, posso sbagliarmi ma...»

«Va' al punto!»

«Mi hai detto che bisognava partire dai posti, così sono andata in internet a vedere la basilica di Santa Maria del Popolo. È una chiesa speciale per me. Lì c'è una cappella con dipinti di Caravaggio. Mi è comparsa la sequenza di tutte le sue opere. L'allestimento dei reperti è la citazione di due suoi dipinti. La destra con il fiocco sta sulla tela del *Bacco* e la sinistra che stringe in pugno i capelli è nel *David con la testa di Golia.*»

«Sandra sei grande!»

«Alla Consolazione, la chiesa vicina a Vico Jugario, dove avete trovato il primo reperto, e dove abitano i Lenna, non ci sono dipinti di Caravaggio ma mi sono ricordata che a casa il professore ha una riproduzione di una natura morta, rifatta da suo nipote Ernesto che è fissato con il pittore. Forse non c'entra, è un po' tirata come associazione ma... Pronto? Paolo, ci sei ancora?»

«Sì, sì. Grazie amor mio. Sei stata preziosissima. Dobbiamo sentire Lenna, e il nipote. Verificheremo.»

La piazza è animata come sempre. Colpa forse del freddo pungente, sul lato di fronte al bar d'angolo, lungo le mura che portano all'ingresso dei Musei Vaticani, non si snoda il solito interminabile serpentone di turisti in visita.

Il commissario Dario Balleri avanza verso un tavolino in un angolo del locale, siede e ordina un caffè. Da lì può controllare la strada, chi entra e chi esce. Guarda l'ora sull'orologio da polso, poi sul cellulare. Si appoggia allo schienale della sedia, osservando l'andirivieni.

Quando Leonardo Lenna entra, Balleri lo riconosce subito. Non lo vede da trent'anni ma il tempo è stato più che clemente con lui. Figura slanciata, pelle sana e ambrata, capelli brizzolati, portamento elegante, abito di sartoria, il vecchio compagno di bagordi ha avuto fortuna, ha fatto i soldi. Balleri si è difeso, anche se ha sempre viaggiato più basso. Lenna lo sta guardando, l'ha riconosciuto e si dirige verso di lui. Una stretta di mano e si accomoda sulla sedia accanto. Non c'è bisogno di convenevoli tra loro. Non ce n'è mai stato.

«Che prendi?»

«Espresso.»

Balleri fa cenno a un cameriere.

«Cosa c'è di così importante?»

«Stai seguendo la dannata faccenda delle mani amputate?»

«Ovvio, non si parla d'altro, cos'ha a che vedere con me?»

«Paolo Rosato, un giovane commissario, passerà al setaccio gli abitanti della zona di vico Jugario, dove c'è stato il primo ritrovamento. Cioè la tua. Verrà a interrogarti.»

Lenna si fa scorrere l'indice nel colletto della camicia.

«Capisco. Questo Rosato non ti piace.»

«Un'antipatia istintiva, ricambiata. Lontanissimi come due asteroidi. Io quadro, lui tondo. Pensa con la sua testa, non è un signorsì e questo m'indispettisce. Mi secca che abbia la stima e la simpatia dei colleghi. Ai nostri tempi, i tipi come Rosato neanche entravano in polizia. Già ai corsi di addestramento gli facevano passare la fantasia.»

«Non dipende da te?»

«Certo.»

«Perché non gli togli l'indagine?»
«Non è facile. È bravo, si muove con la massima cautela, è scrupoloso, attento ai dettagli. È stato trasferito per merito, dovrà fare una cazzata perché abbia motivo di rimandarlo al commissariato di quartiere da dove è venuto.»
«Io non so niente della faccenda delle mani.»
«Vorrei che lui non sapesse niente di altre faccende. Ti metto sull'avviso perché è uno tosto. Di tuo figlio saprà già. Avrà visionato il verbale che firmai all'epoca. Vedi di essere convincente e si metterà l'anima in pace. È andata come doveva e la cosa ci ha soddisfatto. Non voglio complicazioni. Inutili incursioni nel passato. Deve rimanere dove sta. Spero che tu e tua moglie non siate stati tanto stupidi da aver raccontato tutta la storia a vostro nipote.»
«Non siamo stati tanto stupidi.»
«Bene. Se poi Rosato volesse andare troppo a fondo e cominciasse a rompere le scatole, non sarai così sciocco da aver conservato il materiale.»
«Ovvio che no.»
«Posso fidarmi?»
«Senti, non mi piace il tuo tono. Quei tempi sono finiti. È passata una vita, noi non siamo più quelli.»
«Ti ho chiesto: posso fidarmi?»
Leonardo Lenna gira studiatamente il cucchiaino nella tazzina.
«Ti ricordo che sono a capo dell'Investigativa, adesso.»
«È una minaccia?»
Tra i due uomini passa uno sguardo reciprocamente intimidatorio seguito da un silenzio che sembra infinito.
«I tempi sono stretti e ti metto sull'avviso perché so cosa farà Rosato nei prossimi giorni, forse già nelle prossime ore. Te lo ripeto: non voglio storie.»
Gli occhi di Balleri sono diventati due fessure.

«I nostri trascorsi non interessano più a nessuno e devono restare nel dimenticatoio.»

Leonardo Lenna si alza.

Dario Balleri resta seduto.

Nessuno dei due sente il bisogno di un saluto.

Imbrunisce e si è alzata la tramontana. I pochi passanti si affrettano sui marciapiedi stringendosi nei giacconi.

Una volta fuori, il chirurgo si avvia a passo spedito verso la fermata dei taxi sul lato opposto della piazza. Ripensa a quando, in gioventù, frequentare Balleri lo gasava, lo faceva sentire figo, potente, intoccabile. Alla parentesi che avevano condiviso in cui avevano avuto carta bianca sul corpo e sull'anima di chi non la pensava come loro. Parecchia gente. Giovani studenti, ingenui e idealisti. E quando Lenna aveva avuto bisogno di lui, Balleri c'era sempre stato.

Il loro sodalizio si era spezzato un'eternità prima, ma Lenna ha conservato alcuni filmati del periodo. Soprattutto *quel* filmato. Guardarlo lo eccita ancora, anzi, quelle immagini gli danno un piacere unico. Lo conserva tra gli altri nella camera segreta. Nessuno sa della sua esistenza. Nessuno la scoprirà. L'operaio che ha costruito la parete e la porta è passato a miglior vita, come Beppe, l'operatore che anni prima aveva riversato su dvd il filmato girato in Super 8, pace all'anima loro.

Sta arrivando un taxi. Lenna fa cenno all'autista di accostare e sale a bordo.

Quando ritrova il confort dell'abitacolo riscaldato sente la muscolatura rilassarsi e per un poco ritrova la propria sicurezza. Pagherebbe oro per convincersi che la situazione è sotto controllo, il *suo* controllo, ma deve ammettere che ne dubita fortemente. Quella dannata faccenda delle mani mozzate ha risvegliato vecchi fantasmi assopiti che ora strepitano per avere voce e vanno ridotti al silenzio.

12

Parrucche

La voce di Carmen Belfiore arriva eccitata attraverso l'auricolare.

«Ho appena ricevuto un aggiornamento sul referto dalla Scientifica. Tieniti forte. I filamenti che abbiamo trovato sotto le unghie di Senzatetto, sono capelli finti.»

«Come sarebbe?»

«Sarebbe che si tratta di una parrucca.»

«Vuol dire che il nostro uomo agisce mascherato?»

«Già. Purtroppo niente tracce biologiche sui capelli. Solo silicone. Probabile che sotto la parrucca il nostro porti una cuffia protettiva per isolarla da possibili reperti organici tipo sudore eccetera.»

«Quindi siamo punto a capo. Niente dna.»

«Già.»

«Possiamo solo affidarci alla fortuna con i venditori di parrucche, costumi teatrali e per il cinema. Roba così.»

«Abbiamo a che fare con un pazzo intelligente e preparato che segue una sua logica.»

«Mi sono fatto l'idea che è il dispiacere che fa diventare matti. Se è così il suo dev'essere un dispiacere immenso, che gli scatena una rabbia incontenibile. Sbaglio?»

«No. Talmente incontenibile che per scaricarla deve provocare altro dolore.»
«Già. L'animale ferito è più pericoloso.»
«Che mi dici delle impronte sulla neve a Santa Maria del Popolo?»
«Troppo confuse. Le ha cancellate camminandoci sopra avanti e indietro.»
«Però ti sento vagamente sollevato. Hai novità?»
«Sì, Sandra ha fatto una scoperta che potrebbe esserci molto utile. Riguarda i Lenna. Ti faccio sapere.»
«Va bene, ti aspetto.»

Il grande magazzino di articoli sportivi è super affollato. Un uomo giovane, in tuta e con in testa un berretto che gli copre interamente i capelli, è curvo su un grande cesto zeppo di palloni da calcio. Sta valutando le cuciture di uno bianco e rosa. Altri tre già riempiono la sacca che tiene ferma sul pavimento, tra i piedi.

Ci avviciniamo e Bibo quasi si tuffa nel cesto, entusiasta di vedere tanti palloni assieme.

Subito la sua attenzione è catturata da quello che l'uomo ha in mano, l'unico con la scritta Fifa World Cup. È evidente che vorrebbe proprio quello.

L'uomo lo fa girare in equilibrio sulla punta dell'indice, poi si esibisce in una piccola serie di evoluzioni piede-ginocchio-coscia, piede-ginocchio-testa. Bibo lo guarda a bocca aperta, estasiato.

L'uomo gli sorride.
«Ti piace il calcio?»
«Sì.»
«Sì?»
«Ci dormirebbe la notte col pallone!»
Sono io che ho parlato.

«Naturale. Tutti i bambini vanno matti per il calcio. Vuoi che lo rifaccio?»

L'uomo ripete le evoluzioni calcistiche. Stavolta aumenta fino a tre sequenze di seguito. Altri ragazzini si avvicinano. Bibo li guarda inorgoglito: quel signore è un'attrazione e si esibisce per lui.

«Quanti anni hai, piccolo?»

«Otto e mezzo.»

«Otto e mezzo. Ci giochi a pallone?»

Bibo fa energicamente sì con la testa.

«Scommetto che sei una punta e fai tanti goal.»

«Sì.»

«Sono un allenatore, sai? Se ti piace giocare a calcio puoi venire al campo sportivo dove alleno io. Ho una squadra di ragazzini come te. Se la tua mamma è d'accordo.»

Il largo, entusiasta sorriso dell'uomo adesso è tutto per me.

Vorrei rispondere. Dirgli che non posso decidere niente, non sono la mamma, io. Invece sto zitta. L'uomo è simpatico, ma si tratta di un incontro occasionale che non sortirà alcun effetto. Sarebbe sbagliato illudere Bibo.

«Lei allena qui, in zona?»

«Sì, qui vicino.»

«Noi stiamo in centro.»

«Che peccato. Comunque tieni!» tende il pallone a Bibo. «Prendilo, te lo regalo!»

«Ci mancherebbe! Non si disturbi.»

«Nessun disturbo, davvero!»

Il pallone passa dalle braccia dell'uomo a quelle di Bibo.

«Be', allora ringrazia il signore, Bibo.»

«Grazie.»

«Per te solo Antonio, niente signore.»

Gli tendo la destra.
«Sandra, piacere.»
Anche Bibo tende la destra all'uomo che gliela scuote, come per dare importanza da uomini al gesto.
«Tommaso cioè Bibo.»
Il signor Antonio resta a guardarci mentre lo superiamo alla cassa. Ci voltiamo a fare ciao da lontano mentre lui armeggia con la carta di credito.

Rientro a piedi dal supermercato con la borsa della spesa. A volte prendo l'autobus per un paio di fermate, ma oggi non mi va di aspettare. Le borse non sono pesanti e camminare mi fa bene, compensa la giornata alla scrivania.
La macchina è parcheggiata in doppia fila sul lato opposto della strada, un paio d'isolati prima di casa. La noto solo perché un furgone si sposta in mezzo alla carreggiata per superarla, provocando un coro di clacson di protesta.
È la Panda di Jessica. Lei è seduta al posto guida e parla animatamente con il passeggero che le siede accanto e dà le spalle alla strada. Paolo.
Paolo?!
M'infilo d'istinto dal ferramenta. Chiedo un cacciavite di cui non ho bisogno per avere l'agio di osservarli, non vista, attraverso la porta a vetri d'entrata. Non stanno litigando. Al contrario, sono molto concentrati uno sull'altra. A un certo punto Jessica si soffia il naso e si passa un fazzoletto sugli occhi. Sta piangendo? Paolo allunga un braccio come per asciugarle le lacrime e io penso: Dio mio, non sarà capitato qualcosa a Bibo? Poi mi accorgo che la mano di Paolo indugia su una guancia di Jessica. Non le sta asciugando le lacrime, l'accarezza.
Avverto un bruciore alla bocca dello stomaco. Prima di

entrare nel supermercato ho bevuto un caffè e so che mi dà acidità. Soprattutto mischiato alla gelosia. Mi viene in mente una frase di Otello: "Inezie, lievi come l'aria, sono per il geloso forti conferme, come una testimonianza delle sacre scritture".

Inezie.

Paolo mi ha stragiurato che non avrebbe mai permesso a Jessica di ronzare intorno a noi. E adesso è addirittura in macchina con lei, a pochi metri dalla nostra casa. A scambiare lacrime e carezze.

Uscendo, stamattina, Paolo mi ha detto che deve dirmi qualcosa d'importante. Forse perché la sua voce tradiva emozione e titubanza ho immaginato che mi avrebbe chiesto di unire i nostri due appartamenti contigui e di dare alla nostra relazione lo statuto di una convivenza, se non proprio di un matrimonio. No, non gli dirò che l'ho visto con Jessica. Non gli dirò niente. Aspetterò che sia lui a parlarmene. Voglio essere oggetto di desiderio per l'uomo che amo, non un'integralista della fedeltà amorosa.

Pago il cacciavite, saluto ed esco, cammino accosto al muro per non farmi notare.

«Ho visto Paolo in macchina con Jessica. In pratica, sotto casa.»

Glielo dico mentre Julie sta infilando le ultime cose in valigia. Sembra che stia partendo per una vacanza alle Maldive invece che ricoverarsi alla Biomedical a farsi tirare.

«Dimmi, ti ascolto.»

Dubito che mi ascolti, tutta presa da quello che deve mettere in valigia, ma ho bisogno di parlare con un'amica. A dire il vero, per come sto parlerei anche con un muro.

«Lei piangeva e lui l'accarezzava.»

«Gli hai chiesto spiegazioni?»

«No. Ti pare?»

«Forse Bibo ha dei problemi.»

«No. Paolo me ne avrebbe parlato.»

«Perché non gli hai chiesto niente? Sai cosa bisogna fare in certe situazioni. Sei una donna intelligente!»

«In certe situazioni diventiamo tutte stupide.»

«Vero. Però il silenzio è peggio.»

«Stanotte ho fatto un sogno. Più un incubo che un sogno. C'era una festa per l'apertura di un nuovo asilo, un raduno di genitori. Io sedevo accanto a Jessica. Da una scrivania un uomo mi veniva incontro sorridendo. Era uno dei professori della commissione di laurea all'università quando ho discusso la tesi. Tirava fuori da una borsa una fotografia che ci mostrava. C'ero io in un asilo nido con un neonato in braccio. Ero molto gratificata e guardavo Jessica trionfante. Lei scuoteva la testa e mi diceva: "A me non la fai, mia cara". Adesso vedevo che non ero io con in braccio il neonato, ma lei. Sapevo che stavo sognando e che dovevo svegliarmi perché cominciavo a stare malissimo, ma una parte di me faceva resistenza.»

Mentre parlo, saliamo in macchina. Julie ingrana la prima. Partiamo.

«Non è un'interpretazione difficile, sei in competizione con Jessica.»

«Ovvio, Jessica gli ha dato un figlio. Sai come la penso, anche se credo pure che diventare madre può essere un limite per una donna.»

«Sai benissimo che questo è legato a tua madre, alla sua morte prematura, al nuovo matrimonio di tuo padre, ma forse ancora di più al tuo aborto, al senso di colpa che ti porti dentro da vent'anni. Il professore della commissione che si congratula con te è un tiro mancino del tuo inconscio.»

«Infatti. L'inconscio è anche dispettoso, lo sappiamo, il professore si complimenta proprio per quello in cui sono mancante.»

«E porta una falsa foto come prova.»

«Insomma un esame in cui non sarò mai preparata, che non passerò mai. Dunque è proprio così, ci sono ferite che non si rimarginano, chiodi e ferri che ci restano conficcati dentro per saldare fratture che col tempo arrugginiscono e producono virus che vanno in circolo e ci avvelenano il sangue.»

«Perché non proponi a Paolo di adottare un bambino?»

«Un fratellino per Bibo... non ne ho coraggio. Ho quarantadue anni, e per tirare su un bambino ci vuole tanta energia.»

«Dovevi innamorarti di un uomo senza figli ma non è andata così. E non è un caso. Il caso non esiste.»

Siamo arrivate alla Biomedical. Dal gabbiotto il guardiano ci chiede dove andiamo. Julie mostra l'impegnativa rilasciata da Leonardo Lenna. La barra si alza. Passiamo davanti al reparto degenti dirette al parcheggio.

«La vita ti sta sfidando, Sandra Kapsa. Cosa rispondi?» mi chiede Julie mentre spegne il motore.

«Che ne so?»

Parcheggiamo e Julie si guarda intorno con l'espressione di chi va a ricevere un premio ambito, io ho il cuore pesante. Non ho neanche accennato alla tragedia familiare del professore. Che la conosca o no non voglio rovinarle la festa.

«Hai portato i documenti?»

«Sì, ce li ho in borsa.»

«Pigiama, ricambi?»

«Ho tutto. Sta tranquilla, cazzo. Sembra che sia tu che devi tirarti! Resto qui qualche giorno, non a vita.»

«Dovrai stare chiusa in casa un paio di settimane, dopo, aspettare che le ferite si rimarginino.»

«Guarda che posto!»

Sì, Julie è felice. Non le ho chiesto quanto le costerà l'operazione. Non voglio saperlo. Sta facendo una follia. Non per l'intervento in se stesso, ma per la china che prenderà inevitabilmente la sua vita. D'ora in poi dovrà sottoporsi a intervalli regolari a ritocchi e ritocchini. Una palla al piede, una catena al collo, una cella carceraria di cui solo Leonardo Lenna custodirà la chiave.

Letto, soggiorno con divano per gli ospiti, frigo, piccola scrivania con sedia, televisore a muro e luminosa finestra che dà su un giardino molto curato con pini romani e cespugli sempreverdi.

«Come essere in vacanza.»

"Come farsi del male fingendo di farsi del bene" vorrei risponderle.

Julie svuota la valigia, sistema le sue cose nell'armadio, resta in tuta aderente che mette in risalto in modo provocante tutte le sue curve.

«Questo sarebbe il pigiama? Vai in sala operatoria così, senza niente sotto?»

«Perché no?»

«Non lamentarti poi se al professore trema la mano e ti fa uno sbrego.»

Meglio buttarla sull'ironia, penso, in ogni caso Julie non cambierà. Non la convincerò mai che sta sbagliando e poi magari finisce che ha ragione lei, prende tutto con disinvoltura, viva le tette vere o rifatte purché stiano su, è la forma che conta e mai come in questo caso corrisponde alla sostanza.

«Quando uscirò con la faccia nuova Leo darà una festa. Sei invitata anche tu. Non ti ha più telefonato, vero? È rimasto male che tu me l'abbia detto. Gli ho spiegato che tra amiche vere non ci devono essere segreti. Gli ho detto anche che sei super coinvolta sentimentalmente e che deve lasciarti in pace. Gli stai molto simpatica, dice che somigli a sua moglie come una goccia d'acqua. Era molto innamorato di lei. Un matrimonio durato vent'anni, pensa. Dovrei essere gelosa.»

«Di una morta?»

«Di te, scema!»

«Mi spiace ma non riesco a farmelo stare simpatico.»

«Su certe cose sei proprio limitata, ma ti voglio bene lo stesso. Vai, aria, e sta' tranquilla. Se ho bisogno ti messaggio, tanto lo so che non vieni. Sei piena del tuo commissario.»

«Purtroppo è sempre nervoso. Non l'ho mai visto così.»

«Sì, aspetta, dagli tempo. È bravo. Vedrai che ce la fa.»

È bravo.

«Tu stagli vicina. Sacrificati un po'. Mettiti da parte. È così che si è felici in due.»

Sacrificati un po'. Mettiti da parte. È così che si è felici in due.

Io preferisco essere libera che felice.

Si può essere liberi in due? E si può essere davvero felici? Quanto è rimasto della donna che ero prima di mettermi con Paolo? Quanto è rimasto a lui di se stesso prima di conoscermi? Quanto siamo cambiati? E quanto cambierebbe la nostra relazione di coppia se Bibo venisse a vivere con noi, infilandosi stabilmente nella nostra vita?

Continuo a massacrarmi di domande, tutte inutili e senza risposta mentre fingo sicurezza camminando a passi spediti sul corridoio verso l'uscita.

Manca un'ora all'appuntamento con il primo paziente. Farò due passi. La Roma da attraversare per tornare a casa è spettacolare e tutta diritta: da piazza del Popolo, attraversato Campo Marzio e Tor di Nona e i successivi ponte dell'Angelo e via della Conciliazione e piazza del Santo Uffizio, sbuca direttamente su via delle Fornaci. Un percorso di vicoli e strade con magnifici scorci.

In Campo Marzio noto una figura familiare. È Ernesto Lenna. Sembra più giovane rispetto a quella sera a casa del professore, ma forse è solo per l'abbigliamento: blue jeans e un giubbotto di pelle scura. È fermo sul marciapiede, gli vado incontro e quando mi vede avvampa.

«Salve, come va?»

Forse avrei fatto meglio a tirare dritto, visto il suo imbarazzo, ma ormai gli sto davanti.

«Bene. Grazie, e lei?»

«Vengo dalla Biomedical. Ho accompagnato Julie, la mia amica. La ricorderai, ero con lei la sera da tuo nonno. Ha deciso che è arrivato il momento di...»

Mi tiro la pelle degli zigomi verso le tempie.

«E lei?»

«Io cosa? Tutte le donne che conoscono tuo nonno finiscono per forza sotto i ferri?»

Ernesto Lenna ha un mezzo sorriso.

«Un caffè?»

È sorpreso.

«Puoi darmi del tu, se ti va.»

Raggiungiamo un bar vicino a ponte Sant'Angelo, davanti al castello. Sediamo e ordino due caffè. Ernesto si soffia sulle dita. Deve avere le mani gelate, come me del resto.

«Che mi racconti?»

«Fino a quattro secoli fa questi palazzi non esistevano. C'era una piazza molto più grande, con un patibolo.»

Non mi aspettavo un esordio simile.

«È qui che hanno decapitato Beatrice Cenci. Caravaggio era presente, proprio qui, su questa piazza, quella mattina dell'11 settembre 1599. Magari era in piedi proprio dove siamo seduti noi adesso, sudato per il gran caldo, mezzo soffocato nella calca. Quella decapitazione l'ha sconvolto.»

«Caravaggio ti coinvolge parecchio. Come uomo, non solo come pittore. Perché?»

«Perché cercava la verità. Non aveva paura di scavare sotto terra, di sporcarsi le mani, di andare a fondo, al buio, di lottare contro i suoi demoni, non credeva nella consolazione, nei cieli azzurri popolati di santi e angeli.»

«Non t'inquieta che fosse un assassino?»

«No. Forse non ha potuto evitarlo. Ha vissuto in una posizione scomoda, in rotta di collisione con il potere e lo *status quo* della sua epoca. E ha pagato con la sua stessa vita.»

Sposta la tazzina sul tavolo. Noto che gli tremano le mani.

«Conosci la storia dei Cenci?»

«Ho letto il romanzo di Dumas.»

«Allora saprai che c'era talmente tanta gente che assisteva al supplizio quella mattina, una folla immensa, faceva così caldo che in parecchi morirono, travolti dalle carrozze, schiacciati dagli zoccoli dei cavalli, o la notte successiva per un colpo di sole. Beatrice, con la matrigna Lucrezia e i fratelli Giacomo e Bernardo, era accusata di aver ucciso il padre Francesco, che era un mostro, li maltrattava e aveva abusato della figlia fin da quando era bambina. Molti giuristi, perfino alcuni cardinali, volevano la grazia. Papa Clemente VIII era propenso a concederla, aveva studiato le carte durante la notte ma la mattina era arrivata una tremenda notizia: il marchese Paolo di Santacroce aveva ucciso con venti pugnalate sua madre per motivi ereditari e Clemente decise che doveva dare l'esempio e condannò a morte tutti i Cenci. In realtà era per confiscare l'immenso patrimonio della famiglia in favore della chiesa. Difatti andò all'asta e se l'aggiudicò il nipote del papa, a un terzo del suo valore.

Quando il carretto con la processione delle varie confraternite arrivò, la prima a essere decapitata fu Lucrezia. Era piccola e grassa, fece molta fatica a salire la scala per arrivare sulla piattaforma. Il boia le strappò i vestiti per denudarle le spalle, lo fece con una tale violenza che la lasciò nuda fino alla vita. Lei dovette chiedere come fare per sistemarsi cavalcioni sull'asse. Aveva i seni grossi, non riusciva a posare il collo sul ceppo e dovettero aggiungere un pezzo di legno per rialzarlo.»

«Devi proprio scendere nei particolari?»

Non mi sente. Continua spedito.

«Con Beatrice successe una cosa stranissima. Lei salì senza aiuti sul cavalletto. Quando il boia lasciò la molla della scure e il ferro calò, la sua testa tranciata di netto rimbalzò di lato sulle assi e lei scalciò con una gamba come se facesse un salto all'indietro. Il boia afferrò la testa e la mostrò alla gente. Poi prese il corpo per metterlo nella bara ai piedi del patibolo. Un paio di frati della Misericordia glielo tolsero di mano ma se lo fecero sfuggire. Il busto rotolò sulla scala, tutto scoperto, pieno di polvere e sangue. Ti rendi conto? Accusano Caravaggio di pittura violenta, figurati che all'epoca consigliavano ai pittori di assistere ai supplizi dei condannati per dipingere le espressioni in modo veritiero. Lo sai che nel Museo della Camera Storica della confraternita di San Giovanni Decollato conservano l'inginocchiatoio di Beatrice Cenci? Si può visitare una sola volta l'anno, il 24 giugno. Fanno una processione. I membri della confraternita consolavano i condannati a morte e li accompagnavano al supplizio. Roma è lastricata di sangue e sofferenza, per questo forse è così bella, t'imprigiona corpo e anima.»

Ernesto Lenna è trasfigurato, come se avesse un'esperienza diretta di quello di cui parla e anch'io guardo la strada, come se mi aspettassi di veder spuntare da un momento all'altro la carretta che porta i Cenci al patibolo.

Ho bisogno di bere e chiedo minerale per entrambi.

C'è un profumo di fiori marci nell'aria, viene dal vicinissimo Tevere.

«Io penso che niente vada perduto,» sta dicendo Ernesto «coloro che ci hanno preceduto nei secoli e nelle civiltà passate continuano a viverci accanto. Il tempo non esiste. Non è un'entità fisica, tangibile, ma una illusione, una convenzione che usiamo per nominare e classificare le sue tracce che cambiano il nostro corpo e la nostra anima. Disponiamo solo di istanti e il nostro limite è che non ne siamo coscienti. Quello che non vediamo più, lo chiamiamo passato, storia, come chiamiamo futuro ciò che non vediamo ancora. Sono i nostri limiti che ci impediscono di farne esperienza come di un presente infinito. Non si può camminare per le strade di Roma a cuor leggero, in piazza Firenze c'erano i campi dove si giocava alla pallacorda, è lì che Caravaggio litigò con Ranuccio Tomassoni e gli conficcò la spada in corpo, uccidendolo. In quella piazza sento ancora vibrare la rabbia di Caravaggio. T'immagini dover fuggire da Roma e abbandonare tutto proprio nel momento di maggior successo? Davanti al Teatro Argentina, sette, otto metri sotto il livello della strada, c'è il basamento in tufo della Curia di Pompeo dove veniva distribuito il grano e dove i congiurati hanno pugnalato Giulio Cesare alle undici del mattino del 13 marzo del 44 a.C. Quel momento continua a esistere, pulsa nelle molecole della città sotterranea. Nella memoria visiva delle colonne e dei marmi antichi che hanno assistito alla scena. Eppure la gente che ci passa sopra in autobus non lo sa e in ogni caso se ne frega. Se gli facessi notare che perdono qualcosa con la loro indifferenza si metterebbero a ridere, mi prenderebbero per pazzo.»

Si azzittisce di colpo, mi afferra per un polso e stringe.

«Ahi! Mi fai male!»

Mi lascia subito.

«Scusa... scusami.»

Si passa una mano sulla fronte, sulla testa rasata come per scacciare qualcosa. Si abbandona contro lo schienale della sedia. Sembra stanchissimo.

«Vuoi qualcos'altro?»

Scuote il capo. Stiamo in silenzio. C'è un caldo confortevole nel bar, l'idea di rimettermi in strada con il freddo non è allettante.

«Accidenti all'inverno» dico per cambiare discorso. «Lo detesto. Vorrei vivere in un posto dove è sempre estate. Ti svegli la mattina e prima di cominciare la giornata fai una bella nuotata. A Bahia, per esempio, in Brasile.»

«Ci sei stata?»

«No. Mai.»

Nuovo silenzio. L'amo non ha funzionato. Il pesce non ha abboccato.

Provo una specie di pena per Ernesto. A volte mi capita con i pazienti. Specie quando sono giovani.

«Perché non smetti di riprodurre le opere dei grandi, di Picasso, di Caravaggio e non dai vita a qualcosa di tuo?» gli chiedo di getto.

«Pensi sia facile? E poi ormai è tardi. Ho trent'anni.»
«L'età non conta quando ci sono talento e passione.»
Ernesto non risponde.
Vorrei che si aprisse, gli farebbe bene. Non posso essere io a parlargli delle morti nella sua famiglia, la nonna, il padre, perduti in maniera tragica, mi chiederebbe come faccio a saperlo. Tento con un: «Tu vivi con tuo nonno in quel bellissimo appartamento?».
Ha un guizzo. Si agita sulla sedia come punto da un insetto.
«Stai scherzando? Come fai a pensare una cosa del genere? No, io vivo per conto mio, in campagna, in un casolare, verso il mare. Ho bisogno di un grande spazio per lavorare. Lì ho tutto quello che mi serve. Dall'età di diciotto anni vivo con un'assicurazione stipulata a mio nome da nonna Nadine. Metà del casale è mio, l'altra metà è di nonno, così non spendo per l'affitto. Come pittore non guadagno, inserirmi nell'ambiente artistico è difficile, non ho le giuste conoscenze. Nonno potrebbe darmi una mano, invece gli piace tarparmi le ali, mi tiene al guinzaglio, compra i miei falsi d'autore, come li chiama lui, per quattro soldi. Ogni volta tira sul prezzo, e la spunta. Ti fa il filo?»
La domanda, inaspettata e diretta mi spiazza completamente.
«Perché dovrebbe farmi il filo?»
«Be', lui non si fa scrupoli con le donne.»
«Lo dici perché somiglio a tua nonna?»
Non risponde.
«Non sarà che anche tu la prima volta che mi hai visto sei rimasto scioccato o spaventato per questo motivo, al punto che a momenti andavi sotto una macchina? E poi anche dopo, da tuo nonno? Diciamo che una volta mi ha

telefonato per invitarmi a cena. Ma io vivo felicemente con un uomo che amo e che mi ama.»

Non sembra convinto.

«Comunque tuo nonno piace molto alle donne.»

Fissandomi, Ernesto raccoglie la saliva in bocca, si sporge di lato e sputa sul pavimento.

Come se Leonardo Lenna fosse sdraiato ai suoi piedi e potesse ricevere lo sputo in piena faccia.

Un'ombra gli incupisce gli occhi.

È qualcosa di più di un semplice disprezzo.

Qualcosa che somiglia all'odio.

Qualcosa che fa paura.

TERZO MOVIMENTO

13

Particolari inquietanti

La zona di vico Jugario è come sempre deserta di persone e stipata di macchine.

Sul pendio c'è sempre il capitello romano rovesciato ma i primi teneri fili d'erba già spuntano nel quadrato di terra scavato dai Ris e il marmo delle colonne del tempio di Saturno splende nell'aria fredda, appena velata del mattino.

Quando il commissario e Carlo Cima suonano al citofono, una voce maschile chiede in un italiano stentato: Chi è? e alla risposta Polizia la stessa voce replica: un momento per favore. Pochi istanti e il portone si apre.

«Professore arriva subito» annuncia il cameriere indiano e grassottello che li riceve e li fa accomodare.

Leonardo Lenna è da loro pochi minuti dopo, allacciandosi un polsino della camicia azzurra perfettamente stirata sopra i pantaloni grigio chiaro di sartoria, scusandosi per averli fatti attendere. Sandra ha detto la verità: è davvero un bell'uomo, pensa Paolo Rosato mentre con Cima lo segue in salone.

Sì, Leonardo Lenna sa della mano amputata rinvenuta proprio sotto casa sua, che cosa orribile, ormai non c'è limite alla pazzia umana, no, non era in casa quel giorno, anzi non era neanche in città, era andato in Toscana da amici per il weekend e la nevicata l'ha costretto a restare fuori fino al martedì successivo. Nell'appartamento non c'era nessuno. Leonardo Lenna vive solo, Patel, il cameriere indiano che si occupa della casa, alloggia in periferia, al quartiere Tufello con la famiglia. La luce accesa? Forse aveva dimenticato di spegnere, è successo altre volte. La zona è più che tranquilla, il traffico a senso unico è limitato, turisti se ne vedono pochi, l'entrata per visitare i Fori è esattamente dalla parte opposta dell'area archeologica, i due sparuti bar di zona non bastano a creare una movida notturna, qualcosa di anomalo si noterebbe subito. Invece tutto era tranquillo prima del ritrovamento e continua a esserlo adesso. Fine della storia.

«Abbiamo motivo di pensare che chi stiamo cercando non abbia scelto la zona a caso. Lei abita qui da molto?»

Paolo Rosato attacca a testa bassa. L'immagine di Sandra in quell'ambiente di gusto e grandi mezzi gli fa montare l'ansia e sa di doverla tenere a bada.

«Da sempre, posso dire. Da quando mi sono sposato, cioè dal '63. Qui è cresciuto mio figlio Michele e poi mio nipote Ernesto.»

«E sua moglie.»

«Oh, mia moglie Nadine, sì. Immagino sappiate già che...»

«Vorremmo sentire la sua versione.»

«È stata una terribile fatalità, non ho difficoltà a parlarne, la faccenda finì sui giornali e subii anche un processo. Per fortuna subito archiviato. È passato tanto tempo e non mi fa più male parlarne. Sapete com'è, con gli anni si arriva a farsi una ragione di tutto. L'abbiamo trovata nella vasca da bagno. Annegata. Era infelice. Infelicissima. Mi accusava di tradirla, era ossessionata dalla gelosia.»

«E aveva ragione? La tradiva?»
Leonardo Lenna si allenta il nodo della cravatta.
«Non avevo nessuna relazione extraconiugale se è questo che intende. Mi scusi ma che domanda è? Siamo uomini, no?»
"Già, siamo uomini" pensa Paolo con una fitta allo stomaco. "Ma c'è chi è più stronzo di altri."
«Continui.»
«Certo non passavo molto tempo con lei, a casa, in famiglia. Il mio lavoro mi appassiona, mi ha sempre preso tutto il tempo. Cercavo di fare il possibile perché avesse quello che desiderava. Purtroppo mi sbagliavo. Quello che le davo non le bastava. Capita, con le persone che ci vivono accanto, crediamo di conoscerle, di sapere tutto di loro ma non è così. A volte restano un mistero, non arriviamo a scoprire chi sono realmente.»
«Fu suo nipote a trovarla, ci risulta.»
«Sì, Ernesto. Era solo un ragazzino. Aveva otto anni all'epoca. Nadine era depressa, assumeva psicofarmaci, sotto il mio diretto controllo, s'intende. Quel giorno era particolarmente giù e decise di fare un bagno caldo. Forse esagerò di nascosto con il Roipnol, la disgrazia avvenne in pochi minuti. Avevo delle cartelle di pazienti da esaminare e le avevo dimenticate in macchina. Scesi a prenderle e quando risalii era successo l'irreparabile. Nadine giaceva inerte sul fondo della vasca. Con mio nipote aveva un rapporto molto stretto, lo aveva cresciuto lei, Ernesto credeva che la nonna stesse giocando, lo faceva spesso, andava sott'acqua completamente, testa compresa, e tornava di colpo su facendola tracimare sul pavimento. La tempesta, la chiamava, per la disperazione della donna di servizio. Solo che stavolta sott'acqua c'era rimasta troppo. Il referto di morte fu inoppugnabile. Mio nipote passò l'adole-

scenza in cura dagli strizzacervelli. In qualche modo ne è uscito. Povera la mia Nadine, così fragile e sensibile, voleva restare bella e giovane per sempre, mi costringeva a ritoccarla di continuo. E io la accontentavo, anche se sapevo che era sbagliato. Che cosa deve fare un marito che non desidera altro che il bene di sua moglie? Nadine era bella anche se non mi credeva quando glielo dicevo. Guardate!» e Leo apre un mobile intarsiato, estrae la fotografia di una donna in primo piano dentro una cornice d'argento e la tende ai poliziotti.

Un volto giovane dai lineamenti perfetti, un'aria ricercata, capelli biondi curati, occhi grigi e labbra carnose. Paolo resta a bocca aperta. Incredibile, sembra Sandra.

«È lei?» chiede come per sincerarsi dell'identità.

«Sì, è Nadine. Eccola!»

E Leo si curva a indicare nel ripiano del mobiletto un'urna cineraria che la fotografia nascondeva.

«La tengo qui, con me. Una parte di lei, almeno.»

I due poliziotti si scambiano un'occhiata. Paolo si passa una mano sul mento. Cima tossicchia.

C'è un'altra urna cineraria accanto a quella della moglie del professore.

«Quello è Michele, nostro figlio. Come saprete la legge italiana prevede che una parte delle ceneri venga sepolta in un cimitero ma si può tenere il resto. Fu Nadine a voler far cremare nostro figlio e io ho deciso di far cremare anche lei e di tenerli qui, uno accanto all'altra. Nadine non tollerava l'idea di decomporsi, mi aveva fatto giurare che nel caso fosse scomparsa prima di me l'avrei distrutta con il fuoco.»

«Di dove era originaria sua moglie?»

«Di Lille. La città francese con più alcolizzati.»

«Beveva?»

«Oddio, le piaceva lo champagne. Ma non era certo un'alcolizzata.»

«Cosa ci dice di suo figlio?»

«Morì nell'82. A vent'anni. I vostri colleghi lo presero per un terrorista. Solo dopo scoprirono che andava a fare attacchinaggio. Non si fermò all'alt della polizia, scappò, lo inseguirono, capottò. Un incidente stupido, avrebbe potuto essere senza conseguenze ma batté la testa sull'asfalto e non ci fu niente da fare. Morì sul colpo.»

Si passa una mano sugli occhi una, due volte, come per scacciare una visione tormentosa.

«Nadine non si è mai ripresa. Cominciò allora con gli psicofarmaci. Ma perché me lo chiedete, esiste un rapporto dettagliato della polizia sul fatto, potete documentarvi.»

«Sì, lo faremo» taglia corto Paolo.

Non vuol dire a Lenna che l'hanno già fatto, dal momento che non ha ancora chiesto nulla a Balleri sull'argomento e ignora se il commissario capo e Lenna siano ancora in contatto e quanto strettamente. Per quello che ne sanno, Balleri può anche aver informato Lenna del fatto.

«Comunque suo figlio le ha dato un nipote.»

«Sì, Ernesto. Per fortuna è vivo e vegeto.»

«E la madre?»

«La madre di Ernesto?»

«Sì.»

«È morta anche lei. Una storia penosa. Era una balorda, una mela marcia. Non era sposata con Michele, è passata come una meteora nella sua vita, rovinandogliela, purtroppo.»

«Com'è morta?

«Credo overdose.»

«Crede?»

«Così mi hanno detto. Non la frequentavamo. Io e Nadine l'abbiamo vista un paio di volte.»

«Come si chiamava?»

«Adele... Adele Foglia. Ernesto aveva quattro mesi quando Michele è morto. Ci offrimmo di aiutarla perché lei non voleva saperne di tirar su un bambino, era troppo occupata a fare la rivoluzione e a drogarsi per occuparsi di suo figlio.»

A distanza di tanti anni e malgrado sia morta, c'è una vibrazione di indignazione e di disprezzo per la ragazza nella voce di Leo Lenna.

Deve attribuirle la responsabilità della disgrazia che è toccata al figlio, pensa Paolo.

«È stata lei a fare il lavaggio del cervello a Michele,» precisa infatti Leonardo Lenna «a mettergli in testa quelle idee balzane. La rivoluzione! Dopo che lui morì ci disse che aveva deciso di abbandonare il bambino, così io e Nadine facemmo richiesta ai servizi sociali e lo adottammo. Non è stato facile crescerlo. Mio nipote è stato un bambino difficile, e la successiva disgrazia di Nadine non l'ha certo aiutato a trovare la sicurezza che serve nella vita. È rimasto un tipo particolare. Vive in un mondo tutto suo.»

Rosato e Cima scambiano una nuova eloquente occhiata. In quanto potenziale clone di sua madre, anche Ernesto è meritevole di disprezzo?

«Suo nipote abita qui con lei?»

«Oh no. Da tempo vive in campagna, vicino a Ceri, in un casolare di famiglia che ho riadattato.»

«Di che si occupa?»

«Fa l'artista.»

«Lo fa o lo è?»

Paolo prova un sottile piacere a mettere i puntini sulle "i" col professore.

«Ha un certo talento, non dico di no, ma non tira fuori niente di suo. Si limita a dipingere copie d'autore. Sono il suo unico compratore.»

«Le ha qui?»

«Certo.»

«Potremmo dare un'occhiata?»

«Certo. Venite.»

Lenna fa loro strada lungo il corridoio fino alla parete espositiva. Accende l'illuminazione.

«Come copie non sono il massimo ma i pittori sono famosi,» li indica «Monet, Picasso, Caravaggio. Mio nipote è giovane, non ha una grande esperienza ma si farà.»

«Certamente.»

Rosato è il primo a scuotersi.

«Dove possiamo trovare suo nipote?»

Leonardo Lenna caccia di tasca il cellulare facendo scorrere il display. «A casa sua, al casale. Vi do il numero.»

Tocca a Cima memorizzare.

«Bene. La contatteremo se avremo ancora bisogno di lei.»

«Spero di esservi stato utile. Patel!» chiama.

Il cameriere compare subito. Forse è rimasto in ascolto dietro la porta, pensa il commissario mentre l'uomo li accompagna lungo il corridoio.

«A me sono piaciuti i quadri,» fa Cima mentre l'ascensore tocca il piano terra «ma che c'entrano con i reperti?»

«La natura morta, insomma il cesto di frutta. È un'opera dello stesso pittore dei due quadri che hanno ispirato il nostro bastardo per allestire i reperti.»

«Mi sembra un po' tirata.»

«Forse. Dobbiamo sentire questo nipote prima possibile. Sono convinto che ci sarà più utile di suo nonno.»

«È una mia impressione o sei convinto anche tu che Lenna ci ha bellamente provocato?»

«Convinto.»

«Vuoi che non sappia che siamo informati dei suoi rapporti con Balleri?»

«Magari gli starà telefonando per riferirgli l'esito del colloquio.»

Paolo ci mette un po' a rispondere. Malgrado si sia concentrato sulle domande e sulle risposte, sull'osservazione di Lenna e sulle sue reazioni, deve ammettere che per tutto il tempo che sono stati nell'appartamento non ha fatto che pensare a Sandra. Strano immaginarla in quell'ambiente. Si sarà sentita a proprio agio?

«Lo sapremo presto. Ma voglio aspettare di avere in mano dei dati più precisi per parlare con Balleri.»

«Con tanti morti in famiglia il professore sembra uno che ha appena vinto alla lotteria. Se la gode a cambiare i connotati alle donne. Bisturi alla mano e ceneri dei suoi morti in un mobiletto per i superalcolici.»

«E odia il nipote.»

«E la madre del ragazzo, come l'ha chiamata? Balorda, mela marcia.»

«Overdose. Non mi meraviglia. La droga se n'è portati via parecchi in quegli anni!»

«Convoca subito Ernesto Lenna e mettiti al lavoro su Adele Foglia, Cima. Dobbiamo sapere chi era, dove viveva, se le sono rimasti parenti, qualcuno che ci può dare informazioni, ecc. E poi controlla se Nadine Puyol ha parenti della famiglia d'origine ancora in vita, e convoca il fratello di cui mi hai parlato, quello che ha accusato il cognato.»

«Quando Lenna ha tirato fuori la foto della moglie hai cambiato faccia.»

«Mi ha colpito, non te lo nascondo. Questa Nadine

sembra la fotocopia di Sandra, sai, la mia donna. Lei è convinta che niente di quello che succede sia casuale. Chissà cosa ci leggerebbe d'interessante in questa somiglianza così marcata, se vedesse la fotografia.»

«La sera da Lenna l'avrà vista, no? Pensi che lui non gliel'abbia fatta vedere? Una somiglianza così schiacciante!»

«Non credo. Altrimenti me l'avrebbe detto.»

Dopo che i poliziotti sono usciti, Leonardo Lenna chiama il cameriere Patel, gli consegna il bancomat e lo spedisce al supermercato.

Tende l'orecchio per sincerarsi dello scatto della porta blindata poi si avvia verso il salone sfilandosi la cravatta. Davanti alla riproduzione della *Canestra di frutta* schiaccia un pulsante mimetizzato sotto la base della cornice. La parete ruota su se stessa, un varco si apre. Leonardo Lenna entra.

La visita di quel poliziotto, Rovato, Rosato come cazzo si chiama, l'ha innervosito. Chissà che al di là della complicità che gli ha chiesto nel loro ultimo incontro non l'abbia mandato Balleri stesso come atto intimidatorio. È riuscito a mantenersi vago. A riferire fatti di cui molto probabilmente i due sono già a conoscenza. A mentire, come quando rassicura le pazienti che farà il miracolo che loro gli chiedono. Starò meglio col nuovo naso? Certo, ma non aggiunge: non sarà più la tua faccia, non sarai più tu, pezzo di cretina. Apparentemente quel poliziotto gli ha creduto. Perché non avrebbe dovuto? I poliziotti non sono dei geni, si dice.

Distruggi tutto, gli ha ordinato Balleri. Al diavolo. Pensa di poterlo ancora comandare come in passato? Non sono più compagni di sbronze politiche. Chi può garantirgli che il suo ex compare abbia davvero distrutto la copia in suo possesso, come dice? La sua qui è al sicuro.

Nessuno conosce l'esistenza della stanza segreta. Non rischia niente. Ma in cuor suo sa che ubbidirà. Balleri ha ragione. Ha sempre avuto ragione. È l'anello forte della catena, Balleri, mentre lui è quello debole. Tra loro niente cambierà perché nessuno di loro due è cambiato. Gli esseri umani non cambiano.

Prende un dvd dallo scaffale. Accende il lettore e il televisore cui è collegato. Inserisce il disco. Il tecnico che l'ha riversato dal Super 8 ha fatto un buon lavoro, l'immagine è nitida, almeno per quello a cui serve. Il professore si mette la cuffia sulle orecchie, sprofonda nel divano e aziona il telecomando.

Sullo schermo appare l'interno di una stanza con una panca. C'è sdraiata supina una ragazza molto giovane, le braccia legate sopra la testa, i vestiti rialzati sui fianchi nudi, le gambe divaricate. Tra le labbra ha infilato un imbuto. Tre uomini, poco più che ragazzi, le stanno intorno. Quello di spalle impugna un bastone. Gli altri due, giovanissimi, sembrano divertirsi un mondo e sono ben riconoscibili malgrado siano passati tanti anni. Uno è il futuro chirurgo plastico Leonardo Lenna e l'altro il commissario capo Dario Balleri.

Mentre quello vibra colpi su colpi tra le cosce della ragazza e le grida della vittima gli si sparano nella testa, Leo Lenna si slaccia i bottoni della camicia e si denuda il petto. Abbandona il capo contro la spalliera del divano e si lascia scivolare verso il basso in modo da poter continuare a vedere le immagini che scorrono. Mugola e si contorce, la sua fisionomia si disordina, l'impalcatura che regge la lotta del suo fisico contro l'età che avanza crolla, ora è un vecchio bavoso, le sue dita adunche si ghermiscono il sesso e i testicoli, come fa un rapace in volo con una preda.

Dopo, resta stravaccato, un sacco vuoto e stremato sul

divano mentre lo schermo impazzisce di puntolini bianchi. Quando l'energia torna, va a estrarre il dvd dal lettore. Esita, lo rigira tra le mani come pensando a cosa fare. Poi lo getta al suolo e lo pesta con la suola delle scarpe fino a ridurlo in tanti pezzi.

La strada, stretta e tutta curve, sale tra boschi di quercioli. Hanno lasciato l'A1 al casello di Fabro, dopo pochi chilometri di provinciale hanno preso la diramazione per San Casciano dei Bagni.

Un'ora e mezzo prima Cima era entrato nella stanza del commissario Rosato allargando le braccia. Ernesto Lenna sembrava introvabile. Il suo cellulare era staccato, la pattuglia inviata al casale era tornata a mani vuote: il cancello era chiuso da una pesante catena con lucchetto, come le persiane delle finestre. In compenso, Cima agitava per aria una cartella.

«Bingo! Dominic Puyol, fratello della defunta Nadine, moglie di Leonardo Lenna. Da una ventina d'anni vive in Toscana, tra Fighine e San Casciano dei Bagni. L'ho chiamato per dirgli di presentarsi per questioni riguardanti la sorella. Si è dichiarato disponibile. Figurati che sembrava persino contento. Non può venire perché è caduto da cavallo e ha una gamba ingessata ma possiamo andare noi da lui. Ecco qua: telefono e indirizzo.»

«Ottimo, Cima. È schedato?»

«No. Il suo nome compare nell'inchiesta aperta quando la moglie di Lenna fu trovata morta in casa. Come sappiamo, Puyol l'aveva denunciato ma il caso è stato chiuso dopo il primo dibattimento. Non c'erano elementi a carico di Lenna.»

«Bene. Andiamoci subito. Magari ci troviamo anche Ernesto.»

Il cippo stradale segna il confine tra due regioni, l'Umbria e la Toscana. Sembra incredibile ma nello spazio di un chilometro i contrafforti stretti e olivastri delle colline umbre spariscono, la campagna si apre in collinette morbide e digradanti, onde gentili che in primavera si copriranno certo di erba di un verde luminoso.

«Guarda com'è più aperta qui la campagna, le colline sono più tonde e dorate» dice Cima con il naso incollato al finestrino.

«Sei un poeta, Cima.»

«Sfotti, sfotti, ma guarda: dalla parte dell'Umbria la vegetazione è fitta, la campagna è verde oliva. Sarà per questo che la regione comincia con la "U", che ti fa stringere la bocca. Toscaaana. Senti invece come si allarga?»

«Beato te Cima che hai il tempo e la voglia di notare 'ste stronzate.»

Dopo l'abitato di San Casciano le colline di querciolì finiscono di colpo, l'orizzonte si apre sulla distesa della Val d'Orcia. La strada che sale al borgo di Fighine è ripida, l'aria molto più fredda a causa della neve che non si è sciolta nei punti più ombrosi, il panorama è decisamente montano. Dopo una serie infinita di curve sbucano sul fianco della montagna in un'estesa faggeta. Non incontrano macchine, gli alberi corrono su entrambi i lati della strada e si ha l'impressione di marciare su una bretella tesa tra terra e cielo.

All'improvviso, dopo una curva a gomito si trovano di fronte un castello medievale.

«Cazzo!»

Evidentemente restaurato di recente sembra uscito da un libro di favole. Rosato stacca il piede dall'acceleratore per rallentare e godere la vista. Sulla corsia di marcia c'è uno spiazzo. Accosta. Un filare di cipressi fa ala a una strada sterrata che conduce al grande portale d'ingresso. Sulla destra del castello si vedono i tetti dei casali in pietra che lo circondano e che un tempo erano il villaggio.

Il silenzio è profondissimo. Cima scende dalla macchina. Si stiracchia, respira a pieni polmoni. Raggiunge il cofano posteriore e si slaccia la zip. Si sente nitidamente lo scroscio della sua urina sulle fronde.

Anche il commissario scende dalla macchina e si abbottona il bavero del giaccone. Il vento è forte, l'aria sa di neve. Il cielo è bianco, compatto.

Cima indica il casale a poca distanza dalla strada. Su un palo conficcato nel terreno c'è inchiodato un cartello di legno con una scritta: LA PERTOLA. La casa di Puyol. Sono arrivati.

Suonano. L'uomo che apre ha una gamba ingessata fino a metà coscia, i colori e i lineamenti di Nadine Puyol. Cioè di Sandra, per Paolo Rosato che sente un moto di simpatia istintiva nei suoi. I due poliziotti mostrano il distintivo e Dominic Puyol li fa entrare. È ancora piacente malgrado si avvii verso la settantina. Fisico asciutto, stretta di mano vigorosa. Una grande stanza con divani disseminati dappertutto e un immenso camino dove tra i cippi guizza una fiamma vivace. La parete è una vetrata che dà sul Castello. Una vista spettacolare.

Dominic Puyol sa dei ritrovamenti delle mani, segue l'evoluzione delle indagini sui media, è rimasto colpito dal luogo del primo ritrovamento, proprio sotto casa di quel porco del suo ex cognato.

Basta che il commissario gli chieda della morte della sorella, che comincia a vomitare parole che crepitano come i ciocchi tra le fiamme del camino.

«Mia sorella era una sciocca romantica. Come tutte le donne che credono ciecamente nell'amore, si lasciò convincere a investire tutto quello che possedeva per mandare in porto gli interessi del marito e così diventammo nemici.»

«Si spieghi.»

«Oh, è presto detto. La nostra era una famiglia di industriali di provincia nel Nord-est della Francia. Patrimonio solido, sicuro. Leonardo Lenna è di estrazione piccolo borghese: bottegaio il padre, insegnante elementare la madre. Ma lui era ambizioso, e mia sorella aveva perso la testa. I nostri genitori sono morti in un incidente stradale troppo presto, purtroppo eravamo giovani e inesperti. Nadine ha preteso che le liquidassi la sua parte di eredità. Case, terreni nelle Fiandre. Mi ha fatto una guerra e io ho ceduto, sbagliando, solo perché ero ingenuo e le volevo bene. Leo ha avuto la sua clinica e mia sorella sembrava felice. Quando però le cose per lui hanno cominciato a funzionare, Nadine è inevitabilmente entrata in un cono d'ombra. Sa commissario, con tutta quella carne femminile in offerta lui aveva solo l'imbarazzo della scelta. E non aveva scrupoli.

Per qualche tempo ho cercato di star vicino a mia sorella anche perché aveva preso una brutta china. Davanti all'indifferenza e ai tradimenti del marito era entrata in depressione. Poi iniziò la fase del bisturi. Continuavo a metterla in guardia per farle capire che così facendo si consegnava nelle mani della fonte della sua infelicità, ma lei dava prova di un'incredibile resistenza autodistruttiva e lui godeva a sistemarle il corpo e a distruggerle l'anima. E per quanto riguarda il loro figlio Michele: cosa aspettarsi da un padre fascista se non un figlio simpatizzante dell'estrema sinistra? Da quell'ingenuo idealista che era, mio nipote s'innamorò di una militante del movimento di qualche anno più grande di lui. Una bella ragazza, per lei

Michele se ne andò di casa sbattendo la porta, Leo lo bandì dalla sua vita e mia sorella piombò nella disperazione. Mio nipote non era un terrorista, anche se frequentava gruppi di fiancheggiatori e simpatizzanti della lotta armata. Non credo abbia mai maneggiato una pistola. Il giorno che è morto andava a fare attacchinaggio. Non si è fermato all'alt della polizia, l'hanno inseguito è andato a sbattere con la macchina e c'è rimasto.

Pare che non toccasse a lui fare quel lavoro. Aveva sostituito un compagno. Pare che una volante fosse appostata in quel preciso punto della strada, come se lo aspettassero. Lasciava un figlio di quattro mesi che mia sorella non aveva ancora visto.»

«Ci dica qualcosa della madre di Ernesto.»

«Non ne so molto, solo informazioni indirette. Lei e Michele non erano sposati. Pare che dopo l'incidente avesse cominciato a drogarsi e che se ne andò al creatore per overdose. Ernesto sarebbe finito nel brefotrofio di Monteverde se Nadine non avesse fatto richiesta di adozione. Stranamente anche Leo fu d'accordo e la ottenne.»

«Come si chiamava?»

«Adele Foglia.»

«Lei l'ha mai incontrata?»

«No.»

«È sicuro che sia morta per overdose?»

«Così mi disse Nadine. Ma non ne sono sicuro. Non ho più sentito nessuno nominarla, dopo. Dopo la morte di Michele, voglio dire. Mia sorella ormai non era una fonte attendibile su niente, totalmente succube di quel figlio di puttana di Leo. Andava avanti, ma non era lei. Perennemente sotto psicofarmaci e tranquillanti, usciva raramente perché aveva sempre i segni di qualche operazione da nascondere sotto le bende e camminava curva, come se portasse sulle spalle il peso del mondo. Un ramoscello fragile e sfibrato, destinato a spezzarsi presto.»

«Perché non è intervenuto? Poteva darle una mano.»

«No, non potevo. Dopo aver liquidato l'eredità sono partito. Thailandia. Misi su un resort per turisti nell'isola di Ko Samui. Andava bene. Quando sono rientrato di mia sorella ho trovato solo le ceneri.»

«Che mi dice di suo nipote Ernesto? Lo stiamo cercando ma non riusciamo a trovarlo. È qui da lei?»

«Assolutamente no. Non lo vedo da anni. È sempre stato un ragazzo difficile. Introverso. Anche da piccolo. Pare che a scuola non avesse amici, che preferisse la compagnia degli animali a quella dei suoi coetanei, curava cani e gatti randagi, teneva in camera sua una colonia di scarafaggi. Fu seguìto a lungo da diversi psicanalisti. Quando mia sorella è morta ho proposto a Leo di farlo venire a stare con me e mia moglie, non abbiamo figli. Non ha voluto. Ernesto aveva solo otto anni e non poteva decidere autonomamente. Una volta cresciuto non mi ha mai cercato, anche se sa dove sono. Vive in campagna vicino a Roma in un casolare di famiglia, verso il mare.»

«Sappiamo che dipinge.»

«Quella passione fu mia sorella a passargliela. Da ragazzina amava gli impressionisti. Poi quando è venuta a Roma si è innamorata dei grandi maestri del cinque e seicento. Soprattutto amava Caravaggio, non solo come pittore ma come personaggio. Collezionava sue biografie, libri d'arte, film e romanzi su di lui. Ne parlava come se fosse vivo, bazzicava Campo Marzio come se potesse incontrarlo. Passava le giornate nelle stradine tra piazza Navona e Campo de' Fiori, non era cattolica praticante ma si sciroppava messe su messe per stare accanto ai suoi quadri nelle chiese di San Luigi dei Francesi, Sant'Agostino e

Santa Maria del Popolo. Ricordava il numero civico delle botteghe dei pittori suoi contemporanei. Gli angoli di piazza Navona dove rimorchiava le puttane e rimediava i ragazzotti e i popolani che gli facevano da modelli e da amanti. Andava in trance sotto la finestra della casa dove pare avesse avuto lo studio. Raccontava come se fosse stata presente di quando lui aveva aperto un buco nel soffitto per far cadere la luce dall'alto, di come poi la padrona di casa l'aveva cacciato e denunciato perché non pagava l'affitto e messo all'asta le sue povere cose, uno sgabello, un tavolaccio, alcune coperte. Un'ossessione. Sempre con Ernesto piccolissimo al seguito. Estate e inverno. Lo so perché lei stessa me lo raccontava. Capisco mio nipote. Non ha avuto una vita facile.»

«Abbiamo saputo che fu Ernesto Lenna a trovare la nonna annegata nella vasca.»

«Leo disse di averlo lasciato di guardia in bagno. Una situazione assurda, inconcepibile. All'epoca chiesi l'intervento del giudice. Malgrado la depressione mia sorella era legatissima al nipote. Non si sarebbe mai suicidata davanti a lui. Non lo avrebbe mai abbandonato.»

«Qual è la sua idea?»

«La mia idea è che mio cognato volesse toglierla di mezzo. Lo faceva lentamente e sistematicamente da anni, prescrivendole una montagna di psicofarmaci e sonniferi. Mia sorella era sul viale del tramonto. La stella di Leonardo brillava. Lei gli aveva dato tutto e in cambio aveva ricevuto solo briciole. Ora Leo non aveva più bisogno di lei. Anzi, gli dava fastidio. Pare si fosse messo con un'altra, più ricca e più giovane. Voleva ingrandirsi, aprire una seconda clinica. È stato sempre ambizioso, amante della bella vita. Quando la trovarono, Nadine aveva una quantità di tossine nel sangue che avrebbe steso un bue. Nonostante tutto ancora oggi non ce la vedo che decide di prendersi un intero tubetto di Roipnol. Non era da lei. Quell'uomo è un porco, un sadico. La portò sull'orlo del baratro e poi la spinse giù. Il medico legale fu categorico: suicidio. L'inchiesta fu archiviata, il caso chiuso.»

«Va bene. Grazie.»

«Commissario posso sapere perché avete voluto sentirmi? Mio cognato è implicato nell'indagine sulla mano trovata vicino casa sua?»

«Non posso dirle nulla. Stiamo indagando. Avevamo bisogno di chiarimenti, per ora.»

«Solo di chiarimenti? Peccato. Sarebbe ora che quel bastardo saldasse il conto con la giustizia se non con la legge.»

«Che ne pensi?» chiede Paolo Rosato a Carlo Cima non appena sono in macchina.

«Che è stata una perdita di tempo. Ingessato non si è certo mosso da casa. E non ci ha detto niente di nuovo. Che la vita familiare di Lenna sia segnata da morti violente lo sapevamo già. Non bastava la moglie annegata, ci mancava il figlio fatto secco dalla polizia. La sua compagna volata via per la roba. Il nipote squinternato. Cazzo, io e te che facciamo i poliziotti siamo le persone più normali del mondo.»

«Ho la sensazione che qualcosa rimanga fuori in questa storia. Qualcosa di grave deve essere successo tra i coniugi per armare la mano del professore o per giustificare un atto autolesionistico di Nadine Puyol.»

«Dici qualcosa di più oltre al vedersi messa da parte?»

«Sì, siamo noi maschi che perdiamo la ragione e arriviamo a fare gesti violenti e disperati per gelosia o per un rifiuto. Le donne hanno la testa sulle spalle, sono realiste, non per niente sono loro che fanno i figli e li tirano su.»

«Pensi a qualcosa che riguarda il figlio Michele?»
«Michele, Adele ed Ernesto.»
«Puyol evidentemente non sa tutto e Lenna non ce lo dirà mai.»
«È indispensabile sentire Ernesto. Dovete trovarlo. Non può essere svanito nel nulla. Rimanda una volante al casale. Sarà stata la nonna a passargli la fissa su Caravaggio ma la cosa puzza. La prima mano l'hanno lasciata sotto casa Lenna. La seconda a Santa Maria del Popolo, vicino alla clinica. Purtroppo la morte di Gina, poveraccia, ha fatto terra bruciata intorno alla possibilità di tracciare l'identikit del Diavolo, ma mi gioco le palle che Ernesto c'entra in qualche modo.»
Rosato è interrotto dal cellulare.
Belfiore.
«Ho qualche info per te, sapientone. La prima: la poveraccia, la barbona. Niente alcol o droghe. È pulita. Gli esami, i nostri e quelli dei Ris, sono molto accurati. Confermo livido bluastro intorno al collo che coinvolge la nuca. L'hanno strangolata con un cordoncino di cuoio, probabilmente quello che portava al collo, abbiamo trovato minimi frammenti di fibre sotto la pelle. Poi l'hanno spinta e lei è caduta a faccia in giù nella pozza quando ancora respirava. Può darsi che l'abbiano tenuta sott'acqua o che non sia riuscita a tirarsi fuori con le sue forze. Verificheremo.»
«Abbiamo diramato la foto, speriamo che qualcuno venga a dirci chi è.»
«Poi: il terriccio sotto le unghie delle mani del primo reperto e del secondo con i capelli è lo stesso. Quindi la vittima è stata tenuta prigioniera e amputata nello stesso posto. Il fatto che l'inclinazione del taglio sia identica – si tratta di un maschio, mancino, forte, ipotizzo: relativamente giovane – indirizza le ricerche in una direzione.»

«Quale?»
«Stiamo appunto lavorando per capirlo. Il raggio d'azione è vastissimo.»
«Come cercare un ago in un pagliaio.»
«Ovvio, sapientone. Analizzeremo l'intero territorio del Lazio. Contento? Tu piuttosto, cosa mi dici dei rivenditori di parrucche?»
«Acqua, Belfiore, acqua.»
Appena Rosato chiude, la radiomobile gracchia.
«Commissario ci risiamo. Hanno trovato un altro pezzo di corpo umano.»
«Porc! Dove?»
«In piazza delle Cinque Lune. C'è la stampa. È un inferno.»
«Sarò lì tra un'ora. Prima non posso.»
«Sul posto c'è già la Scientifica.»
«Avvisate Belfiore.»
«Sì, commissario.»
Paolo pigia sull'acceleratore.

Quando, quarantacinque minuti dopo, Paolo Rosato e Carlo Cima arrivano in piazza delle Cinque Lune, sul posto è presente una legione di agenti, tecnici della scientifica e giornalisti. La strada è stata transennata sul lato che confina con via di Sant'Agostino. È uno snodo di vitale importanza per la viabilità, l'anello di congiunzione tra il lungotevere, piazza Navona e corso Vittorio Emanuele e il clangore dei clacson dei mezzi incolonnati rompe i timpani. Gli agenti gridano per farsi sentire, uno di loro fa a Rosato il rapporto della situazione.

Un ratto grosso come un coniglio era sgusciato da una busta di plastica abbandonata al crocevia della strada, finendo tra i piedi di una coppia di turisti che la stavano attraversando. La donna aveva gridato, il marito aveva battuto i piedi a terra per scacciare la bestia che era fuggita via, lasciando la busta strappata sull'asfalto. L'uomo aveva dovuto sorreggere la moglie che si era sentita male alla vista del contenuto della busta. Alcuni passanti li avevano soccorsi. Un vigile aveva chiamato la polizia. Ora la Scientifica stava facendo i rilievi sul posto, il medico legale aveva acquisito il reperto.

Carmen Belfiore apre una cella frigorifera e preleva un contenitore che appoggia sul tavolo. Scosta con una pinzetta sterile i bordi della busta. Appare una specie di ciambella di carne con al centro un ombelico scurissimo.

«È un addome. L'addome di un ragazzino.»

Paolo si lascia scappare un gemito.

«Sezionato alla perfezione. Taglio senza sbavature. Il cerchio sembra tracciato con un compasso, usando l'ombelico come perno. Bisturi affilatissimo, mano ferma. I piccoli fori che vedi li hanno lasciati i denti del ratto.»

«Uno strumento da disegno, dici. Chi cazzo è, un disegnatore, un architetto? Che rappresenta stavolta?»

Carmen Belfiore allarga le braccia.

«Deve averlo lasciato in piazza delle Cinque Lune poco prima che i turisti ci inciampassero.»

«Cioè in tarda mattinata.»

«Undici, undici e trenta. Era in un freezer, come il secondo reperto. Quando l'ho prelevato era ancora congelato intorno all'ombelico, dove la carne è più spessa. Il taglio deve essere stato fatto poco prima.»

«Quindi il nostro uomo abita in città. Presumibilmente in centro. È *suo*? Del *nostro* ragazzino?»

«Probabile. Aspettiamo conferma del dna.»

«Ce lo sta restituendo un pezzo alla volta. E ogni volta

mette in piedi una rappresentazione, un colpo di teatro anche se questa volta non ha aspettato la neve. Perché? Cosa cazzo vuole dirci?»

Il cellulare di Paolo vibra. Lui risponde senza guardare chi chiama. Subito la sua faccia si rabbuia. Si lascia andare sulla sedia come se avesse perso ogni energia.

«Non è il momento, Jessica.»

«Gliel'hai detto?»

«No, non gliel'ho detto. Non ancora.»

«Devi dirglielo. Prima lo fai e meglio è per tutti.»

«Okay, okay, glielo dirò.»

14

Vattene!

Ho alzato la temperatura in casa ma non riesco a scaldarmi. In bagno apro il rubinetto dell'acqua calda, ci immergo le mani fino ai polsi.

Quando esco vado a sbattere addosso a Paolo. Non l'ho sentito entrare.

«Ciao.»

Sta lì, in piedi, con il giubbotto su una spalla, la faccia stanca e un'espressione di tristezza infinita negli occhi.

«Ho sentito che avete trovato un altro reperto.»

«Sì, una cosa orrenda. L'ombelico di un bambino.»

«Sant'Iddio! È del *nostro* bambino?»

«Aspettiamo la conferma del dna ma sembra proprio che sia lo stesso.»

«E dove l'avete trovato stavolta?»

«In piazza delle Cinque Lune, dietro piazza Navona, vicino alla chiesa di Sant'Agostino.»

Paolo si accascia su una sedia. Incrocia le mani in grembo, se le torce.

«Non torturarti. Sono sicura che prima o poi lo catturerete.»

«Ho una cosa da dirti, Sandra, molto importante. Siediti.»

Il cuore comincia a battermi forte in petto.
«Cos'altro è successo?»
Scosto la sedia dal tavolo. Siedo di fronte a lui.
«Jessica...»
«Sì, vi ho visto in macchina.»
È sorpreso.
«Non me l'hai detto.»
«Aspettavo che mi dicessi qualcosa tu.»
«Non sopporta di vedermi felice.»
«Ora non hai la faccia di uno felice.»
Paolo appoggia i gomiti al tavolo. Si prende la testa tra le mani.
«È incinta.»
«Non sei contento? Ha trovato qualcuno, finalmente.»
Paolo fissa il pavimento come se volesse sprofondarci dentro. Non capisco perché la cosa lo amareggi tanto.
«Ti preoccupi per Bibo? Non devi. I ragazzini sono più elastici e intelligenti di quanto crediamo noi adulti.»
«Il bambino...»
«Be'?»
«Dice che è mio.»
«Cosa?»
«Mi spiace, Sandra.»
«Cos'hai detto?»
«Mi spiace.»
«Mi spiace. Cazzo fai? Scopi con Jessica!»
«Non ci scopo. È successo una volta. Una volta sola. Non so come ma è successo.»
«Quando?»
«Tempo fa.»
«Tempo fa?»
«Non ricordo.»
«Bugiardo! Stronzo! Pezzo di merda! Non ricordo!

Come fai a non ricordarti una cosa simile? Allora non è stata una volta sola. Forse hai continuato a scopartela, per tutto questo tempo non hai mai smesso!»

«Una volta sola.»

«Dimmi quando! Dimmelo! Come fai a non sapere quando?»

«Minacciava di buttar giù un tubetto di Prozac.»

«Bugiardo!»

«È come ti dico.»

«Non era un buon motivo per scoparla.»

«Pensavo che si sarebbe calmata.»

«Calmata? Calmata?»

«È stato solo sesso.»

«Peggio ancora! E non me l'hai detto!»

«Non te l'avrei mai detto.»

«Non me l'avresti mai detto?»

«No, se non ci fosse questa complicazione.»

«Questa complicazione, come la chiami tu, è un bambino.»

Non voglio piangere. Non voglio essere patetica. Gli occhi mi si riempiono lo stesso di lacrime.

«Non so se crederle o no. So che non è facile restare incinta.»

«Che mi frega se le credi o no. Mi frega che lei lo dica. E se lo dice è vero!»

«Forse non è come la racconta. Non so niente della sua vita, di chi si porta a letto.»

«Intanto si porta a letto te!»

«È stato un momento Sandra, credimi!»

Mi tappo le orecchie con le mani.

«Non voglio sentire! Non voglio sapere quando!»

«Mi ha provocato e ho perso la testa.»

«Dite tutti così. Siete dei bastardi!»

«Te lo giuro Sandra!»
Qualsiasi cosa dica, è una coltellata. La sua stessa voce è una coltellata.
«Va' via.»
«Come?»
«Vattene!»
«Ho sbagliato, è successo. Se c'è di mezzo un bambino mi assumerò le mie responsabilità. Ma non tornerò con lei.»
«Non me ne frega niente. Non voglio più ascoltarti. Vattene!»
«Non puoi cacciarmi via in questo modo.»
«Vattene.»
«Non così!»
«Vattene.»
«Sandra!»
«Basta!»
«Ti prego.»
«Vatteneee! Non voglio più vederti!»
Datemi un martello che gli spacco la testa! Un lanciafiamme che lo incenerisco!
Non riesco a guardarlo.
Nemmeno quando si getta il giubbotto in spalla e va verso la porta.
Non appena se la chiude alle spalle, comincio a girare per casa come una tigre appena catturata e chiusa in gabbia.
Apro l'armadio. Tiro fuori le sue cose. Jeans, camicie, T-shirt. In bagno, gli oggetti da toilette.
Devo farlo subito o non ne sarò più capace.
Raccatto tutto e infilo disordinatamente in un sacco dell'immondizia.
Esco sul pianerottolo. Lo lascio davanti alla porta chiu-

sa del suo appartamento. Rientro. Metto il paletto. Come se dovessi difendermi da un mostro, da un predatore.

Corro in camera da letto. Tuffo la faccia tra le lenzuola.

Soffoco. Mi giro sulla schiena. Resto a guardare il soffitto con gli occhi sbarrati.

Ecco cosa voleva dire il sogno del neonato all'asilo nido. Altro che far venire Bibo a vivere con noi. Adottare un bambino. Sono in competizione con Jessica e la odio, sì la odio perché sento che non ce la farò mai a superarla nell'amore di Paolo. Odio tutte le donne che sono capaci di fare figli.

Almeno riuscissi a piangere. Ma la fonte delle lacrime è secca.

Per fortuna Jessica lo lascia in pace. Quello che ha da dirgli riguarda Bibo e il bambino stesso fa da messaggero tra loro. Paolo non capisce esattamente i sentimenti che nutre per la sua ex moglie. Odio è troppo. Forse astio, mentre vorrebbe provare solo indifferenza. Deve crederle? Sarà davvero incinta? Certo prima o poi, con il progredire della gravidanza, dovrà essere più presente. Quando si avvicinerà il tempo del parto dovrà occuparsi meglio e di più di lei e di Bibo. Del nuovo venuto. Al quale fa fatica a pensare come a un figlio da amare e da crescere. Un figlio che non ha desiderato e non desidera. Da una parte vorrebbe che Jessica avesse già partorito, forse vedendolo in carne e ossa si metterebbe l'anima in pace. Potrebbe piangere Sandra come l'amore perduto della sua vita, smettere di sperare che con lei per qualche sortilegio le cose possano tornare come prima.

Il suo telefono trilla a vuoto. Paolo inserisce la funzione "sconosciuto" per nascondere il proprio numero. La richiama. Più e più volte. Lei non risponde. Incolla l'orecchio alla parete che confina con il soggiorno di Sandra nella speranza di sentirla parlare con qualcuno, capire quello che fa dai movimenti, ma dall'appartamento non viene un suono. Forse è andata a stare da Julie e allora telefona a lei. Julie non risponde. Sulle prime pensa che Sandra abbia ordinato alla sua amica di non parlargli ma poi ricorda che Julie è ricoverata alla Biomedical. Certo, prima o poi si imbatterà in Sandra sul pianerottolo mentre rientra, ma non sopporterebbe l'imbarazzo di un incontro occasionale in un momento simile.

Così le scrive un biglietto. Breve: brevissimo. *Sono disperato. La vita senza di te non ha senso. Potrai mai perdonarmi?* e glielo infila sotto la porta. Glielo manda via sms e via e-mail un sacco di volte. Sono tentativi goffi rispetto alla gravità della sua colpa ma altro non osa fare.

Può solo aspettare. Con il pensiero costantemente rivolto a lei, accarezzarla, baciarla, farci l'amore con la mente, seguirla durante i pomeriggi e le serate, le serate di quando stavano insieme, ah che serate meravigliose!, non riesce proprio a immaginare la sua nuova vita, perché una nuova vita Sandra deve averla già cominciata, lontano da lui, senza di lui, straziante anche solo pensarlo.

Paolo capisce che non potrà continuare a vivere nell'appartamento accanto a quelle condizioni. Forse è affrettato, ma conosce Sandra. Per riconquistarla, ammesso che ci riesca, non basterà aspettare che il passare del tempo sani la ferita. Dovrà allontanarsi fisicamente. Trasferirsi e alla svelta in un nuovo alloggio. Uno qualsiasi. Tra le difficoltà delle indagini, la fine della storia con Sandra e la nuova condizione di Jessica, la sua vita personale, le sue esigenze e le sue necessità vengono per ultime. Anzi, non esistono più.

Così trova ospitalità nel monolocale di un collega, una

grande stanza con un divano letto, una scrivania, un televisore, internet e un bagnetto. Ci porta l'indispensabile e, almeno per il momento, non dà la disdetta a via delle Fornaci. Quell'appartamento è il cordone ombelicale che lo lega a Sandra e alla propria identità degli ultimi due anni. Ma per ora non ha scelta.

Con un supremo sforzo di volontà deve chiudere il dolore in petto, smettere di pensare a lei, prendere la mente per mano come fosse un bambino che impara a camminare e concentrare tutti i pensieri sul bastardo che sta restituendo a pezzi il corpo di un ragazzino.

Il dna dell'ultimo reperto è lo stesso degli altri. Dunque aveva ragione Senzatetto, questa è opera del diavolo. E questo deve fare Paolo. Andare a caccia del diavolo.

È una bella giornata e il libeccio soffia impietoso facendo sbatacchiare i rami spogli dei platani sui lungotevere. Julie mi aspetta. Devo andare a prenderla alla Biomedical. L'intervento è andato benissimo e lei è felice, vuole festeggiare.

Non ho avuto il coraggio di dirle di prendere un taxi. Mi viene incontro nel parcheggio e se non fosse per il tubino e la mantella che conosco non la riconoscerei. Ha la faccia fasciata e quando mi siede accanto al posto del passeggero e la guardo, mi spavento. Le labbra siliconate leggermente violacee sporgono gonfie come canotti, anche se i suoi occhi ridono guardando ai giorni che verranno e che vivrà da bellissima.

«Che t'è sudcesoo? Mmladta?» mi chiede attraverso le bende. Come cacchio parla? Poi capisco: non può aprire più di tanto la bocca.

Dio mio, che disastro. Come siamo conciate tutt'e due. Mi viene da ridere e comincio a piangere.

Mi asciugo le guance col dorso della mano. Le faccio

segno di aspettare. Parlo lentamente, faccio fatica, come se anch'io avessi la faccia bendata.

Le dico tutto. Di Paolo con Jessica. Di Jessica incinta di Paolo.

Potessi rivivere a volo d'angelo ogni istante, ogni momento insieme, anche il più insignificante, suturare la frattura tra i nostri due mondi, lui da una parte, io dall'altra. Vorrei possedere un grande occhio per vedere il futuro, non uno sguardo che arriva al massimo alle limitate diottrie di ieri, così doloroso, relativo, parziale, umano, troppo umano. Paolo... dove sarà? che fa, con chi parla, a chi sorride, chi accarezza, che segni lasciano sulla sua faccia le emozioni che ora vive lontano da me?

Magari ha accettato lo stato delle cose. Ha da pensare a cose più importanti, un nuovo figlio, un fratellino per Bibo, portare avanti le indagini. Dico a Julie che di notte, quando Paolo mi manca troppo, esco sul pianerottolo e mi spiaccico a braccia spalancate contro la porta del suo appartamento. Anche se ho capito che si è trasferito infilo il naso nella piccola scanalatura a filo del battente. Inseguo l'odore delle sue cose, il suo odore. Non hanno messo il cartello AFFITTASI. Non ho il coraggio di chiedere notizie all'amministratore. Credo che morirei se dovessi trovare un signor chiunque che infila le chiavi nella serratura della sua porta.

Julie mi accarezza sui capelli.

«Sono contenta che Paolo non mi veda in questo stato, con le occhiaie, la pelle stanca, da quando non ho più i suoi occhi innamorati addosso anche pettinarmi mi costa, mi sembra un gesto gratuito, inutile, senza scopo.»

«Nn dieure cossì.»

«Ho quarantadue anni e mi sento vecchia, scollata dalla realtà, dalla mia e da quella dei miei pazienti, le giornate sono grappoli di sofferenza, ogni ora un acino avvelenato. Odio la sera e la notte. Il sonno non arriva mai. Non mi vergogno a dirtelo, proprio io che ho sempre criticato quelli che s'impasticcano per dormire ho cominciato a prendere sonniferi. Mi chiedo quanto tempo passerà prima che, con l'anima e la psiche messe così male, anche il mio corpo non cada in pezzi. Non riesco a perdonarlo. Proprio non ci riesco.»

«...Coesa, io.»

«Che dici, Julie, non capisco.»

Congiunge le mani, se le porta a una guancia, ci appoggia la testa.

«Casa, vuoi andare a casa. Sei stanca. Hai le palle piene dei miei sfoghi. Hai ragione.»

Il suono insistente del citofono mi trova acciambellata sul divano. Dopo aver lasciato Julie ho fatto due sedute. Non sto in piedi, sono stanchissima. Il cuore gonfio di battiti disordinati. Di ricordi: lui che torna dalla questura o dal turno di notte, si fa una doccia bollente per togliersi di dosso le brutture del mondo fuori e s'infila fra le lenzuola profumate del nostro letto, tra le mie braccia.

Ancora il citofono. Non aspetto pazienti. Una pericolosa speranza mi tira su, mi ravvio i capelli con una mano, mi sistemo il maglione e corro alla porta.

«La signora Kapsa?»

«Sì?»

«È il fioraio...»

Fiori? Fiori?...

«Salga. Primo piano...»

Un enorme mazzo di rose rosse avanza ondeggiando sul pianerottolo. Per far entrare il ragazzo che li porta devo togliere il blocco al battente e aprire tutta la porta.

Resto ferma, a debita distanza. Conto le rose. Ventitré. Magnifiche. Profumatissime. Una busta bianca occhieggia tra il rosso. Un'infinità di domande mi attraversa la mente. Quante volte ho spento il cellulare vedendo comparire il suo numero o sconosciuto? Cancellato i suoi messaggi dalla segreteria e dalla posta elettronica senza leggerli? E ora? Devo accettare le rose? Rifiutarle? Aprire la busta? Leggere il biglietto? Non toccare nulla? Correre in strada, regalare il mazzo alla prima passante, gettarlo nel cassonetto dell'immondizia? Questi fiori sono una palla di cannone lanciata contro le mura del mio castello: averli fatti entrare in casa equivale ad ammettere che una crepa si è aperta?

Le rose sono troppo belle, chissà quanto sono costate. Mi si stringe il cuore se penso al magro stipendio di Paolo.

Decido, prendo la busta, l'apro. Sono poche righe, in stampatello:

Cara Sandra
ti ringrazio per essermi stata ad ascoltare.
Non mi capita spesso.
Ernesto Lenna
(328675995 è il mio numero. Chiamami nel caso ti facesse piacere un'altra passeggiata romana)

Lascio cadere il biglietto a terra.

Non so se essere più delusa o sollevata che non siano di Paolo.

Non mi gratifica essere oggetto delle attenzioni di un ragazzo che ha dodici anni meno di me. Ernesto mi fa più che altro tenerezza.

Vado a prendere un vaso, lo riempio d'acqua, ci metto i fiori. Non ci stanno tutti, devo dividerli. Il vaso più grande sul tavolo da pranzo, quello più piccolo in camera da letto.

Torno sul divano. Resto lì, diritta sulla schiena, le mani incrociate sulle ginocchia. Immobile.

Fuori c'è il solito va e vieni. Il mondo continua a vivere malgrado me.

Nella stanza c'è solo il mio respiro affannato.

La luce dell'imbrunire che entra dalle finestre lentamente si affievolisce. L'appartamento scivola nell'oscurità. I mobili e l'arredo perdono pian piano consistenza, proprio come me, che divento ombra tra le ombre.

15

Succede qualcosa

Quando l'agente bussa deciso alla porta del commissario, Paolo Rosato si lascia sfuggire un'imprecazione. La giornata è appena cominciata e già lui ne sente il peso gravargli sulle spalle.

«Commissario, una segnalazione dalla sezione Aurelia, un ragazzino sparito.»

Il malumore resta ma la fatica scompare di colpo.

«Con chi hai parlato?»

«Agente Pizzuto.»

«Richiamalo e passamelo. Cazzo, finalmente, cazzo!»

Rosato chiama Cima all'interfono. Che venga subito da lui e mette in viva voce appena l'agente lo raggiunge.

«La madre si è presentata ieri sera. Il ragazzino è sparito dalla prima nevicata» riferisce il collega Pizzuto.

«Perché ha aspettato tanto per la denuncia?»

«Pensava che l'avesse preso il padre. I due sono ai ferri corti per il divorzio, pare.»

«Come si chiama?»

«Il bambino o la madre?»

«Tutti e due.»

«Lei Rodia Tugucenau. Lui Mirko Roibu.»

«Slavi?»

«Moldavi.»
«Anni?»
«Lei trenta. Il bambino otto. Seconda elementare.»
«Dammi l'indirizzo e chiamala. Che non si muova da casa, che non parli con nessuno. Saremo da lei tra mezz'ora al massimo. Fatti trovare sul posto.»

La porta dell'interno venti, primo piano del modesto caseggiato popolare a Montespaccato, periferia ovest della città, si apre non appena l'agente Pizzuto, con Rosato e Cima, suona il campanello. Rodia Tugucenau è una bella ragazza dai lineamenti delicati, grandi labbra, pelle diafana, lunghi capelli neri e corpo flessuoso dentro i jeans a tubo e maglione azzurro. Dà l'impressione di sapersi controllare anche se gli occhi cerchiati parlano di un grande rovello interiore e parecchie notti in bianco.

Mirko è un bambino calmo e posato, a scuola va bene, non ha molti amici perché non è estroverso, parla poco ma si è integrato abbastanza, anche se sono arrivati in Italia solo da un anno. Prima abitavano a Bender, in Moldavia, dove Mirko è nato, non lontano dalla capitale Chisinau. Venerdì, il giorno della prima nevicata, lei l'ha lasciato davanti al cancello della scuola. Di solito torna a casa da solo, a eccezione del martedì e del venerdì, quando va a giocare a pallone nel campo lì vicino. Il signor Leri è l'allenatore. Quel venerdì 3 febbraio, a metà mattina l'hanno chiamata dalla segreteria per avvisare che chiudevano a causa della neve e lei aveva lasciato il lavoro dalla signora dove fa le pulizie per andare a prendere il figlio. C'era una gran confusione, un ingorgo di auto dei genitori che andavano a prendere i figli ma il suo non c'era.

«Io parlo con maestra e con preside. Loro dice che non visto Mirko. C'è neve e casino. Tutti corre via. Vado da signor Leri, dice mio ex passato con macchina prima che io arrivo. Forse lui prende Mirko.»

«È già successo che il suo ex marito ha preso il bambino senza avvisarla?»

«Sì. Noi litighiamo per divorzio. Lui arrabbiato con me. Era tanta neve e io stupida aspetto. Ho cellulare, chiamo, chiamo, lui non risponde. Lascio sms. Non risponde. Chiamo suoceri. So che lui parte per Bender. Dicono Stefan con Mirko non è lì. Io non credo, anche genitori suoi arrabbiati con me. Chiamo amica in Bender e lei dice che vede Stefan per strada. Penso che suoceri hanno detto bugia. Aspetto. No tranquilla, ma aspetto. Poi Stefan ritorna a Roma, vado da lui a prendere Mirko e bambino non c'è. Così chiamo polizia.»

«Senta, mi spiace ma devo chiederglielo: ha letto i giornali? Sa dei reperti che abbiamo trovato in città?»

«No tempo per giornali. Lavoro.»

«Deve venire all'Istituto di medicina legale per fare il tampone del dna. Prima possibile. La dottoressa Carmen Belfiore si metterà in contatto con lei. Ci serve qualche foto di suo figlio.»

Rodia va e torna con un album. Lo sfoglia.

«Prendete che volete.»

Mirko è ritratto a varie età.

«La più recente?»

«Ecco... fatta uno mese fa.»

Mirko sul campo di calcio con la divisa della squadra. Magro, capelli scuri e pelle chiara. Piccolo, serio, concentrato: l'espressione di un bambino che sente le responsabilità. Stringe al petto un pallone.

«Va bene questa.»

«Poi voi ridate me.»

«Certo. Ricorda com'era vestito il giorno che è sparito?»

«Pantaloni della tuta blu, felpa gialla. Scarpe nere no lacci. Piumino blu.»

Pizzuto ha trascritto.

«Dove troviamo il suo ex marito. Stefan... Roibu, dico bene, si chiama così?»

«Sì Stefan Roibu. Come Mirko. Lui padre. Abita qui vicino.»

«Faremo il tampone anche a lui.»

«L'hanno chiamata dalla scuola per sapere perché Mirko era assente?»

«Sì. La preside chiama me. Io dico Mirko è con papà, in Moldavia.»

«Va bene. Andremo a sentire la preside e questo signor Leri.»

«Lui sta in campetto vicino scuola. Molto gentile. Bravo. Amico con Mirko. Amico con tutti bambini. Io parlo a tv? Faccio appello per Mirko. Con Stefan, sì?»

«Certo, faccia quello che crede sia utile. L'importante è che mi tenga informato. Questo è il mio numero di cellulare. Se le viene in mente qualche particolare, la più piccola cosa, può chiamarmi anche di notte.»

Il monolocale di Stefan Roibu è surriscaldato. Quando i tre agenti suonano, lui è già sulla porta. È spettinato, sotto la camicia aperta fa bella mostra la tartaruga che gli disegna il torace e una collana d'oro a maglie larghe. Non sembra né sorpreso né spaventato. L'ambiente è al limite della pulizia e dell'ordine. Una stanza che funge da soggiorno e pranzo. Un televisore ultrapiatto 55 pollici occupa la parete di fronte all'entrata. Dal bagno attiguo alla stanza arriva lo scroscio della doccia.

Il padre di Mirko distribuisce tre bicchieri sul tavolo e prende una bottiglia di birra dal frigo.

«Non beviamo. Grazie. Siamo in servizio.»

Lui versa per sé e fa segno ai poliziotti di accomodarsi. Un sorso e resta a rigirarsi il bicchiere tra le mani.

«Avevo detto a mia moglie che il bambino non era con me. Ma lei non mi crede mai.»

«La signora Rodia dice che lei è passato in macchina dalla scuola.»

«Ci sono passato. Avevo una commissione da fare ma ci ho rinunciato perché c'era un gran casino di macchine per via della neve.»

«Non ha pensato che poteva rendersi utile accompagnandoli a casa visto che sua moglie, la sua ex moglie, non ha la macchina?»

«No. Loro abitano a trecento metri dalla scuola. Avrei aggiunto casino a casino.»

«Perché non è andato a fare la denuncia di scomparsa subito, appena tornato?»

«Mia moglie è brava a inventare storie. Una volta le credevo, adesso non più.»

«Vuol dire che non l'ha presa sul serio?»

«Sì. Mi odia perché l'ho lasciata. Ero stufo di stare con lei. È una storia finita. Adesso c'è Lia con me.»

Una ragazza esce dalla doccia. Lia, evidentemente. Capelli chiari e lunghi bagnati, in carne, occhi furbi, accappatoio legato male in vita che lascia intravedere le cosce tornite e tatuate. Passa davanti ai poliziotti e va a sbracarsi su un divanetto con il rivestimento liso.

«Vi sta dicendo la verità. Stefan è bravo, vuole bene a suo figlio.»

«Come si chiama?»

«Chi, io?» il tono è di sfida. «Eliana Semprini.»

«Ci mostri i suoi documenti d'identità.»

«Certo.»

Fruga nel portafogli che estrae da una borsa appesa per il manico alla spalliera di una sedia. Pizzuto trascrive le generalità.

«Conosce il bambino?»

«Lo vedo quando viene qua.»

«Lei abita qui? Convive?»

«No, però ci stiamo pensando. Se solo quella scema di Rodia non facesse tante storie il bambino potrebbe stare con noi. Io non lavoro in questo momento, posso occuparmene.»

«Prima che faceva?»

«Discount. Alla cassa.»

«E lei lavora?»

Stefan Roibu si asciuga con una mano la schiuma di birra dalle labbra.

«Sì curo piante. Faccio traslochi con il furgoncino.»

«Non siamo la finanza. Non facciamo controlli fiscali. Vogliamo sapere di Mirko. Dica: quando l'ha visto l'ultima volta?»

I due si guardano. Stefan Roibu esita.

«Prima di partire per Chisinau. Non ricordo.»

Si rivolge a Lia.

«Quando, Lia? Ti ricordi?»

Che razza di padre è uno che non ricorda quando ha visto suo figlio l'ultima volta? sembrano dire gli occhi di Cima che cercano quelli di Rosato.

«Domenica prima della neve.»

«La prima o la seconda nevicata?»

«La prima.»

«Quindi domenica 29 gennaio?»

«Sì, venerdì 3 avevo il volo, nevicava ma non lo hanno cancellato.»

«Ha ancora i tagliandi del check-in o i biglietti?»

«Certo. Lia li avevi tu.»

Lia sparisce in camera da letto. Torna poco dopo con i tagliandi. Pizzuto scorre e legge a voce alta: «Stéfan Roibu e Lia Semprini, volo diretto Air Moldova del 3/2/12 Roma-Chisinau h 15.40 fila 23 posti A e B. Ritorno 17/2 stessa compagnia h 13.20, posti 12 e 13».

«Lei ha dei nemici a Roma?»

«Nemici? Cosa dice? Io lavoro per signore ricche. Signore con terrazze in centro storico. Mi chiamano quando serve. Pagano bene.»

«Lei è di Bender, come Rodia?»

«Sì.»

«Da quanto è in Italia?»

«Quattro anni. Ho il permesso di soggiorno, tutto in regola.»

«Faccia vedere.»

Stefan prende i documenti. Pizzuto li visiona. Tutto in regola.

«Lei e la sua ex moglie siete arrivati insieme in Italia?»

«No. Rodia e Mirko sono qui solo da un anno.»

«Ci dica qualcosa di personale che riguarda suo figlio.»

«Un bambino tranquillo. Ubbidiente. Non fa mai capricci. È più maturo della sua età.»

Per forza, pensa Rosato, quale bambino non lo sarebbe nella situazione familiare in cui si trova?

«Seguirebbe uno sconosciuto?»

«Mirko? Non credo proprio, non è uno stupido. Lui non dà confidenza neanche a Lia, vero amore?»

Amore sta stappando un'altra birra. Non sembra neanche sentire.

«Va bene. Resti a disposizione. La chiameranno per fare il tampone del dna.»

«Scusi commissario... hanno invitato me e Rodia per fare un appello alla tv. Loro pagano?»

«Pagano? Che dice? Fanno informazione. Aiutano. Vuole speculare sulla scomparsa di suo figlio? Un bambino di otto anni? Si auguri solo che le mani amputate non siano le sue perché vorrebbe dire con tutta probabilità che è stato ammazzato!»

La scuola elementare è un moderno edificio a due piani con una lunga fila di finestre al centro di un giardino recintato e pavimentato. I due pini romani che svettano di fianco alla costruzione avrebbero bisogno di una potatura, tanto quanto la siepe di sempreverdi e oleandri che corre lungo tutto l'edificio.

La preside, una dinamica donna sulla cinquantina, li riceve subito in direzione. Purtroppo non ha altro da aggiungere alle informazioni che la polizia ha raccolto su Mirko Roibu. Il ragazzino manca certamente da scuola da lunedì 6 febbraio. Venerdì 3 a causa della neve c'era stata la chiusura anticipata, avevano telefonato alla madre perché venisse a prenderlo come era stato fatto con tutti i genitori degli alunni. Non ricordava chi fosse venuto per Mirko, a causa della gran confusione. Rodia Tugucenau aveva telefonato il 9 per avvisare che il bambino era partito con il padre per la Moldavia e al rientro avrebbe portato la giustificazione. E questo era tutto.

L'allenatore sta aspettando il commissario Cima a cui si è aggiunto l'agente Pizzuto sul lato destro dell'edificio. È un uomo giovane e già stempiato dal fisico aitante, indossa una tuta sportiva e un berretto.

«Leri, è lei?»

«Sì.»

Precede i tre agenti verso un fabbricato rettangolare,

che delimita il campetto di calcio, al confine della rete metallica che separa la scuola dalla strada. Una stanza ufficio con una scrivania e qualche sedia.

«Mi dia un documento.»

L'uomo estrae una carta d'identità con i bordi slabbrati.

«È caduta in acqua. Dovrei rifarla ma si legge ancora.»

«Trascrivi tu, Pizzuto.»

Pizzuto apre una cartella, sfila un modulo, copia le generalità bofonchiando: «Valeriano Riccio nato a Roma il 15 gennaio 1977, cittadinanza...». Rosato lo ferma spazientito.

«Trascrivi e basta.»

Lui e Cima entrano nella seconda stanza, lunga e stretta con panche e grossi ganci al muro, evidentemente lo spogliatoio, spartano e pulito. L'allenatore recupera il documento e li segue. I servizi non hanno le docce, solo una fila di lavabo e in fondo c'è una porta chiusa con una catena e un grosso lucchetto.

«Ci tengo palloni di riserva, reti e roba per la manutenzione del campo» spiega l'uomo e si toglie di tasca un mazzo di chiavi con l'evidente intenzione di aprire il lucchetto.

Rosato gli fa segno che non serve.

Appoggiate in bella vista su due mensole al muro, una serie di coppe e gagliardetti di vittorie calcistiche e alcune foto di squadre giovanili.

«Lei è custode della scuola e allenatore di calcio?»

«Non sono il custode della scuola. Gestisco la scuola calcio.»

«Quando ha visto Mirko Roibu l'ultima volta?»

«Martedì 31 gennaio. Il martedì e il venerdì Mirko viene a calcio. Una mezz'oretta di allenamento e una partitella con gli altri bambini a classi mischiate. Però quel venerdì il campo era chiuso.»

«Sono molti gli iscritti al campo sportivo?»

«Sì, abbastanza, i ragazzini adorano giocare a pallone, lo sapete. Quest'anno ho due squadre.»

«Da quanto lavora qui?»

«Un paio d'anni.»

«E prima?»

«Facevo la guardia giurata.»

«Ah, quasi un collega.»

Un mezzo sorriso complice.

«Perché ha lasciato?»

«Troppo impegnativo. Ci sono tanti matti in giro. Ormai si rischia la vita.»

Ha lineamenti regolari, occhi grandi di un azzurro limpido cielo che si specchia in un lago. Il fisico palestrato, il tipo che piace alle donne, pensa Paolo.

«Lei conosce bene i genitori di Mirko?»

«Bene... Sa com'è, quando ci sono di mezzo i bambini i rapporti sono piuttosto informali. Si familiarizza. Io con i genitori ci parlo. La madre di Mirko è gentile, anche se è sempre triste. Il padre è una testa calda. Col ragazzino non è tenero. Mirko soffre per la situazione. Ha difficoltà a socializzare. Ride poco. Si entusiasma solo quando gioca a pallone. E gioca bene. La maestra dice che va meglio anche con lo studio da quando sta in squadra.»

«In che rapporti è con la madre di Mirko?»

«Normali. È una brava donna, non ho niente da dire sul suo conto.»

«Può dirci qualcosa di più su quel venerdì di neve?»

«C'era un gran casino. I ragazzini erano eccitati, non nevica mai a Roma, c'erano macchine in quarta, quinta fila, occupavano tutta la strada, clacson, urla. Ricordo di aver visto il padre di Mirko, Stefan, in macchina. Ho pensato che avesse preso lui il figlio. L'ho detto alla madre quando è venuta a cercarlo al campo perché non lo trovava a scuola.»

«E poi?»

«Poi c'è stata la seconda nevicata e ho dovuto mettere la testa in un sacco di faccende, non ho più pensato a lui finché Rodia mi ha telefonato.»

«Rodia. Le ha telefonato personalmente?»

«Sì, per avvisarmi. Tutti i genitori dei bambini che frequentano la scuola calcio hanno il mio telefono. Se hanno bisogno, chiamano. Però poi Rodia è anche passata.»

«Ah. Per quale motivo?»

«Era dispiaciuta e preoccupata. Abbiamo bevuto un caffè nel bar, qui all'angolo.»

«Cosa le ha detto esattamene Rodia Tugucenau?»

«Che l'ex marito aveva preso il bambino. Era disperata. Mi ha detto che lui è un tipo violento e manesco, che alza le mani e l'ha minacciata tante volte di portarle via il ragazzino, un paio di volte l'ha pure fatto. Io l'ho consolata, non sapevo che dire, potete immaginarlo, no?»

«Lei ha mai discusso con Stefan Roibu?»

«No. Non voglio grane. Ho delle responsabilità qui al campo. Quella ragazza però mi fa pena. Vorrei aiutarla.»

«Va bene. Resti a disposizione, possiamo avere ancora bisogno di lei.»

Cima e Pizzuto sono sorpresi dal tono sbrigativo di Paolo.

Non possono saperlo ma questo allenatore ex guardia giurata gli sta sulle palle. Sembra onesto, sincero. Ha detto che Rodia gli fa pena per non dire che gli piace. Contrariamente a lui, questo tizio, più giovane e tutt'altro che da buttar via come uomo, sa tenere l'uccello nei pantaloni.

16

Quando fa male il cuore

L'appuntamento è in piazza Campo de' Fiori. Essermi separata da Paolo ha azzerato la mia innata disponibilità verso gli altri, e ora che lui ha a che fare con l'ulteriore, raccapricciante rinvenimento dell'addome amputato a piazza delle Cinque Lune, non avrà certo il tempo di avvertire la mia mancanza.

Del resto, ho sentito una tale aspettativa nella voce di Ernesto, quando mi ha chiamato dopo che ha letto il mio sms in cui lo ringraziavo per i fiori, che alla fine ho ceduto e gli ho dato appuntamento. Ho solamente scelto di vederci per un aperitivo prima di cena invece della passeggiata pomeridiana che proponeva. È impaziente di farmi da cicerone nella zona di Campo de' Fiori, pensa di aver trovato una complice nella sua passione per i luoghi dei patiboli e per come sto negli ultimi tempi non ha tutti i torti. Mi dà anche un certo sollievo la compagnia di qualcuno che, come me, ha bisogno di essere sostenuto.

Mi aspetta sotto la statua di Giordano Bruno, al centro della piazza. Sediamo a un caffè d'angolo con via dei Giubbonari.

«Saprai già tutto di questa zona, immagino.»

«Qualcosa sì, è più che famosa.»

«Ah, be', allora...»

Il suo tono si fa subito freddo e scostante. La minima delusione lo punge sul vivo. Ernesto non ha un gran concetto di sé.

«Però è sempre bello sentire i racconti di qualcuno che la conosce nel dettaglio.»

Gli ho ridato la carica e subito riprende.

«Saprai che anticamente il teatro di Pompeo occupava l'intero quartiere fino a piazza Argentina, i resti spuntano dappertutto. I palazzi di piazza di Grottapinta hanno la forma concava della cavea dove c'erano le gradinate per gli spettatori, ci sono ancora alcune colonne incastrate nei muri dei palazzi per strada, dopo ci passiamo. I resti del tempio di Venere stanno sopra il cinema Farnese, gli archi sono il soffitto dell'autorimessa dell'albergo Sole, il più vecchio della città, e uno dei corridoi che gli spettatori percorrevano per entrare nel teatro è nel ristorante Teatro di Pompeo. Sai della via Florea? L'ha chiamata così Pompeo in onore di una sua amante. La gente secondo te si chiede il perché dei nomi delle strade, se, quando e perché sono cambiati?»

«Non so. Non credo. Io non me lo sono mai chiesto.»

«Vedi? Sai dov'è la prima targa che ha denominato ufficialmente una strada?»

«No.»

«Qui accanto, in via dei Balestrari. Sotto una finestra del primo piano di questo palazzo. Appena usciamo te la mostro.»

«Bene, andiamo allora.»

Fuori tira una gelida tramontana, devo chiudermi il bavero del giaccone imbottito. I colori delle bancarelle dei venditori ambulanti intorno alla piazza non bastano a rallegrarmi. Il cielo è bianco compatto. Spero solo che non nevichi più. Sarebbe straziante senza Paolo accanto. Per non parlare della tremenda possibilità di un nuovo ritrovamento.

Ernesto non sembra sentire il freddo, tutto preso dal suo ruolo. Mi indica il nome della piccola strada che stiamo superando, via della Corda.

«Qui c'erano le carrucole e i pali per la tortura della corda. Al condannato, con le braccia dietro la schiena, venivano legati i polsi a una corda e un argano lo issava su fino a una certa altezza. Poi veniva lasciato piombare giù di peso, a tratti, gli si dislocavano le giunture e gli si slogavano le braccia e le spalle. Era terribilmente doloroso, ovvio che tutti confessavano.»

«Scusa la domanda, mi viene spontanea: perché sei fissato con le piazze e le strade dei patiboli e delle torture? Roma ha ben altro da offrire.»

«Non so, mi attirano. Roma gronda sangue e a furia di amare Caravaggio forse mi sono identificato in lui. Era, è, un grande, ma la sua vita è stata difficile. Piena di violenza, di dolore.»

«La tua però non è così.»

Ernesto abbassa la testa. Fissa l'asfalto, come risucchiato all'interno della circonferenza del suo essere che esclude il mondo.

«Anche se hai una venerazione per quel pittore, sei giovane, tu non sei lui. Sei vivo, e sei ancora in tempo per cambiare quello che non ti piace.»

«Il passato non si cambia.»

«Vero. Ma per quanto possa essere stato tremendo, dobbiamo accettarlo per prenderne le distanze e smettere di star male.»

Vorrei chiedergli subito se gli andrebbe di farsi aiutare. Potrei presentargli un bravo analista della scuola. Lui mi cammina accanto col naso all'insù, distante, perduto in chissà quali pensieri.

Costeggiamo il banco di un venditore di berretti, sciarpe e guanti. Mi fermo.

«Ho freddo e un vago mal di testa.»

Scelgo un berretto di lana blu. Lo provo. Mi volto verso Ernesto mentre il venditore mi passa uno specchio.

«Come mi sta?»

Avesse visto un fantasma Ernesto sarebbe meno turbato.

«Orribile?»

Mi affretto a toglierlo.

«No, no, figurati. È che anche mia nonna d'inverno portava berretti come questo. Ne aveva uno dello stesso colore. Le somigli, sai?»

«Sì, anche tuo nonno me l'ha detto.»

Conosco la risposta ma faccio lo stesso la domanda.

«Ne parli al passato. È...?»

«Sì.»

«Eri molto legato a lei?»

«Per me era lei mia mamma.»

«E la tua mamma? La donna che ti ha messo al mondo, voglio dire.»

«È morta che ero piccolo.»

«E non ricordi niente di lei? Neanche la sua faccia?»

«No.»

«Non hai niente di lei, una foto, qualcosa?»

«No. So solo che si chiamava Adele.»

Si guarda intorno accigliato. Forse ho esagerato. Pago il berretto. Lasciamo in silenzio la piazza, diretti verso corso Vittorio Emanuele.

«Soffri spesso di mal di testa?» mi chiede Ernesto all'improvviso.

«No. Mai sofferto. Solo negli ultimi tempi. Prima o poi passerà. È un riflesso condizionato.»

«Cioè?»

«Il dolore viene dal cuore. Quando fa male, fa dolere anche la testa.»

Non l'ho letto da nessuna parte ma deve essere vero. Mi succede spesso, ultimamente.

Una volante con i lampeggianti accesi sfreccia a gran velocità sul lato opposto della strada. Non faccio in tempo a vedere chi c'è all'interno ma sussulto, bloccandomi sul marciapiede. Seguo con lo sguardo l'auto che viene inghiottita dal traffico.

Quando torno a guardare Ernesto ho gli occhi lucidi.

Lui non mi chiede niente e io non sono obbligata a dirgli niente. È impossibile tenere segreta una pena tanto acuta. Viene da sfogarsi con chi hai vicino, chiunque sia.

«Scusa, sto male. Il mio uomo mi ha lasciato. Anzi, a essere sinceri l'ho lasciato io. L'ho cacciato di casa.»

L'ho detto d'impeto e adesso singhiozzo.

«È un poliziotto, un commissario,» specifico, come se questo possa voler dire qualcosa, aumentare o diminuire la pena «quello dell'indagine sulle mani amputate, l'avrai visto in tv o sui quotidiani.»

Dovresti averlo incontrato, non doveva interrogarti? vorrei aggiungere. Ma sto zitta. Mi costa parlare di Paolo e l'andamento delle sue indagini ormai non mi riguarda più.

«Cosa ti ha fatto?»

Glielo dico.

«Mi ha tradito. Forse non ha saputo resistere, l'altra è meglio di me.»

Cerco un fazzoletto in borsa. Non lo trovo. Non ce l'ho. Neanche Ernesto ce l'ha.

Vedermi in questo stato deve imbarazzarlo perché resta

immobile. Mi asciugo le guance con la manica del giaccone. Ricomincio a camminare in silenzio. Il movimento calma l'onda emotiva. Ernesto mi segue incespicando nei sanpietrini.

«È assurdo.»

«Hai ragione. Assurdo piangere così, per strada...»

«No. Assurdo che ti abbia tradito. Non è possibile...»

«Sì, invece. È possibile. Possibilissimo, infatti è successo.»

«Tu sei la donna più bella del mondo!»

«Figurati. Sei mai stato tradito, tu?»

Scuote la testa.

«Se una donna provasse a tradirmi la ucciderei.»

Lo guardo. Chi è, Ernesto? mi chiedo. Il tipo timido, gentile e galante che manda fiori per chiedere un appuntamento o uno capace di piantare un coltello nel collo di una donna perché l'ha tradito?

Perché, mi sembra evidente che una donna l'ha tradito.

«Chi ti ha tradito?»

Mi sorride, l'espressione dolce e tristissima.

«Cos'è se non un tradimento la morte della persona più cara che hai al mondo?»

«Parli di tua nonna Nadine?»

«Senti, ho quasi finito l'ultimo lavoro. È speciale e mi piacerebbe fartelo vedere in anteprima. Prima che finisca nella collezione di mio nonno a vico Jugario, voglio dire. Verresti a vederlo?»

«Non so. Sono molto occupata con i pazienti.»

«Pure nel weekend? Dove sto io è bellissimo anche d'inverno, possiamo fare una passeggiata a piedi o a cavallo, c'è un maneggio vicino. Devi assaggiare le bistecche sulla brace e le pappardelle al sugo di cinghiale che fa la sora Pina.»

«Per amor di Dio, Ernesto, sugo di cinghiale, povera bestia!»

«Non farti sentire dai contadini, loro danno la caccia ai cinghiali. Ce ne sono troppi e devastano le coltivazioni.»

«Non so. Fammici pensare.»

«Dai, vieni, ho un progetto importante, vorrei parlartene.»

«Un progetto importante?»

«Sì, importante e bellissimo.»

«E vuoi parlarne con me.»

«Sì.»

«Okay. Magari faccio una scappata un fine settimana.»

«Perché non questo che viene? Dopodomani, sabato.»

Ernesto non può sapere che ovunque lo passi per me il fine settimana senza Paolo è un precipizio nel quale cado ogni volta a corpo morto, che ciondolo per casa in pigiama aspettando che il giorno si nasconda e cali in fretta la notte e solo al trillo del citofono del primo paziente del lunedì mattina ritrovo la forza per cominciare la settimana.

«D'accordo, vengo questo sabato. Spiegami la strada.»

Ernesto Lenna resta a guardare Sandra Kapsa che sale sull'autobus. Poi imbocca lungotevere Sanzio per recuperare la macchina parcheggiata.

Si è svegliato all'alba dopo una notte di sonno spezzettato. Ha sognato di invitare Sandra al casale per mostrarle i suoi lavori e adesso ce l'ha fatta. Lei verrà. Dopodomani. Sarebbe fantastico andare con lei alla National Gallery di Londra o al Louvre di Parigi per gustare insieme la seconda versione della *Buona Ventura* e la *Morte della Vergine* di Caravaggio. Ma per questo ci vogliono soldi, deve riuscire a farsi pagare dal nonno l'ultimo lavoro anche se non è ancora finito.

Per valorizzarlo al massimo, ha sistemato ad arte la tela sul cavalletto facendo cadere la luce con la giusta inclinazione prima di scattare le foto dal cellulare.

Mentre sale in auto si rende conto di essere frastornato. Scintille di euforia gli scoppiano in testa se ripercorre con la mente le espressioni di Sandra che lo ascolta, se rivede i suoi capelli fini e setosi, se ripensa alla corona dei suoi denti candidi e regolari quando gli sorride.

Riuscirà mai a dirle l'intensa emozione che gli suscita anche solo guardarla? Come rassicurarla, convincerla che è pronto a fare di tutto perché non sia più strapazzata, vilipesa e umiliata da quel poliziotto, per metterla al riparo da chi vuole farla soffrire?

Il fatto che Sandra abbia accettato di passare del tempo insieme gli ha fatto scattare una molla dentro.

Ernesto sa di essere a malapena tollerato da Leo. Finché c'era nonna, era diverso. Lei lo consolava quando faceva a botte, lo curava quando stava male, lo portava con sé ai concerti, alle mostre e nelle chiese dove c'erano i dipinti del pittore che amava. Ogni volta che le sfiorava apprensivo la faccia bendata lei gli stringeva la mano dicendo: «Sai, il nonno mi vuole bellissima». «Come una principessa?» chiedeva lui. «Sì, come una principessa.» Benché fosse solo un ragazzino, Ernesto capiva che l'appartamento gigantesco in cui abitavano non era l'ala di un castello incantato ma una torre dove la nonna era tenuta prigioniera e giurava in segreto che appena fosse diventato grande l'avrebbe liberata. I giorni erano passati e lei era sprofondata in una densa nebbia. Rapita da un mago crudele che le aveva fatto un maleficio, non rispondeva più quando lui si raggomitolava ai suoi piedi, le posava la testa sulle ginocchia chiedendole di leggergli una favola.

Poi era arrivato quel terribile giorno. Nel bagno privato

di nonna c'era stata una lite spaventosa. I nonni litigavano spesso negli ultimi tempi. Era sempre lei che cominciava a insultare il nonno.

Palmi e orecchio contro la porta, Ernesto era rimasto in ascolto senza capirci un gran che.

Scordatelo, il divorzio non te lo concederò mai. Quella puttana di Emma devi smettere di vederla. Non mi butti via come uno straccio!

Basta con queste scene, Nadine. Lo sai che ho i referti medici, sono tutti firmati, posso farti ricoverare quando voglio...

Tu provaci e io ti sputtano. Bastardo, dirò tutto, in primis a tuo nipote. Ernesto deve sapere la verità, quello che hai fatto a sua madre.

Se hai deciso tutto tu!

Io non avrei fatto niente se tu non mi avessi costretto!

Falla finita, Nadine. Eri e sei malata e gelosa!

Ci sarà uno scandalo e addio Emma, addio clinica!

Smettila di torturarmi! Guarda che dall'istituto non ti faccio uscire più!

Bastardo, maledetto! Bastardo!

Dai, coraggio, forza, apri la bocca, giù, manda giù... così, brava!

Erano seguiti tonfi. Certamente i barattoli di creme, nonna ne aveva un'infinità, che dai ripiani dell'armadietto dovevano essere caduti uno dopo l'altro sul pavimento.

Ernesto si era appoggiato più pesantemente alla porta che si era aperta e lui era capitombolato dentro, lungo disteso.

I nonni erano per terra, impegnati in un corpo a corpo. Nonna annaspava tutta spettinata e il nonno le stava sopra e le chiudeva la bocca con una mano. Il tubetto di medicine che Ernesto conosceva bene, vuoto e senza tappo, era rotolato accanto al battiscopa, vicino a loro.

Ernesto era rimasto fermo, morto di spavento, mentre l'urina calda gli scorreva dal cavallo dei pantaloni, giù, fino ai polpacci.

Il nonno si era tirato su, aveva raccolto il tubetto e se l'era messo in tasca, aveva chiuso il tappo della vasca, aperto i rubinetti. Mentre l'acqua scendeva, aveva spogliato la nonna che adesso non reagiva, le braccia e le gambe oscillavano molli come fosse una bambola di pezza.

«Aiutami, cretino, prendila per i piedi.»

L'avevano infilata insieme nella vasca. La pelle di Nadine si era aggricciata, l'acqua doveva essere fredda. Leonardo Lenna aveva regolato il flusso, sistemato la moglie in modo che stesse ben distesa, rovesciato a pioggia i sali profumati nell'acqua che andò subito schiumando.

«Devo scendere in garage ma torno presto. Tu resta qui. Assicurati che stia tranquilla, capito?»

Uscito il nonno, era tornata la calma. La nonna sembrava serena, stare immersa nell'acqua doveva farle bene.

Ernesto aveva raccolto le pantofole, sistemato la sua vestaglia e la lingerie su una sedia. Le si era inginocchiato accanto, carezzandole i capelli.

I pantaloni bagnati però gli pizzicavano le natiche e il sesso. Doveva andare a cambiarsi. Camera sua era tre porte più in là, sul corridoio. Poteva lasciare la nonna sola per qualche minuto? Non se ne sarebbe neanche accorta: dormiva.

Quando era tornato, lei doveva aver provato a uscire perché l'acqua era tutta ondosa, continuava a tracimare fuori dalla vasca e sul pavimento s'era già formata una pozza.

Ernesto aveva aggiunto altri sali da bagno agitando la mano per creare nuova schiuma, nel suo nirvana nonna sorrideva e lui aveva cominciato a raccogliere l'acqua a terra con un asciugamano che andava a strizzare nel water saltando a piè pari sui quadrati del cotto. Era divertente. L'acqua continuava a tracimare e lui a raccoglierla e a strizzare, quando la porta del bagno si era spalancata e Leonardo Lenna era ricomparso e si era avvicinato alla vasca.

«Pezzo d'idiota!» gli aveva gridato.

Ernesto si era girato a guardare.

La nonna non si vedeva più. Era sparita sott'acqua.

Leonardo Lenna aveva infilato le braccia nella schiuma e l'aveva tirata su grondante per le ascelle.

«Aiutami!»

La faccia della nonna era leggermente gonfia. Aveva la bocca aperta e la lingua scura. Il nonno aveva tentato la respirazione bocca a bocca. Un massaggio cardiaco.

«Cos'hai fatto?»

Ernesto non capiva. Gli sembrava che una mano invisibile gli stringesse il collo. Non riusciva a respirare a fondo. Cos'aveva fatto? Niente!

«Dannato imbecille! Ti avevo detto di non perderla di vista!»

Doveva essere scappato da qualche parte senza rendersene conto perché quando aveva ripreso i contatti con la realtà, era sdraiato su un divano del salone.

C'era gente che non conosceva e che faceva un sacco di domande e il nonno rispondeva: «Il ragazzino, certo, ma sì, non deve essersi reso conto. Per favore, ha solo otto anni».

Poi lo zio Dominic piombava in casa e prendeva nonno per il bavero e lo scuoteva. C'era stato un parapiglia ma alla fine i due uomini erano stati separati.

«Dovevi stare attento a non farla andare sott'acqua, povera nonna. Non andrai in prigione, sta' tranquillo, sei troppo piccolo» gli aveva detto nonno in tono gentile accompagnandolo in camera sua «resta qui tranquillo, adesso. Mi raccomando, quando ti chiederanno cosa è successo non dire che io e nonna abbiamo litigato. Non parlare di Emma, di mamma e del tubetto di pillole. Sono cose private queste, di famiglia. A nonna non sarebbe piaciuto che si sapessero in giro e anche a me dispiacerebbe. Ne verrebbe fuori male per tutti. Posso contare su di te? Mi dai la tua parola che sarai bravo?»

Si erano dati la mano ed Ernesto aveva tenuto la bocca chiusa quando era stato interrogato.

Conoscendo lo stato depressivo della moglie, non avrebbe dovuto allontanarsi lasciando al nipotino la responsabilità di una situazione ben oltre la sua capacità di gestione, aveva sentenziato il giudice durante l'ultima udienza.

Era stato zio Dominic a portare nonno in tribunale. «Mia moglie stava bene» si era difeso Leo Lenna, lui ignorava che avesse ingerito un intero tubetto di sonniferi, era stata una terribile fatalità che nel momento cruciale si fosse assentato una quindicina di minuti per scendere in garage a recuperare dalla macchina alcune cartelle cliniche da visionare per il mattino seguente.

Il caso era stato chiuso. Non c'erano indizi a procedere.

Il nonno non aveva più parlato della faccenda. Non si era risposato. Emma era sparita, sostituita da altre Emma, Elisa, Elena, Francesca. Ernesto era stato seguito fino alla maggiore età da diversi psicoanalisti. Anni di scena muta.

L'immagine dei nonni avvinghiati sul pavimento, lei scarmigliata, gli occhi terrorizzati che imploravano aiuto, lui che le serrava la mascella con la mano, il tubetto di sonniferi che rotolava vuoto e senza tappo contro il battiscopa, si era cristallizzata nella sua psiche.

Anche se in pratica non l'aveva mai conosciuta e non aveva avuto il tempo di affezionarsi a lei, talvolta nel mezzo della notte quel: *Ernesto deve sapere quello che hai fatto a sua madre* echeggiava nel buio come un allarme e lo faceva balzare sul letto sudato e spaventato.

Cosa avevano fatto i nonni di così tremendo a sua madre Adele? Le accuse di zio Dominic erano fondate? Davvero il nonno aveva esagerato con la somministrazione di barbiturici a nonna fino a farla morire?

Domande che non ha mai avuto il coraggio di fare.

È cresciuto rifugiandosi nella pittura, unico baluardo contro il senso di colpa e l'esagerato pudore che gli hanno sempre impedito di chiedere, ma forse ora grazie a Sandra le cose possono cambiare. In fondo una certezza l'ha acquisita: i morti non ci abbandonano, non se ne vanno chissà dove, in cielo o all'inferno. Ci restano vicini, su una sponda che il nostro sguardo limitato non sa vedere. Il corpo è un involucro, una buccia, un'armatura che si rompe quando moriamo e lo spirito fuoriesce con l'ultimo respiro. È possibile che lo spirito di un morto che abbiamo amato e che ci ha amato prenda in prestito un altro corpo per continuare a venirci in aiuto se abbiamo bisogno? Nonna deve aver preso in prestito il corpo di Sandra Kapsa. Le somiglia troppo, come una goccia d'acqua, per non essersi reincarnata in lei.

Quando per due volte gli ha proposto di liquidargli la sua parte della proprietà di Ceri per conseguire un master a New York, nonno è rimasto sorpreso. «Fammici pensare» ha risposto. È una bugia. I soldi gli servono per raggiungere il posto caldo sognato da Sandra, Bahia, e mettere su casa con lei. Stasera lo convincerà, ne è certo. Le cose possono cambiare in meglio. Stanno già cambiando in meglio, riflette Ernesto guidando nel traffico mentre imbocca di slancio vico Jugario.

17

Cornici come spade

Una bottiglia di birra in mano, il commissario Paolo Rosato guarda alla tv un servizio su Mirko. I media sono spietati. Si sono lanciati come lupi famelici sulla sparizione del ragazzino legandolo alla vittima dei reperti amputati, anche se non c'è ancora la risposta certa del dna. Di Mirko passano le fotografie che Paolo conosce, che gli ha mostrato la madre. Sono stati girati servizi su Rodia e Stefan, sul loro arrivo in Italia, sulla loro vita a Montespaccato, inviati sono andati in Moldavia per parlare con i nonni materni e paterni del ragazzino. Con le amiche di lei e gli amici di lui, le maestre e la direttrice della scuola. Tutti dispiaciuti e preoccupati ma anche gratificati di passare in tv. L'unico che non si mette in mostra in tv è il gestore del campetto di calcio, il signor Leri, che parla della bravura di Mirko con il pallone e del suo affetto per il ragazzino scomparso. E, tolta Rodia che durante l'appello finale insieme a Stefan scoppia in lacrime, sembra più dispiaciuto del padre.

Il servizio è finito. Paolo sprofonda in poltrona. È esausto. Oggi, seguendo la suggestione di Sandra che lega i reperti alle opere di Caravaggio, ha fatto un sopralluogo nei punti dove è stata rinvenuta la mano destra e l'ombelico. La chiesa di Santa Maria del Popolo e Sant'Agostino, alle spalle di piazza delle Cinque Lune. Entrambe con dipinti importanti del Merisi. Madonne e santi, Pietro crocifisso, Paolo convertito, nessun ragazzino. Ha cercato notizie storiche sulle chiese, colpito che Santa Maria del Popolo sorga sopra una necropoli e che Sant'Agostino sia stata ricostruita alla fine del Quattrocento più in alto rispetto alla strada di quella antica per evitare le esondazioni del Tevere, e la scalinata esterna e molti restauri siano dovuti alle sostanziose offerte delle cortigiane, cui erano riservate le prime file delle panche per evitare che la loro bellezza distogliesse i fedeli dal raccoglimento devozionale. Sandra avrà ragione, ha concluso Paolo, ma se c'è una relazione tra Caravaggio e le amputazioni non è semplice da interpretare.

È passato anche in via delle Fornaci. Non è riuscito a non lanciare un'occhiata alle finestre del suo appartamento e ha sentito pungergli in gola il disperato bisogno di abbracciare Sandra, di stringerla a sé, di dirle che l'ama, che fa fatica ad andare avanti senza di lei, che gli costa rientrare la sera nel monolocale, gli pesa quel senso di estraneità alle cose e al mondo, a parte i momenti che passa con Bibo o in questura, dietro l'indagine.

Da sei giorni Sandra l'ha messo alla porta, esattamente centotrentatré ore e venticinque minuti, e tiene duro. Non risponde agli sms, alle sue chiamate e alle chat. Scriverle una lettera oltre allo striminzito primo biglietto? No, lui non ha il dono di sapersi esprimere con la penna, butterebbe giù frasi scontate, è un uomo d'azione e lei una donna colta, ci lavora con le parole e Paolo teme il suo giudizio.

È un uomo ridimensionato, adesso. In sella alla moto non fa più gli slalom per superare la coda come fanno di prammatica i motociclisti della capitale. Non accelera per arrivare primo al semaforo. Si sente un fallito. Come marito, come padre, come amante, come poliziotto. Sandra gli consiglierebbe di rovesciare la frase per uscire dal senso di disfatta prodotto da quel pensiero orribile. Non sono un fallito, gli suggerirebbe di dire, ho solo sbagliato questo e quest'altro. Posso fare meglio la prossima volta, anzi, guarda: comincio subito.

Il cellulare.

«Scusa l'ora.»

Carmen Belfiore.

«Ho notizie sul dna.»

«Mirko?»

«Sì, Mirko. Purtroppo.»

«Ti raggiungo.»

«Stavo andando a casa.»

«Ti accompagno.»

Il medico legale non è sorpresa. Ha capito che qualcosa non gira per il verso giusto a Rosato ma lo imputa alle indagini. Balleri può essere molto fastidioso per un giovane commissario che ha cambiato sede da meno di un anno e vuole dimostrare il proprio valore.

Siedono in silenzio davanti a due birre uno di fronte all'altra ai lati del tavolo in cucina, sotto la grande finestra che inquadra il gazometro e un'ansa del fiume. Non si sente il traffico, c'è una gran pace, Belfiore ha scelto il posto giusto per vivere e recuperarsi rientrando dopo aver aperto cadaveri tutto il giorno, pensa Paolo.

L'appartamento è grande, niente ninnoli, foto, gli oggetti tipici di arredo che chiudono lo spazio e soffocano la visuale gettando in faccia agli ospiti pezzi di puzzle della vita degli occupanti. In soggiorno ai piedi del divano c'è un cesto con alcuni gomitoli colorati e ferri per il lavoro a maglia, forse è così che Belfiore scarica la tensione. Deve aver fatto lei il bel maglione che indossa.

«Mi sono buttato anima e corpo nell'indagine ma ho la testa altrove.»

«Cioè?

«Mi conosci da poco, ma credo che mi stimi come uomo e come poliziotto.»

«Infatti.»

«Ricordi quella volta che siamo andati a mangiare un gelato con Bibo? Pretendeva di giocare a pallone leccando il gelato e il cono gli si era spappolato sulla maglietta. Io ho smadonnato, tu l'hai difeso. "Non si parla così a un bambino!" mi hai detto e Bibo ha voluto dare la mano a te non a me, per attraversare la strada.»

Carmen Belfiore guarda Rosato sorpresa.

«Non capisco dove vuoi andare a parare.»

«Sandra mi ha buttato fuori casa.»

«Che le hai fatto?»

Paolo scrolla la testa.

Belfiore gli rabbocca la birra.

«Per farla reagire così devi avergliene fatta una grossa.»

«Jessica è incinta.»

«Ah. Bene, no?! Finalmente si è rifatta una vita.»

Paolo infossa la testa nelle spalle. Sta un momento a capo chino e quando la rialza Belfiore legge la verità riflessa nei suoi occhi.

«No! Non può essere.»

«Sì.»

«Tuuo?»

«Un momento di follia.»

«Un momento di follia? Paolo! Porca miseria!»

Carmen Belfiore urta inavvertitamente il bicchiere. La birra schizza sul tavolo macchiando la tovaglia.

«Conosci Jessica. Me l'ha buttata in faccia. E io sono uno stronzo. Noi maschi siamo diversi da voi. Davanti a un bel sedere, a un bel paio di tette anche i migliori perdono la testa.»

Carmen va a posare i bicchieri vuoti sul ripiano del lavello.

«A rigor di logica avresti dovuto mettere incinta Sandra» borbotta.

«Negativo. Sandra non può avere figli. Le hanno legato le tube. Un aborto andato male a vent'anni.»

«Ancora più grave.»

«Ne abbiamo parlato, non credere. Non sembrava un problema. C'è Bibo. Volevo che venisse a stare con noi. Bastava aspettare il momento giusto per convincere Jessica. Non avrei mai pensato che succedesse questo.»

«Pensavi di passarla liscia. Mi stai scadendo, Paolo. Sei scontato, banale.»

«Ci stai andando giù duro. Accomodati, fa' pure, tanto...»

«Sarebbe una mazzata tremenda per qualunque donna.»

«Capisco.»

«Progettavi di togliere a Jessica il suo bambino per darlo a Sandra e adesso Jessica ne avrà un altro da te che Sandra non può avere. Bel casino.»

Paolo si chiede con una punta di ansia se ha sbagliato a confidarsi con il medico legale. Teme che Belfiore cominci a disprezzarlo. Ci tiene alla sua amicizia e alla sua stima.

«Succede. È successo» butta lì.

«Sì, succede, ma non dovrebbe. Devi inventarti qualcosa di veramente speciale se vuoi recuperare Sandra.»

«Dici?»

«Dico.»

«L'ho cercata un sacco di volte, non risponde.»

«Pensi che basti attaccarsi al telefono? Spremiti le meningi. Ci vuole qualcosa di eccezionale. Le donne non sopportano l'idea che debbano essere sempre loro a perdonare. A riprendervi dopo che ci avete fatto morire.»

«Sandra è diversa. D'accordo, ho fatto la cazzata del secolo. Cosa gliene viene a crocifiggermi?»

«Cosa gliene viene? Ti rendi conto che sta crocifiggendo prima di tutto se stessa? Datti una mossa. Falla smettere di soffrire.»

«Inventare qualcosa di eccezionale per recuperare Sandra. Cosa?»

«Ritrova la sua stima prima come poliziotto e la ritroverai come uomo. Ora hai un nuovo elemento in mano. I resti del povero Mirko. Circoscrivi l'indagine, metti da parte i tuoi problemi personali e concentrati al cento per cento su quello che tutti ci aspettiamo da te. Risolvi il caso e forse riavrai Sandra.»

Il commissario Rosato ha telefonato a Rodia e a Stefan, i genitori di Mirko, pregandoli di venire al più presto in commissariato. C'è stata una soffiata e la notizia che i pezzi dei corpi repertati appartengono al loro figlio è apparsa in tv. Sa che l'incontro sarà particolarmente difficile sul piano emotivo, ma può darsi che esca fuori qualche fatto nuovo utile alle indagini.

Una volante è stata mandata al casale dove vive Ernesto Lenna con un mandato di comparizione per il ragazzo stilato dal giudice. I poliziotti hanno trovato tutto chiuso come la volta precedente. Il passo successivo, a breve, non potrà che essere un'irruzione.

Carlo Cima sta compulsando gli schedari per scovare tracce su Adele Foglia, ma non c'è niente, nessun rapporto dopo quello a firma Balleri per l'incidente in cui perse la vita Michele Lenna. Nessuna foto segnaletica dei tempi in cui era stata attiva politicamente. Doveva essere una delle tante figure marginali dei movimenti dell'estrema sinistra di quegli anni. All'epoca aveva ventisei anni. Sei più di Michele che nel 1982 ne aveva venti. Secondo Puyol e Lenna, la ragazza era stata falciata da un'overdose nel gennaio del 1985, quindi presumibilmente la sua morte non era da mettere in relazione alla politica, in quei tre anni era sparita nel cono d'ombra che aveva restituito l'anonimato e una vita regolare a tanti altri giovani come lei.

Morta in strada per overdose. Le vene tartassate e bluastre sulle braccia e sulle caviglie non avevano reso necessaria l'autopsia. Nessun parente aveva rivendicato le sue spoglie e Adele Foglia era stata sepolta nella fossa comune al cimitero di Prima Porta come risultava dal registro del comune e la storia finiva lì.

Nella stanza accanto l'appuntato Marco Sinni sta schedando i negozi di parrucche e i fornitori di costumi per il cinema e la televisione. Un lavoro lungo, noioso e certosino, ma Sinni è meticoloso e paziente, non gli sfugge nulla.

Un bussare discreto alla porta del commissario. Dietro le spalle di un agente si intravede la testa del signor Leri.

«Commissario, insiste che vuole parlare con lei.»

«Fallo entrare.»

Il commissario è sorpreso. Non era lui che aspettava.

«Mi dica.»

«Mi manda Rodia Tugucenau. Ha la febbre e non può venire. Vuole sapere se è vero quello che hanno detto in tv.»

«Purtroppo sì, è così. Non posso dire a lei, c'è un'indagine in corso.»

«Allora torno.»

«È inutile che torni. Dica alla signora Tugucenau che

appena si sente meglio deve presentarsi, e con il padre di Mirko.»

«Capisco. Grazie commissario.»

Il signor Leri esce e si scontra sulla porta con Cima che sta entrando.

«Che voleva?»

«La conferma del dna. Dice che l'ha mandato la Tugucenau, che sta male.»

«Ci mancava 'sto rompipalle!»

«Aspettiamo Stefan Roibu. Che volevi, Cima?»

L'agente non fa in tempo a rispondere che la porta si spalanca e un collega compare concitato sulla soglia.

«Commissario, hanno chiamato dalla centrale. Dice che hanno ammazzato Leonardo Lenna.»

Paolo schizza in piedi. Un attimo dopo lui e Cima attraversano di corsa il corridoio verso l'uscita.

Il salone dell'appartamento di Leonardo Lenna è in perfetto ordine. Patel, il cameriere indiano, in piedi in un angolo, un fazzoletto premuto sulla bocca, ha la faccia tirata e le occhiaie sotto la pelle ambrata.

Paolo Rosato e Carlo Cima raggiungono i colleghi in fondo al salone, dove si respira quel senso di ineluttabilità tipico di un luogo in cui qualcuno è morto. Il professore ha le gambe e le braccia aperte a croce greca, il legno della cornice della tela con la copia della natura morta di Caravaggio strappata e ciancicata sul pavimento gli sta conficcato in petto dalla parte del cuore e svetta come l'asta di una bandiera. Sistemata di sbieco, una parrucca di capelli biondi tagliati alla paggio gli copre metà testa.

«Grandissimo figlio di puttana!» sibila Rosato tra i denti.

Gli occhi spalancati di Leonardo Lenna hanno l'espressione stupefatta di chi ha fatto una scoperta sensazionale. Non c'è sangue intorno al cadavere. Non una goccia sui vestiti, sul marmo del pavimento. Il corpo è gonfio e violaceo, segno di un'estesa emorragia interna.

Quelli della Scientifica stanno già delimitando il perimetro della zona intorno al cadavere, isolano e raccolgono i reperti, dispongono gli strumenti per i rilievi.

Rosato e Cima passano in rassegna la scena del crimine. La porta non presenta segni di effrazione. Segno che il chirurgo plastico ha aperto perché conosceva il suo aggressore. Oppure l'assassino aveva le chiavi di casa, ma qui la rosa si restringeva a Patel o a un'amante in carica.

Un tramestio annuncia l'arrivo di Carmen Belfiore.

«Ah, sei qui» soffia, vedendo Paolo.

«L'ha trovato lei?» domanda Rosato a Patel.

L'indiano dondola la testa.

«Deve rispondermi a voce.»

«Sì, signore.»

«A che ora è arrivato?»

«Alle otto.»

«Le otto di stamattina?»

«Sì.»

«Sa se il professore aveva ospiti?»

«No, signore.»

«Alle otto di stamattina era già andato da un pezzo al creatore» osserva Belfiore, inginocchiata accanto al cadavere.

«Cioè?»

«Almeno da trenta ore. Anche se potrò essere più precisa dopo gli esami. È in pieno *rigor mortis*.»

Rosato si rivolge di nuovo a Patel.

«Lei era in servizio ieri?»

«No. Chiesto giorno libero. Moglie poco bene.»

«Qual è di solito il suo giorno libero?»

«Giovedì. Io chiesto anche venerdì per accompagnare moglie da dottore.»

«Ho capito. Quindi lei manca da due giorni.»

«Sì.»

«Vede i capelli? È una parrucca. Il professore portava questa parrucca? L'ha mai vista in casa?»

Patel tace, visibilmente sconcertato. Rosato insiste, anche se sa che la domanda è mal posta. Impensabile che Leo Lenna potesse esibirsi davanti alla servitù conciato così.

«Infilzato come un pollo allo spiedo» commenta Cima.

«Non può essere stato lì a braccia e gambe aperte ad aspettare il colpo.»

Carmen fa per tirarsi su. Barcolla sulle ginocchia e Paolo le offre la mano.

«Infatti. L'hanno disposto così dopo. Non ha lottato. Non ci sono segni di colluttazione sul corpo. Il legno molto probabilmente è scheggiato in punta. È entrato all'altezza del cuore e glielo ha spaccato, causando l'emorragia interna che ha coinvolto il sistema periferico.»

Entrambi fissano il telaio fracassato e la tela strappata, stropicciata e ciancicata. Evidentemente oggetto di una furia cieca.

«Leonardo Lenna e il suo assassino devono aver litigato. Violentemente.»

«La sua espressione parla chiaro. L'hanno preso alla sprovvista. Non se l'aspettava di essere aggredito da chi aveva davanti. Che probabilmente ha prima distrutto il quadro, poi gli ha piantato il legno in petto. Deve essere stata una sorpresa enorme per lui, inimmaginabile.»

«Uno choc.»

«E la parrucca?»

«L'assassino deve avergliela messa in testa in un secondo momento. Forse prima di andarsene. Se l'era portata dietro, evidentemente, probabile ce l'avesse addosso.»

«Quindi c'è premeditazione, non è un delitto d'impeto!»

«Confronterò i capelli con quelli finti che abbiamo trovato su Senzatetto. Credo che al novanta per cento siano gli stessi.»

«È la firma dell'assassino. Uno sputo in faccia al professore. La prova di un disprezzo se non di un odio profondo.»

«Perché rischiare di essere scoperto facendocela trovare?»

Carmen Belfiore si abbottona il giaccone.

«Non credo che esaminando la parrucca troverò qualche dato identificativo dell'autore di questo macello. Abbiamo già visto che non è così stupido da lasciare tracce o impronte.»

«Senzatetto ci aveva detto che il tizio che ha lasciato il pacco a Santa Maria del Popolo aveva i capelli lunghi, tagliati pari sulla nuca e biondi. Questa parrucca potrebbe dirci molte cose.»

«Bene. Adesso mi porto il signore in laboratorio e comincio a fargli visita.»

Il corpo di Leo Lenna avvolto in un telo viene imbragato sulla lettiga, la parrucca in un sacchetto sigillato gliela fissano in vita. Paolo e Cima lo seguono con lo sguardo mentre lo portano via con il medico legale che dondola sulla massiccia figura caracollandogli accanto. La punta del legno alza e gonfia il telo a triangolo sul petto del cadavere e dà al suo corpo l'idea di un'imbarcazione che naviga con la vela al vento.

Rosato e Cima restano a seguire i lavori della Scientifica.

Ci sono tantissime impronte da prendere, Leo Lenna

riceveva abitualmente, catalogarle tutte sarà un lavoraccio, mentre non ci sarà traccia delle uniche utili, sull'impugnatura di quella che con tutta evidenza è l'arma del delitto.

Uno degli uomini del Ris si avvicina a Paolo Rosato per consegnargli il portafoglio del morto sigillato in un contenitore di plastica. Paolo lo infila automaticamente in tasca poi va a piazzarsi davanti alle tele salvate dallo scempio, intatte, appese alla parete. Dei tre dipinti rifatti da Ernesto Lenna restano le copie di Monet e Picasso.

Cima viene a piantargli si accanto.

«Ha usato la copia di Caravaggio... qualcosa vorrà pur dire» mormora Paolo a denti stretti.

«Mi sono documentato sul pittore. Pare che fosse un maledetto. Un assassino. Un massone. Un grande come pittore, una merda come uomo.»

«Cazzo Cima, non stiamo facendo un passo avanti!»

Cima è mortificato.

«Sospendiamo le ricerche sui compratori di parrucche?»

«No. Belfiore ce l'ha già anticipato, non troverà impronte e credo che abbia ragione. Se identifichiamo il venditore arriveremo all'acquirente. Dai, torniamo in questura. Balleri saprà del referto a sua firma sulla morte del figlio di Lenna e sarà certamente d'accordo di tenere sotto silenzio i particolari sull'omicidio del professore, almeno per il momento. Aspettiamo i riscontri di Belfiore, continuiamo con i negozi di parrucche e porcaccia miseria troviamo questo cazzo di Ernesto. Oltretutto dovrà identificare il cadavere.»

C'è un nutrito capannello di giornalisti che stazionano davanti alla centrale.

«Passa dal retro, Cima. Non voglio parlarci.»

Cima imbocca la laterale e poi la discesa oltre la porta carraia che porta al cortile interno. Frena di colpo e per poco Paolo non batte la testa contro il vetro. Scendono velocemente dalla macchina e infilano l'entrata diretti all'ascensore.

Il cellulare del commissario insiste. Lui se lo porta all'orecchio, si blocca sui due piedi e sbianca.

«Le chiavi della macchina! Cima dammi le chiavi!»

Il suo tono è gelido e calmo. L'agente ha sempre ammirato la freddezza del commissario nelle situazioni difficili. Ha avuto modo di apprezzarla in più di un'occasione. Si affretta a dargli le chiavi.

«Che succede?»

Rosato non risponde. Non prende l'ascensore. Imbocca a precipizio le scale.

18

Bibo

Un'ora prima Jessica e Bibo si aggiravano nel supermercato dove abitualmente andavano a fare la spesa. Il carrello era già mezzo pieno. Jessica aveva tutta l'intenzione di mettersi d'impegno per preparare una cena con i fiocchi e invitare Paolo. Ultimamente era così giù di corda che era diventato più gentile con lei. Certe volte abbracciava talmente stretto Bibo che il ragazzino si divincolava con un «Ahi, lasciami! Mi fai male!». L'insicurezza che traspariva dal comportamento del padre doveva spaventare Bibo perché sempre più spesso Jessica se lo trovava nel letto il mattino. Forse sarebbe riuscita a convincere Paolo a tornare a vivere con loro, invece di restare nel monolocale del collega e cenare tristemente in solitudine servendosi alla rosticceria d'angolo.

Come sempre Bibo si divertiva a toccare tutti i prodotti sugli scaffali. Aveva infilato nel carrello quattro grossi pacchi di merendine che Jessica aveva prontamente risistemato sullo scaffale. Paolo era contrarissimo alle merendine. Non è cibo ma veleno, diceva, ma Jessica le dava a Bibo di nascosto, ne comprava una confezione da quattro, uscendo dal supermercato si fermavano nel bar accanto. Lei ordinava un caffè e Bibo una cioccolata. Le consumavano tutte, due ciascuno, contro la promessa di fare i compiti appena a casa, promessa che Bibo non manteneva mai.

Jessica aveva fretta di arrivare al reparto della carne e scegliere un ottimo pezzo di manzo per una tagliata con pepe verde. Paolo preferiva la pasta cucinata in tutte le salse, ma era ghiotto anche di carne argentina. Voleva portarlo velocemente dalla sua parte e ricordava che sua nonna le diceva sempre che gli uomini si conquistano con le smorfie e le curve ma si tengono con i manicaretti. Ultimamente si era messa d'impegno, aveva persino comprato dei libri, seguiva programmi di cucina in tv.

Bibo le saltellava intorno indicandole confezioni varie e a Jessica cominciava a girare la testa. Per prendere una confezione di plum-cake allo yogurt ne aveva fatto crollare una pila.

«Sta' buono per una volta!» gli aveva ordinato spazientita.

Bibo aveva raccolto i pacchetti da terra impilandoli su una mensola sbagliata e aveva messo il broncio.

«Santa pazienza, le crostatine sono laggiù.»

«Dove, mamma?»

Ma perché cambiavano di continuo posto ai prodotti? Che rottura! Jessica indicava vagamente il fondo del corridoio.

«Dai, prendine un pacco e vieni a quei banchi laggiù, li vedi? Quelli dove c'è la carne. Ti aspetto lì.»

Bibo era corso via.

Due minuti in pace!

Jessica aveva scelto un paio di bistecche, controllato il peso e il prezzo, gettato un'occhiata verso il fondo del corridoio. Bibo era salito sulla mensola più bassa e frugava su quella sopra sollevandosi sulle punte. Speriamo non trascini giù tutto lo scaffale, si era augurata.

Quando era tornata a guardare nel corridoio, non lo aveva più visto. Al suo posto sul pavimento c'era una confezione a terra.

Jessica aveva spinto il carrello in quella direzione. Rifatto il corridoio in senso inverso. Superato il divisorio e controllato il corridoio parallelo. Nessuna traccia di Bibo. Suo figlio sapeva che le dava ai nervi rincorrerlo per tutto il supermercato. Sembrava che si nascondesse apposta per indispettirla.

Piazzata in un punto da cui aveva la vista su tre scomparti, aveva aspettato qualche minuto. Bibo non era ricomparso. Allora aveva chiesto alla responsabile di fare un annuncio. La speaker aveva chiamato Bibo avvisandolo che sua madre lo aspettava con urgenza alla cassa cinque. L'annuncio non aveva sortito l'effetto sperato. Bibo non era ricomparso. Forse si era nascosto per sbafare l'intero sacchetto.

Un paio d'inservienti avevano setacciato persino i locali deposito, si fosse infilato là dentro e non riuscisse più a trovare l'uscita.

Niente.

L'annuncio, ripetuto più volte, era andato regolarmente a vuoto. La conclusione non poteva che essere una: il ragazzino era uscito dal supermercato anche se nessuno in coda alle casse né gli operatori lo aveva notato.

Jessica aveva lasciato il carrello pieno accanto al banco della direzione ed era uscita per chiedere ai due cingalesi che in cambio di qualche spicciolo aiutavano i clienti con i pacchi pesanti. Conoscevano sia lei che Bibo. Neppure loro avevano notato il ragazzino.

La donna aveva rastrellato il parcheggio, controllato in macchina: magari l'aveva lasciata aperta e, stufo delle lungaggini della spesa, Bibo era andato ad aspettarla lì. Niente.

Neppure la cassiera e i baristi del bar dove consumavano il solito spuntino l'avevano visto.

Dove cazzo era finito?

Bibo era avventuroso ma molto avveduto. Era figlio di un poliziotto che gli diceva e gli ripeteva alla nausea che non doveva parlare con gli sconosciuti. Se aveva seguito qualcuno era perché lo conosceva, cercava di tranquillizzarsi Jessica.

Si era appoggiata al muricciolo che correva lungo il perimetro del supermercato. Non respirava bene e un nodo le serrava la gola. Doveva assolutamente chiamare Paolo. Si era accorta di non avere la borsa. Doveva averla infilata nel carrello in mezzo alle vivande. Era tornata dentro. Nella fretta aveva messo un piede in fallo prendendo una brutta storta che l'aveva fatta urlare. Un paio di clienti che uscivano erano corsi ad aiutarla. L'avevano fatta sedere su una panchina accanto all'entrata. Lei aveva chiesto della borsa. Non ricordava dove aveva parcheggiato il carrello pieno. Non capiva più niente.

Continuava a ripetere: «Dov'è finito, maledizione!».

Che fosse tornato a piedi a casa? Quando le avevano portato la borsa, aveva estratto il cellulare e digitato il numero di cellulare di Bibo. Squillava a vuoto. Allora aveva chiamato casa. Stesso risultato. Infine aveva digitato il numero di Paolo.

Le si era radunata intorno una piccola folla.

Le avevano portato una mezza minerale e un pacchetto di fazzolettini di carta.

Lei aveva ringraziato ma non aveva bevuto né scartato il pacchetto. Riusciva solo a guardarsi intorno senza vedere, gli occhi velati, la bottiglietta in una mano, i fazzolettini di carta nell'altra.

Solo ora che il suono di una sirena lacera l'aria si scuote e balza in piedi. Fa due passi zoppicando. La caviglia le duole, le si è gonfiata.

La volante si blocca a pochi metri dall'entrata. Lo sportello si spalanca e Paolo corre da lei.

È la gente a dire a Paolo quel poco che sa e cioè che il ragazzino è sparito e la madre lo ha cercato dappertutto, poveretta.

Paolo afferra Jessica per le spalle e comincia a scuoterla con violenza mentre la gente si scansa, impaurita.

Cerca di dominarsi ma la voce gli esce roca e rancorosa.

«L'hai chiamato al cellulare?»

Jessica fa segno di sì.

«Non dirmi che non ce l'ha dietro. Ce l'ha sempre e proprio stavolta no.»

Paolo corre alla volante. Jessica lo segue zoppicando, va a sbattere contro la portiera e cade a terra.

L'acqua schizza fuori dalla bottiglietta che tiene in mano e le cola sul petto inzuppandole il bavero del giaccone, come se tutte le lacrime che ha pianto nella sua vita fossero ritornate per darsi appuntamento con quelle appena nate, all'altezza del suo cuore.

Malgrado sia allenato a un super controllo, Paolo precipita in un vero e proprio caos interiore. Se non fosse per quello che è successo negli ultimi giorni, penserebbe che la sparizione di suo figlio è una punizione celeste.

Contravvenendo al regolamento, carica l'ex moglie sulla volante e la porta a casa. La donna non ce la fa a stare in piedi e lui deve portarla in braccio fino all'ascensore come ha fatto la prima notte di nozze. Stavolta però tra loro non ci sono risate e occhiate assassine, nessuna promessa di carezze da scambiare appena soli.

Sulla soglia lei grida che non vuole entrare. Si puntella con i piedi e con le braccia contro lo stipite con una tale forza che Paolo perde l'equilibrio e per poco non ruzzolano per le scale.

Appena in casa Paolo digita il numero del cellulare di Bibo. Lo sente squillare in camera del ragazzino e va subito a prenderlo. Verifica le telefonate degli ultimi giorni. Nessun numero sconosciuto. Chi l'ha preso, se è stato preso, non ha seguito quella strada. Bibo è piccolo ma non è sprovveduto. Qualcuno deve avergli teso una trappola.

Paolo è troppo in ansia e incazzato per occuparsi di Jessica. Vorrebbe uscire con la volante e battere le strade del rione, della città, della provincia e della nazione per trovare Bibo. Prima possibile. Sa che i momenti successivi a una sparizione sono i più delicati. E spesso sono anche decisivi. E non riesce a togliersi dalla testa Mirko. Anche lui otto anni. Tutta la sua esperienza di poliziotto si frantuma davanti all'immagine di suo figlio, ai suoi occhi pieni di interrogativi, alle sue corse a Villa Pamphili, mentre prende a calci un pallone, addenta un hamburger.

Jessica è crollata, si è chiusa in un mutismo assoluto, stesa sul letto con l'avambraccio sugli occhi come per tagliare fuori il mondo intero, non vedere più nulla.

Paolo sa bene di non poter contare su di lei nei momenti critici, Jessica non è donna a tinte forti, non sa affrontare le questioni difficili, figurarsi questa, fuori dell'ordinario.

Paolo conosce la coppia che abita al piano di sopra, Roberta e Luigi, con un figlio dell'età di Bibo, stessa scuola, stessa classe. I due ragazzini giocavano spesso insieme a casa ora dell'uno ora dell'altro. Telefona. Roberta scende subito. Per come si muove, sembra che la donna sappia tutto della casa e delle abitudini della sua ex moglie. Paolo si affida a lei. Roberta sa dove Jessica tiene i calmanti che prende abitualmente, prepara una tisana, prende dall'armadio una coperta di lana che le stende sulle ginocchia. Jessica non reagisce, lascia fare.

Arriva una telefonata di Cima. Balleri ha avuto i referti del dna, è informato su quanto è successo al suo amico del passato, così l'ha chiamato, Leonardo Lenna. E ha saputo di Bibo. Chiama a rapporto lui e Cima. Subito. Bisogna elaborare una strategia anche con i media.

Affida Jessica a Roberta.

«Devo andare. Non so per quanto ma torno prima possibile.»

«Non preoccuparti. Scusa, Paolo, è il caso che chiamo il medico di base?»

«Sì, ottima idea. Ti chiedo un'altra cortesia: potresti telefonare a casa dei compagni di scuola per vedere se per caso Bibo è da qualcuno di loro?»

Paolo si china sull'ex moglie.

«Jessica, ascolta, è importante. Vado in questura. Faccio la segnalazione da lì, così parte subito. Avete conosciuto qualcuno di recente tu e Bibo?»

«No, nessuno.»

«Un incontro occasionale, qualcuno che ha fatto il simpatico, che si è interessato a Bibo in qualche modo, che ti ha messo in sospetto?»

«Oddio. Pensi a un pedofilo?»

«Sta' calma. Non ho parlato di pedofilo. Non sappiamo ancora niente. Devi essere forte. È importante. Jessica! Jessica guardami, ehi!»

Paolo prende carta e penna e le siede accanto.

«Come era vestito Bibo?»

Gli trema la voce. È la seconda volta in pochi giorni che

chiede a una madre com'era vestito il figlio sparito. Con l'aggravante che adesso il figlio in questione è il suo.

Lei gira sulla stanza occhi inespressivi, come se non riconoscesse il posto, le persone e non avesse coscienza di se stessa.

«Jeans...»

«Jeans. Sopra i jeans?»

«La felpa.»

«La felpa. Quale? Che colore?»

«Azzurra, con il Colosseo.»

«Azzurra, con il Colosseo.»

«Gialla, tutta gialla.»

«Gialla o azzurra? Jessica! Devi essere precisa, ti prego!»

«Gialla.»

«Scarpe?»

«Scarponcini. Blu, quelli foderati.»

«Aveva anche un pile?»

«Sì, il solito, con l'orso sulla schiena.»

Ogni particolare è una coltellata che si aggiunge alle altre.

«Il sacchetto con il peluche?»

«Sì. Il peluche... ah! È colpa tua!» urla Jessica all'improvviso, saltando sul divano come se la stessero prendendo a bastonate. «È colpa tua che sei andato via. Da quella puttana!»

Si accartoccia su se stessa, la testa affondata nelle braccia, scossa dai singhiozzi.

Paolo non trova le parole. Qualsiasi frase sarebbe fuori luogo. Qualsiasi affermazione o intenzione lascerebbe fuori troppo della vita di entrambi. E di Bibo.

Con Jessica serve una tregua, se non proprio un'alleanza, pensa. È terrorizzata. Ed è incinta. Aspetta un figlio da me. Un fratellino o una sorellina per Bibo che sarà contento di prenderci per mano e trascinarci sul divano a guardare un cartone tutti assieme.

Le guarda la pancia, ancora piatta. Cerca di immaginare che effetto gli farà vederla ingrossare. Cerca di capire cosa prova per lei. Come sempre da quando si è innamorato di Sandra, sente solo un brivido freddo, come la tramontana di gennaio che si insinua nella nuca che il bavero del giaccone non copre.

Sandra. Lasciando l'appartamento di Leonardo Lenna è stato contento per un momento pensando di telefonarle per avvisarla dell'accaduto prima che lo sapesse dai media. Adesso non può più pensare a lei, neppure a Jessica, tantomeno al prossimo futuro. Deve concentrarsi su Bibo. Trovarlo. Presto. Prima che sia tardi. Prima che gli succeda qualcosa di orrendo, d'irreparabile, come a Mirko.

Il cellulare. La voce di Carmen Belfiore è tesa.

«Ho i risultati del dna, quindi ora è ufficiale. L'ombelico è di Mirko, come le mani. Per la parrucca in testa a Lenna è come pensavo. Le tracce di silicone sono le stesse che abbiamo trovato sui filamenti sotto le unghie di Senzatetto. È la parrucca dell'assassino.»

«Okay.»

«Non mi sembri soddisfatto. È un passo avanti nelle indagini.»

«Scusa ma...»

«Che c'è?»

«Bibo. È sparito.»

«Coosa? No!»

«Era con sua madre, al supermercato. Non lo troviamo. Nessuno l'ha visto.»

«Posso esserti utile?»

«Sto andando a fare la denuncia.»

La domanda, terribile, arriva come una fucilata.

«Sospetti una relazione con Mirko?»

«Non so, non so. È probabile, anche se è presto per dirlo.»

In cuor suo Paolo sta lottando contro questo sospetto. Tutti gli accadimenti – le mani amputate di Mirko disposte come nei quadri di Caravaggio, e ora l'ombelico, l'eliminazione di Gina Senzatetto, l'unica testimone, e la mattanza del professore – hanno un filo conduttore che porta a Bibo, ultimo anello della catena? Anche lui preda dell'uomo-paggio, dell'assassino? Un narciso esibizionista come l'ha definito Sandra? La vittima di un risentimento ossessivo reiterato? Un guerriero che ha dissotterrato l'ascia di guerra?

Un folle che sta componendo un disegno imperscrutabile, chiaro solo a lui stesso? Che la sua furia omicida stia sovvertendo un ordine costituito che evidentemente lui non può più sopportare? Agisce da solo o con la complicità di altri? Perché Bibo? Cosa c'entra in tutto questo? Perché è un bambino, perché è suo figlio e lui conduce le indagini? Qui la logica si aggroviglia, la mente di Paolo Rosato si smarrisce e lui piomba nel panico.

A Jessica ha detto: sta' calma, non pensare al peggio. Vedrai che lo troviamo. Bibo è intelligente. Avremo fortuna. Tornerà a casa sano e salvo.

Non crede a una parola di quello che ha detto. Bibo ha solo otto anni, cosa può saperne di come ci si difende dai pazzi, dai criminali?

QUARTO MOVIMENTO

19

Un provvedimento sgradevole

Non posso stare ad aspettare che succeda qualcosa che non succederà. Cosa dovrebbe succedere poi? Non lo so. Da quando ho estromesso Paolo dalla mia vita ho staccato la spina dal mondo, tengo in piedi solo l'essenziale. Non leggo i giornali, non guardo la tv, non seguo l'indagine. Soffrirei troppo a vederlo in un'intervista. Non posso dirlo ma in certi momenti vorrei morire. È una bestemmia, la vita vale per il solo fatto di essere vissuta, mi sgriderebbe Julie, ne hai superate tante, supererai anche questa. Io non sono di quelli che credono che la vita sia un valore assoluto. La vita continua malgrado tutto, l'istinto di sopravvivenza è più forte della volontà, ci fa andare avanti, come l'erba e i rovi ricrescono non appena smetti di arare i campi e sforbiciare le siepi. La qualità della vita, questo sì è un valore assoluto, per me. Se va perduta, la luce si spegne, tutto precipita nell'ombra.

Non ho nessuna voglia di andare in campagna da Ernesto. Neppure di stare qui a torturarmi, però, tanto più che non serve a niente. Infilo i mocassini, mi vesto a strati. Odio la pioggia, l'inverno, e ultimamente ho sempre freddo. Questo è l'inverno del mio disamore e ho paura che non finirà mai.

Prima di uscire resto in silenzio per qualche minuto, l'orecchio incollato alla parete che divide il mio appartamento da quello di Paolo. A volte ho l'impressione di sentirlo muoversi, i piatti lavati che cozzano nel lavandino, lo scroscio d'acqua della doccia. Pura immaginazione. Puro desiderio di lui, della sua presenza, malgrado tutto. Ma lui non c'è. Non c'è più. Non ci sarà più. Mi chiedo cosa voglio. Forse, semplicemente, che nulla di quello che è accaduto sia reale.

Saperlo a casa con Jessica è un tormento. Dividerà la tavola e anche il letto con lei? Non riesco a immaginarli insieme, che fanno l'amore. Quello non è più il mio Paolo. Non so cos'è la maternità ma non avrei mai pensato che la paternità potesse essere una medicina che guarisce dal mal d'amore. Forse Paolo non è malato d'amore. Io sì. Io, la cancellata. La dimenticata.

E Bibo? Cerco di non pensare a lui, ma quanto mi manca quel diavoletto! Cosa gli avranno raccontato, come gli avranno spiegato la mia sparizione? Penserà che sono cattiva? Che il mio affetto non era sincero? I bambini si fanno condizionare così facilmente! È naturale. Non vogliono soffrire e cancellano quello che gli fa male. Lo rimuovono. Bibo chiederà di me? Mi penserà qualche volta? Ricorderà le passeggiate e le rincorse nelle *strade segrete* di Villa Pamphili, il pupazzo Pallino che abbiamo costruito insieme con la neve, le merende proibite a base di Coca-Cola, pizza e Nutella?

Esco con cautela. Con cautela mi chiudo la porta alle spalle. Appena ne avrò la forza farò un rituale propiziatorio. Spargerò sul pavimento di casa grani d'incenso. Metterò nel letto acini di melograno. Devo contrastare il pensiero negativo, impedire che vada tutto in malora, i ricordi di me e Paolo, di noi due insieme.

Forse non è così difficile morire. Vorrei essere tanto pazza da fare un gesto disperato. Basta che una di queste sere vada a letto con un paio di sonniferi, che accenda una sigaretta e mi lasci sfuggire dalle dita la cicca sul materasso. L'appartamento, i due appartamenti, che ci hanno visto felici andrebbero a fuoco.

Un atto volontario, non una disgrazia, che condannerebbe Paolo a divorarsi dal rimorso in questa e nell'altra vita.

Cima ha un'aria preoccupata e colpevole che a Rosato non piace per niente.

«Che è successo?»

«Bibo. Non si trova.»

«Come sarebbe?»

«Non si trova. Sparito.»

Cima adesso è più che costernato.

«Hai sentito Ernesto Lenna?»

«No. Non c'era nessuno della squadra. Ha fatto il riconoscimento ed è tornato in campagna.»

«Ha spiegato dov'era? Come mai non riusciamo a trovarlo? Maledizione Cima, era importante che lo interrogassi tu.»

«Ero da Balleri: vuole vederci subito.»

«Devo far partire prima la segnalazione per Bibo.»

Cima guarda Rosato raggiungere un agente al computer e strappargli di mano il mouse, togliere di tasca il portafoglio e passare al tecnico una foto del figlio. Un paio di colleghi nelle vicinanze passando gli toccano un braccio, gli danno una pacca su una spalla. Rosato resta di ghiaccio.

La squadra è da Balleri. Il commissario capo saluta con un cenno.

Cima siede. Paolo resta in piedi.

«Mi hanno appena detto di tuo figlio, Rosato. Mi spiace. Immagino che tu abbia fatto partire la macchina delle ricerche.»

«Sì.»

Rosato freme stringendo con entrambe le mani la spalliera della sedia. La mazzata arriva subito.

«Mi spiace, Rosato. È un provvedimento sgradevole ma necessario. Sei fuori. Non puoi farcela a portare avanti l'indagine in queste condizioni. Devi pensare a tuo figlio. Noi dobbiamo portare risultati, abbiamo gli occhi di tutti puntati addosso soprattutto ora che conosciamo l'identità della vittima. E l'omicidio di Leonardo Lenna complica le cose. La consegna passa a Marco Sinni e a Cima.»

Rosato non batte ciglio ma le nocche gli diventano bianche.

Cima se ne accorge e tossicchia, evitando di guardarlo.

«Entrambi riferirete direttamente a me. Voglio essere informato su ogni particolare.»

Alza il mento per far capire che possono andare.

Paolo Rosato gira sui tacchi, esce dalla stanza senza salutare.

Cima lo segue a ruota.

Dario Balleri resta seduto alla scrivania, assorto nei suoi pensieri. Sente ancora addosso lo sguardo di risentimento e di astio di Rosato ma ritiene che non sia il caso di preoccuparsi. Non è certo per umana comprensione che gli ha tolto l'indagine, ma solo per avere il controllo della situazione, assicurarsi che i suoi trascorsi con Lenna restino circoscritti al passato. Rosato e Cima non gli hanno detto niente ma Balleri sa che conoscono il rapporto a sua firma sulla morte di Michele Lenna. Leo non era autolesionista e non ha certamente messo la moglie al corrente dei fatti loro. La sua frequentazione con i Lenna si è prudentemente interrotta dopo la morte di Michele. Adele Foglia è stata un inciampo successivo, ben concluso. Nessuno può testimoniare il contrario. L'assassinio del professore, per quanto orribile, con ogni probabilità è frutto di una vendetta personale. Sicuramente qualcuno ce l'aveva a morte con lui, marito, padre, fratello di qualche paziente, pasticci Leo Lenna ne combinava. Il fatto che non ci sia stata effrazione, che Leonardo abbia aperto all'aggressore, può significare solo che lo conosceva. Improbabile che sia stato il nipote, quel coglioncello senza arte né parte, che chissà perché Leo continuava a foraggiare.

Dei filmati, di *quel* filmato, nessuno ha parlato. Balleri si augura di non avere sgradite sorprese in futuro, che il professore l'abbia effettivamente distrutto come gli ha giurato. Come lui gli ha ordinato di fare. Perché nelle faccende che scottano non si può mai stare tranquilli.

Fuori Rosato, l'indagine adesso passa a Marco Sinni, una sua creatura. Uno di cui può fidarsi ciecamente. Se il filmato esiste ancora, se lo trovano, glielo porterà, Cima non oserà opporsi. Senza Rosato, l'agente scelto Cima è poca cosa.

«E così,» scoppia Rosato non appena Cima gli si affianca trafelato in corridoio «dovrei essere riconoscente a Balleri per avermi tolto l'indagine in modo da occuparmi di mio figlio. Lui è un grosso stronzo e tu sei un pezzo di merda. Non hai detto *bah*! Sei stato zitto e muto.»

«Pensi che Balleri tenga in conto una mia parola?»

Paolo si gira di scatto e mena un gran pugno contro la parete.

«'Fanculo!»

«Non sapevo un cazzo di quello che aveva in mente.»

«Ti spiace se non ti credo?»
Arrivati davanti alla sua stanza, Paolo apre la porta e Cima fa mostra di seguirlo dentro.
«Come devo regolarmi da qui in avanti?»
Rosato gli sbatte in faccia la porta che si riapre per il contraccolpo. Cima mette dentro timidamente la testa.
«Sei libero di esprimere tutta la tua rabbia nei miei confronti ma ti assicuro che sono più che dispiaciuto. Sono preoccupato.»
«L'essere umano è debole, vigliacco, traditore. La gente ama il potere e per fare carriera venderebbe anche la madre al peggior nemico. Da te questa carognata non me l'aspettavo. Non in un momento simile. Una pugnalata, ora che Bibo è sparito. No, non darò a Balleri né a te la soddisfazione di mostrarmi colpito. Posso ancora contare su Carmen. Ora mi toccherà fare la trafila con le associazioni che ritrovano gli scomparsi. Andare in tv. I media impazziranno. Scaveranno nella mia vita privata e in quella di chi mi sta vicino, frugheranno nei miei sentimenti, nei miei rapporti con Jessica, con voi, arriveranno a Sandra.»
Cima vorrebbe dire qualcosa ma il commissario lo fulmina con lo sguardo e l'agente batte in ritirata.
Paolo si accascia sulla sedia.
Se solo l'avessi vicina, pensa. L'unica che mi sarebbe di aiuto e conforto è lei. Invece devo occuparmi di Jessica. Installarmi da lei, gomito a gomito. Per essere operativo al cento per cento non posso continuare a stare nel monolocale.

Quando Paolo si presenta da Jessica, dopo essere passato dal monolocale per riempire una valigetta dell'indispensabile, Roberta non c'è e lei è sempre sdraiata sul divano mezza intontita dai sedativi. Il medico di base è seduto al tavolo del soggiorno. Sta compilando le ricette dei farmaci di cui la donna ha bisogno.

Paolo dà una rapida scorsa alle ricette.

«Scusi dottore, non capisco cos'ha scritto.»

«Allora: questo è un sonnifero, mi raccomando non più di due al giorno. E questo è un antiemorragico. Deve assolutamente rispettare il dosaggio. Io le ho già fatto un'iniezione, non credo ci sia il pericolo di un'emorragia.»

«Un'emorragia?»

«Jessica ha subito uno choc psico emotivo di grossa portata. In questi casi, quando è in corso il ciclo, un'emorragia è frequente.»

«Il ciclo? Ma Jessica è incinta!»

Il medico deve credere che Paolo stia per svenire per come si è fatto pallido. Si affretta a prenderlo sottobraccio. Lo conduce verso una sedia dove lo fa sedere.

«Non lo sapevo. Non mi aveva detto niente. Non mi risulta. Però posso sbagliarmi. In presenza di forti traumi, anche psicologici o emotivi, soprattutto se è all'inizio della gestazione un ovulo fecondato può rompersi. Non deve preoccuparsi commissario, l'emorragia è di lieve entità, la teniamo sotto controllo. In ogni caso la capacità riproduttiva di sua moglie non è in pericolo. Deve solo darle tempo di riprendersi. Un altro bambino arriverà se e quando lo vorrete. Lei, piuttosto, è sicuro di star bene? Vuole che le prescriva un calmante?»

«No, no. Sto bene. Grazie.»

«Se dovesse avere bisogno mi chiami.»

«Certo.»

«Arrivederci.»

Il medico se ne va e Paolo rimane dov'è, lo sguardo fisso alla parete.

È tutto così assurdo! Jessica, tornata moglie vista da

fuori, acciambellata sul divano semincosciente con le dita che torturano la coperta che le copre le ginocchia con un movimento meccanico, Bibo che non corre per casa spaccando i timpani con il suono dei suoi giochi elettronici. Lui che non deve correre in questura.

Si ripete mentalmente le parole del medico: l'ovulo fecondato può rompersi per uno choc. Fecondato o no?

Jessica gli ha mentito sapendo che almeno per i primi mesi non sarebbe stata scoperta, oppure aspettava davvero un bambino? Povero stupido, dannato scemo, crederle sulla parola! Jessica sapeva bene che il passare dei mesi avrebbe scoperchiato la pentola della sua bugia – se bugia era –, ma probabilmente non le importava. Quello che le interessava era che la relazione di Paolo con Sandra andasse in pezzi. Sa che lui ha una morale, un'etica, che si sarebbe assunto le sue responsabilità. A costo di lacerarsi il cuore. La passione di Jessica per lui, sarebbe più corretto chiamarla ossessione, forse non genererà un bimbo ma intanto ha scatenato un uragano. Sandra l'ha lasciato.

Ti rendi conto di quello che mi hai fatto?

Le si avvicina. Tu e il tuo amore sbandierato quando in realtà si tratta di un ricatto affettivo bello e buono! Quanto l'ha odiata in certi momenti! Quando si comportava in modo subdolo, come un serpente velenoso che seduce la preda fissandola per immobilizzarla e poi inghiottirla, eppure eccola lì, fragile, senza difese. Basterebbe che le premesse due dita sulla gola per liberarsi di lei per sempre.

Ma non prova nessuna sensazione di godimento a pensarci, anzi, prova vergogna. Jessica gli suscita un sentimento nuovo che somiglia alla tenerezza.

Quella è la madre di suo figlio. Bibo deve trovarla lì, accogliente e in buona salute ad aspettarlo quando tornerà a casa. Ora deve fare cerchio con lei, il loro bambino viene prima di tutto.

Devono essere pronti per la trasmissione che andrà in onda sui network televisivi che si occupano di persone scomparse. Tutti vorranno intervistarlo. Paolo ha deciso che non si rivolgerà al pubblico in veste di commissario di polizia, ex responsabile di un'indagine che tiene con il fiato sospeso l'intera nazione, ma come un comune papà davanti a un problema enorme, intimo, familiare.

Le disgrazie sono all'ordine del giorno, moltiplicate dai rimbalzi in rete e quotidianamente la morbosa curiosità della gente è catalizzata da nuovi orrori. Il nome di Bibo verrà associato a quello di Mirko Roibu. Un capannello di giornalisti e cameramen porrà la casa di Jessica sotto assedio. Paolo si augura che non duri a lungo. Non appena si saprà che l'inchiesta gli è stata tolta, l'interesse sarà dirottato sui colleghi.

In bagno il commissario apre il rubinetto del lavandino e mette la testa sotto l'acqua corrente. Nel bicchiere sul lavabo c'è lo spazzolino da denti di Bibo. Le setole sono leggermene consumate e Paolo deve appoggiarsi con entrambe le mani per contrastare una nausea improvvisa. Quell'oggetto personale di Bibo, così semplice, quotidiano e tenero marca fortemente la sua assenza e rende ancora più insopportabile la sua mancanza. Sono le tracce che le persone lasciano che ci fanno tanto soffrire per il loro abbandono, pensa Paolo. E per tenere a bada questo pensiero, perché non diventi testimonianza delle macerie della sua esistenza, Paolo cava il cellulare di tasca e chiama Sandra. Deve dirle di Bibo, chiederle aiuto, dirle che non sarà di nuovo padre. Subito. Questo non lo assolve dall'averla tradita, ma conoscendo la sensibilità di Sandra, la gravità della notizia gli varrà la sua attenzione. Un primo passo che sarebbe già tanto. Il cellulare squilla a vuoto. Sandra non risponde. Paolo resta in ascolto finché parte la segreteria. Parla subito, e riesce a controllare l'ansia nella voce.

«Sono io. Sandra ti prego, ho bisogno di sentirti, ti prego, per favore, chiamami.»

La pietra che gli opprime il petto e gli mozza il respiro adesso sembra alleggerirsi.

20

Desiderare Dio

La Braccianese deve essere meravigliosa in primavera e in autunno. Anche adesso, pure se gli alberi sono spogli e la campagna è brulla, nei campi addormentati balugina il puntino bianco di una minuscola margherita, una sfida alla legge invernale che impone alla terra il riposo assoluto. Vado a trovare Ernesto non perché gliel'ho promesso, ma perché non sopporto di rimanere sola. Stando con Paolo ho allontanato amiche e conoscenti, a parte Julie. Adesso che anche lei mi evoca il fantasma di Paolo la sto evitando. Il tradimento è stato una coltellata e non posso perdonarlo, eppure muoio dalla voglia di vederlo, vorrei trovare una scusa per cercarlo senza perdere la faccia.

Le giornate si sono allungate ma all'orizzonte si ammassano nubi violacee. Spero solo non venga a piovere. In un altro momento godrei fino in fondo la pace e il silenzio di questi luoghi, adesso ripenso ai momenti felici che ormai appartengono a ieri, a una me stessa che non potrò resuscitare perché non esiste più. Come possono le strade, i palazzi, le città, i paesi, i fiumi, le montagne, l'universo intero restare al loro posto quando dentro di noi c'è stato un terremoto? Una sorta di pietà per me stessa e per tutti gli esseri umani disillusi e traditi mi viene incontro con il soffio del vento freddo che m'investe quando apro il finestrino.

Le strade per arrivare al borgo di Ceri sono due. Ho scelto la Braccianese perché è la più diretta. Dovrebbe apparirmi la rocca in lontananza e il piccolo centro sospeso sulla collina di tufo. Per arrivare al casale devo prendere la strada sterrata che inizia subito dopo un cartello ATTENTI AI CAPRIOLI e percorrere circa due chilometri. È l'unico della zona mi ha detto Ernesto, non puoi sbagliare.

Il casale in pietra è protetto da un cancello chiuso da una catena con un grosso lucchetto e da una recinzione. Immagino che sia difficile vederlo dalla strada durante la bella stagione con gli alberi che coprono la visuale. È una antica costruzione a un piano, con il tetto di tegole rosse e un comignolo, a ridosso di una collinetta con una fitta boscaglia di sempreverdi. Poggia su un largo spiazzo che digrada in prato e poi è campagna aperta con in fondo una corona di querce. Scendo dalla macchina e mi avvicino al cancello. Non c'è nessuno in giro. Sembra persino disabitato. Chiamo Ernesto a gran voce, due, tre volte. Nessuno risponde.

Un improvviso fruscio tra le fronde di una quercia mi fa sobbalzare. Un corvo balza fuori gracchiando e guadagna velocemente il cielo. Che stupida a spaventarmi, è che non sono abituata agli incontri ravvicinati con gli animali.

Avrei dovuto fissare un appuntamento preciso con Ernesto. Gli manderò un sms e se non risponde tornerò in città, inutile restare qui, tra l'altro sta facendo buio. Cerco il cellulare. Non è nella borsa, non ce l'ho nemmeno in tasca. Lo cerco in macchina, nel caso fosse caduto sotto i sedili. Niente. Cazzo, non dirmi che l'ho dimenticato a casa. Evidentemente sì. Una ragione in più per tornare indietro. Salgo, chiudo lo sportello, infilo le chiavi nel cruscotto. Neanche il tempo di far scoppiettare il motore che una Panda spunta alle mie spalle e mi si affianca. Dentro c'è Ernesto. Un debole sorriso gli stira le labbra mentre mi saluta. Ha un'espressione affranta e disorientata, è molto pallido.

«Ciao. Che ti succede?»

Scende, fa scattare la serratura del lucchetto, spalanca il cancello. Risale in macchina a mi fa segno di seguirlo.

Percorriamo un sentiero carrabile che costeggia il casale fino a una tettoia sul retro. Parcheggiamo fianco a fianco. Scendiamo.

«Attenta a non inzaccherarti. Vieni.»

Lo seguo. Apre la porta, fa scattare l'interruttore generale, si accendono diverse lampade. L'ambiente è riscaldato, confortevole. Attraverso una cucina enorme, esagerata per una persona sola, entriamo in un salone. Lui apre le tende. Le tre finestre, molto ampie, danno sul verde che si sta incupendo.

Mi sfilo il cappotto, la sciarpa, regalo di Paolo cui sono molto affezionata, il berretto di lana comprato con Ernesto durante la passeggiata a Campo de' Fiori. Poso tutto su una sedia.

Ernesto si lascia andare sul divano, si prende la testa tra le mani.

«Mi dici che succede?»

«Mio nonno. È stato aggredito.»

«Aggredito? Come? Dove?»

«In casa sua.»

«E come sta?»

«È morto.»

«Morto? Dio mio!»

L'ha detto senza tradire nessuna emozione, come un cronista.

«Quando è successo?»

«Giovedì notte... pare.»

«Giovedì? L'altro ieri? Quando ci siamo visti?»

«Sì. L'hanno portato all'obitorio. Un posto orribile. Sono andato per il riconoscimento.»

«Vuoi che vada via? Torno un'altra volta.»

«No, no, resta, ti prego.»

Finge un autocontrollo che non ha, penso, non può non essere scioccato, lo sono io.

«Mi spiace tantissimo.»

Scrolla le spalle. Alza il mento e guarda verso la grande finestra come se là fuori ci fosse qualcosa in grado di dare un senso agli accadimenti.

«Ti hanno detto com'è successo?»

«Sì. Con un legno gli hanno trapassato il petto e spaccato il cuore.»

Gli prendo istintivamente una mano.

«Ti hanno interrogato?»

«Sì. Mi hanno detto che devo restare a disposizione.»

«Hanno idea di chi possa essere stato?»

«No.»

Muoio dalla voglia di vedere un notiziario in tv ma capisco che sarebbe indelicato verso Ernesto. Tuttavia non resisto a non chiederglielo.

«All'obitorio c'era il commissario che si occupa dell'indagine delle mani amputate? Quello di cui ti ho parlato, il mio ex?»

«No. Lui no. C'erano altri due.»

Sono sorpresa. Non era Paolo a condurre l'indagine? Deve essere successo qualcosa. Lui non è il tipo che molla.

«Dovrai aspettare il permesso del giudice per organizzare il funerale.»

«Sì. Devono fare l'autopsia prima. Niente funerale. Lo farò cremare.»

La sua voce resta dura anche se si scioglie in un sussurro, le parole gli muoiono in gola e anch'io sto zitta, non so che dire. Non c'è niente che si possa dire in certi casi.

«Ti va qualcosa di caldo?»

«Sì, grazie.»

Torniamo in cucina.

Mi torna in mente all'improvviso che sono senza cellulare. Intollerabile anche solo l'idea di non essere raggiungibile. Dico a Ernesto che, data la situazione, forse è meglio se rientro a Roma. Oltretutto il tempo sta peggiorando. Si è alzato il vento, si sentono tuoni in lontananza.

«Se è solo un problema di cellulare puoi usare il mio.»

Mi legge in faccia la perplessità.

«Se ho fatto qualcosa di sbagliato e non vuoi restare, dillo.»

«Ma no, figurati, cosa avresti dovuto fare di sbagliato?»

È sabato, la chiamata che desidererei fare non posso farla e non ne riceverò. Domani comprerò i quotidiani e farò indigestione del caso Lenna. I pazienti è difficile che chiamino, in ogni caso possono aspettare. Ernesto ha bisogno di conforto. Basta, non ci penso più.

«Va bene, resto.»

«Tè o caffè?»

«Tè. Grazie.»

Paolo appoggia il cellulare sul ripiano della scrivania per tenerlo sotto controllo e rispondere al primo trillo, perché cerca di rassicurarsi sul fatto che Sandra risponderà tra breve al suo SOS e digita la password per entrare nel pc di Bibo. Gli costa un grande sforzo pensare. Sa che per essere utile a Bibo non deve vederlo come il proprio figlio ma considerarlo un'entità neutra, preziosa e da salvaguardare, un caso, un possibile secondo Mirko, Dio non voglia!

Per come lo conosce – ma lo conosce davvero? si conoscono davvero i figli, benché siano piccoli e stiano sotto l'occhio vigile dei genitori? – è escluso che si sia allontanato di propria volontà. Qualcuno con cui ha confidenza o semplicemente gli sta simpatico deve averlo attirato fuori dal supermercato con un pretesto, valido, agli occhi del bambino. Bibo è pratico del supermercato. Ci va da sempre, spesso anche a piedi. È un grosso edificio isolato, con un parcheggio privato in prossimità di una strada poco trafficata che da un certo punto diventa senso unico.

Una volta fuori Bibo è stato caricato a forza in macchina e portato via? Paolo è agli inizi come commissario. Ha messo dentro qualche spacciatore, un paio di rapinatori. Gente di piccolo calibro, di cui non ha saputo più nulla. Nessuno tra loro può avere motivi tanto profondi e radicati da rapirgli il figlio. Bibo non è un boccone prelibato per un'eventuale richiesta di riscatto. Un commissario di polizia vive del suo stipendio. E Paolo non si occupa di politica.

E se chi l'ha preso fosse davvero l'assassino di Senzatetto, di Lenna, lo stesso che ha ucciso e fatto a pezzi il piccolo Mirko? Gli torna all'improvviso in mente la conversazione avuta con Sandra quando le aveva mostrato le foto della mano sinistra amputata. Le aveva fatto presente che un assassino prova piacere a far trovare un corpo poiché si soddisfa uccidendo, è così che esibisce la prova della sua potenza, il suo trofeo di caccia e lei aveva commentato: «Dissemina esche e richiami per farti abboccare al suo amo. Uccidere non lo soddisfa del tutto. Si aspetta qualcosa in più e secondo me se lo aspetta da te».

Se Sandra ha visto giusto, se *quel* bastardo aspetta soddisfazione da Paolo, è per questo che ha preso Bibo. Davvero gli ha lanciato un lazo e adesso lo sta riavvolgendo?

"Maledetto bastardo, pezzo di merda. Stronzo! Stronzissimo pezzo di merda! Cosa vuoi da me? Cos'ho io da darti che ti soddisfa?"

Paolo batte ripetutamente con rabbia i palmi sulla piccola scrivania fino a farla traballare.

Un rumore e un gemito alle sue spalle lo fanno voltare di scatto.

Jessica. L'aveva dimenticata. Deve essere ancora sotto l'effetto dei sedativi perché si regge a stento appoggiata con una mano allo stipite della porta e lo guarda. Scalza, spettinata, la coperta che prima le copriva i piedi gettata di traverso su una spalla. Nel viso smagrito gli occhi appaiono più grandi, scuri come prugne.

«Che fai qui, torna a letto.»

Lei biascica qualcosa.

Paolo si concentra sullo schermo. Sente la rabbia contro di lei montargli in gola come un riflusso gastrico.

Jessica gli tende un braccio e barcolla.

«Per... do... nami... Aiu... tami...»

L'ira si rompe di colpo in petto a Paolo, come una lastra di vetro che va in frantumi per una sassata.

Quel ragnetto che non si regge in piedi, si stringe a una coperta e gli chiede perdono e aiuto non ha nulla a che vedere con la ragazza provocante in shorts che l'ha mandato fuori di matto qualche tempo prima. Non somiglia neppure lontanamente alla carogna che gli ha rovinato l'esistenza. È una donna disperata, la madre di suo figlio, vittima dell'impotenza, abbattuta moralmente da una prova crudelissima. Un essere umano fragile, una donna indifesa che gli si consegna, fidando senza riserve nella sua forza e nella sua capacità di risolvere i problemi. Ed è pure incinta.

«Tranquilla. Vedrai che lo riporto a casa presto, sano e salvo.»

Glielo dice con calma e determinazione ma anche con

dolcezza. L'accompagna in camera sostenendola sotto le ascelle, l'aiuta a infilarsi sotto le coperte. Gliele rimbocca. Le sfiora la fronte.

«Dormi adesso» le dice chiudendole le palpebre con le dita.

Seduto nuovamente alla piccola scrivania di Bibo, il commissario sfoglia i quaderni e i libri di suo figlio, niente di particolare, solo alcuni disegni, uno di qualche anno prima con una casa, un papà e una mamma che tengono tra loro per mano un bambino. Un gran sole giallo pende in alto sopra il terzetto. Tutto molto chiaro. Paolo impila libri e quaderno, chiude la lampo dell'astuccio.

Riporta l'attenzione sul display, sulle icone dei giochi preferiti di Bibo. Apre la posta elettronica. Poche e-mail. Richieste di organizzare incontri di pallone al centro sportivo che Bibo frequenta con Checco e Lorenzo, i suoi amici più cari.

Apre il cassetto del mobile accanto al letto, tira fuori la scatola dei giochi, poi quella delle foto di quando suo figlio era piccolo, guarda anche quelle dell'album sul pc.

All'improvviso si ricorda di non aver ancora visto sul cellulare quelle che Bibo gli ha mandato il giorno che è stato con Sandra sulla neve. Bibo e Sandra insieme. Un tempo felice e lontanissimo.

Clicca subito su WhatsApp. Eccolo Bibo, col pupazzo. Poi il pupazzo da solo. Senza occhi. Con gli occhi. Con la bocca. Con un palloncino rosso come naso. E passanti. Gente con sciarpe, ombrelli, cappelli, sorrisi, persino un signore con gli sci da fondo ai piedi e l'espressione di uno che si prende in giro. E poi Sandra. Sandra! Sandra bellissima in primo piano che si nasconde la faccia con le mani e sotto le dita si capisce che ride.

E dietro di lei, sullo sfondo, leggermente fuori fuoco, un uomo appoggiato al tronco di un pino romano che li osserva.

Paolo sente il cuore mancargli un colpo. Allarga l'immagine. La figura è sfuocata, ma si vede che ha una sciarpa azzurra annodata al collo e un berretto di lana nero calato fin sugli occhi.

Paolo fa velocemente scorrere le immagini sul display in cerca di altre foto. Le allarga una a una. Ecco di nuovo il tizio. Stavolta l'inquadratura è diversa, l'uomo è più vicino, quasi alle spalle di Sandra.

Ora si vede di profilo. Non si distingue la fisionomia ma si vedono benissimo i capelli chiari, tagliati diritti in quel modo assurdo, alla paggio.

Santo cielo! Lui, il diavolo!

Paolo chiama un collega dell'ufficio informatico. Fortuna, aiutami Fortuna! invoca. Risponde un collega amico, Gaspare Celli.

«Celli devi farmi un favore. Non preoccuparti, posso coprirti. Ti mando un link con le foto di un sospetto. È imbacuccato con berretto, sciarpa e forse ha una parrucca, ma se gli metti a nudo la faccia forse riusciamo a vedere i lineamenti. Fallo subito. E niente stronzate, quello che esce lo mandi a me, solo a me. Fidati. Ci conto.»

«Okay. Contaci.»

Da quanto tempo quel bastardo ha messo gli occhi su suo figlio? Paolo rifà scorrere le foto sul display. Riflette: Bibo è il fotografo e l'uomo non è girato nella sua direzione. Dunque il suo interesse non è per Bibo.

Ma certo: l'uomo guarda Sandra. Sandra! Dio Santo!

Paolo clicca all'istante il suo numero. Ancora e sempre la segreteria. Appena parte registra il messaggio, cercando di controllare l'agitazione nella voce.

«Sandra devo parlarti. Sei in pericolo. Fatti viva per amor del cielo!»

«Posso offrirti solo un modesto piatto di spaghetti con i pomodori.»

«Figurati. Basta e avanza.»

Mi ritorna in mente la sera a vico Jugario, la telefonata marpiona di Leo, io che accompagno Julie alla Biomedical. Julie! Chissà se ha saputo di Lenna. Dovrei chiamarla ma non mi va di chiedere il cellulare a Ernesto e farle sapere che sono da lui, e non so se lui era informato della relazione della mia amica con suo nonno.

Il ragazzo sembra reggere bene il colpo di quello che è successo a Leo ma sono convinta sia meglio che non resti solo. E anch'io stasera non ce la farei a stare sola. Ultimamente mi manca il respiro, come se le sistole e le diastole non andassero in sincrono, facendo sballare il funzionamento della mia circolazione sanguigna. La verità è che sto per crollare, se Paolo mi cercasse e mi facesse capire che è disponibile darei un calcio alla dignità, lo amerei nell'ombra, accetterei una relazione extraconiugale accontentandomi delle briciole.

«Mi spiace che sia buio, avrei voluto farti fare il giro della proprietà, portarti a vedere il giardino e il frutteto ma stasera non ho lo spirito giusto. C'è anche un capanno che trasformerei in una dependance per gli amici, come la porcilaia, se avessi i soldi. E un bel pezzo di terra con una ventina di limoni e aranci, io non ci vado mai, se ne occupa un contadino, i frutti sono buoni, potrei piantare ulivi e fare l'olio. A mio nonno non interessava, non mi avrebbe mai finanziato l'impresa, adesso che non c'è più forse potrei farlo ma... ora ho un altro progetto.»

«Quello di cui volevi parlarmi?»

«Sì. Fino a ieri mi pareva una montagna impossibile da valicare. Adesso mi sembra in discesa. Vieni, ti faccio vedere il casale dentro.»

Sta cominciando a cadere una pioggerellina insistente. Tuoni lontani sempre più frequenti. Sarebbe il caso che ripartissi subito, ma mi sembra brutto andarmene così, di colpo, con Ernesto che ha già messo sul fornello la pentola dell'acqua per la pasta.

Mezz'ora per cucinare, un'ora per mangiare e fare due parole calcolo, poi me ne vado.

«Copriti, la zona di là è a nord, fa più freddo.»

Infilo di nuovo il giaccone e ci avviamo.

Gli interni sono stati ristrutturati e diventerebbero magnifici se i mobili antichi fossero restaurati e non buttati lì in modo casuale e disordinato. Il discorso vale per tutti gli ambienti che attraversiamo, la sua stanza da letto, i tre bagni di cui uno enorme con la vasca che è una piccola piscina incassata nel pavimento, un corridoio largo come il mio soggiorno, un mini appartamento molto spartano per la servitù, altre due camere per gli ospiti di cui una usata come stireria e ripostiglio. E lo studio, una piazza d'armi che occupa tutto il pianterreno, sembra l'antro di un apprendista stregone. Il pavimento di cotto è interamente incrostato di macchie di colore, come le sedie, il lungo tavolo di compensato sui cavalletti addossato a una parete, lo schermo di un grosso televisore con relativi cavi, cassette di utensili, taniche, scatoloni zeppi di tubetti di colore, tele intonse o mezzo dipinte, rotoli di carta bugnata per impacchettare quadri e confezioni di beveraggi e collanti, acqua ragia, diluenti, e camicie, pantaloni di tuta incrostati, calzini sbrindellati, impossibile tenere il conto e decifrare ogni cosa.

Come fa Ernesto a vivere e a creare in questa torre di Babele?

«Troppo casino?»

Mi ha letto nel pensiero.

«Be', quanti giorni ci vorrebbero per mettere ordine?»

«Io mi ci ritrovo. In fondo l'ordine è un concetto soggettivo, non credi? Non ricevo nessuno qui. È il mio rifugio.»

«Quindi è un onore per me.»

Come risposta, Ernesto toglie con un gesto plateale il panno che copre una tela su un cavalletto al centro del salone e gli spara sopra la luce di un faro. C'è dipinto un angioletto sdraiato e addormentato. Una delle ali gli fa da materasso, l'altra è tesa verso l'alto, ha la faretra con dentro le frecce sotto la testa come cuscino, una mano appoggiata sul torace, l'altra, distesa lungo il fianco, stringe l'arco con una freccia non ancora scoccata. La luce fiotta di taglio sul corpicino che ha qualcosa di sfatto, sull'addome in primo piano la pelle è macchiata.

«Mi ricorda un dipinto... ma sì, Caravaggio!»

«Certo. L'*Amorino dormiente*. Ti piace?»

«Inquietante ma... bravo!»

«È stato molto complicato farlo. È la mia prima figura. Vedi queste macchie sulla pelle? Pare che il modello fosse già cadavere quando Caravaggio l'ha dipinto.»

«Dai!»

«Sembrerebbe. Comunque il bambino era malato, era normale in quei secoli. C'è passione e violenza nella pittura di Caravaggio, lui dipingeva la verità della sua esistenza al limite. Non c'è niente di idealizzato nei suoi soggetti e nelle situazioni che rappresenta. Le Madonne sono le puttane di piazza Navona, gli angeli hanno ali da uccello e i santi sono senza aureole, i corpi dei popolani sono pesanti, sgraziati, hanno i piedi zozzi, il loro incarnato tradisce una salute precaria, se non proprio una malattia. E questo ce li fa sentire vicini, vivi, attuali. Per Caravaggio la parte animale, carnale dell'uomo, è presente negli stati più puri e mistici dell'essere. Anche se se la faceva con i cardinali e amava la vita di palazzo, non disdegnava la povera gente.»

Devo riconoscere che per Caravaggio Ernesto non ha solo un grande amore, ma una vera e propria identificazione. Forse non riuscirà a riprodurre altro che copie d'autore per tutta la vita.

«C'è una parte del corpo che per lui è importantissima, la usa per esprimere pietà, generosità, elevazione, cattiveria, vizio. Sai, qual è?»

«No. Non sono un'esperta di Caravaggio.»

«Non c'è bisogno di essere esperti. Vieni.»

Ernesto mi fa segno di seguirlo alla scrivania. Apre una cartella. Dentro ci sono le stampe ingrandite dei quadri del pittore. Le sfoglia religiosamente. Non contento, le stende sul ripiano del tavolo, una accanto all'altra.

«Guarda! Noti niente?»

«Non saprei...»

«Le mani!» quasi grida Ernesto. «Sono le mani! Caravaggio le fa parlare. Chiedono, offrono, pregano, implorano, legano, colpiscono, contano i soldi, suonano, accarezzano, soffrono, indicano. Sono espressive, quanto e più delle facce. Straordinario, non trovi?»

Non posso fare a meno di pensare alle mani mozzate dei reperti e un brivido mi attraversa la schiena.

«Come ti ho detto erano in tanti quell'11 settembre 1599 in piazza dell'Angelo davanti al Castello a veder morire Beatrice Cenci, ma solo Caravaggio capì una verità che diventò la base della sua pittura: nessun Dio verrà mai a salvarci. Siamo soli. Abbandonati a noi stessi in preda a buoni e cattivi sentimenti. Angeli e demoni. Più spesso demoni. Ammetterai che se ti guardi intorno non è certo Dio che vedi all'opera nel nostro mondo ma il demonio.»

Ernesto ha le guance arrossate per l'eccitazione, gli occhi ardenti.

«Mi stai dicendo che in un periodo storico in cui la chiesa era in pieno rinnovamento per affermare i valori spirituali su quelli materiali Caravaggio si professava agnostico, se non proprio ateo?»

«Non si professava, non gliene fregava niente delle teorie. Lui dipingeva. Voleva essere nella realtà del suo tempo, nel suo qui e ora. E credo che il suo desiderio di Dio fosse tanto forte da indebolire persino la sua certezza di trovarlo.»

«E tu come la vedi la faccenda della fede? Senti anche tu il desiderio di Dio?»

«Io? Che cosa importa come la vedo io? Io non conto niente.»

Questo *io non conto niente* apre un varco nell'interiorità di Ernesto. Per imboccarlo avrebbe bisogno della spinta di qualcuno che dispone di una grande energia e di tempo che io non ho. Non in questo momento, almeno.

«Accidenti, l'acqua della pasta. Starà bollendo!»

Torniamo velocemente in cucina. Ernesto si rimbocca le maniche della camicia, taglia una cipolla, la fa rosolare in una pentola con olio d'oliva, ci aggiunge i pomodori che affetta veloce e preciso. Un profumo delizioso si spande nell'aria. Il vapore dell'acqua in ebollizione nella pentola si è condensato sui vetri della finestra accanto ai fornelli.

Mi sposto verso un'altra finestra che dà sul retro del casale, dalla parte del parcheggio. Nella fioca luce distinguo le sagome delle macchine e la pioggia che adesso cade molto fitta. Una saetta squarcia all'improvviso l'oscurità.

«Ahh!» grido.

«Che c'è?»

Indico la massa scura degli alberi. Ernesto mi si affianca.

«La, c'è qualcuno!»

Scrutiamo tra le fronde. Il buio si mangia tutto.

«Sarà un cinghiale, passano, di notte.»

«Non era un cinghiale. Era una persona. Te l'assicuro. Ho visto bene.»

«Può darsi. A volte vengono a curiosare. Gira gente strana in paese. Immigrati. Si riparano nelle rogge. Stasera però, con questo tempo, guarda che roba.»

In effetti, sta grandinando. Chicchi grossi come noccioli di ciliegia. Ernesto afferra una torcia che è lì sottomano e ne fa sciabolare il fascio di luce tra la vegetazione.

«Io non vedo nessuno...»

Mi sento ridicola per aver gridato. Forse l'isolamento, il fatto che non ho con me il cellulare e non sono raggiungibile, Leo Lenna morto ammazzato. Sono inquieta.

Ernesto invece sembra tranquillo. Va a mettere il paletto alla porta.

«Chiuso. Come le finestre e la porta sul retro. A doppia mandata.»

Apparecchia su due vassoi.

«Ti va del vino?»

«Un bicchiere, perché devo guidare.»

Toglie da una madia due bicchieri, riempie due ciotole di castagne secche e pistacchi, stappa una bottiglia di rosso.

«Bisognerebbe aprirlo qualche tempo prima di servirlo perché dicono che il rosso ha bisogno di respirare per liberare tutto il suo sapore e l'aroma.»

Riempie il mio bicchiere a metà. Non il suo.

«E tu? Non bevi?»

«Sono astemio.»

Prende dal frigo una Coca-Cola, stappa e beve a canna.
«È più gustosa così» si giustifica.
«Ottimo questo vino. Cos'è?»
Legge ad alta voce l'etichetta sulla bottiglia.
«Camerlengo Aglianico del Vulture. Viene dalla riserva di mio nonno. Era lui l'intenditore, io non ci capisco niente di vini. Gliel'ho rubata per un'occasione speciale.»
Ha un che di macabro aprire una bottiglia pregiata trafugata dalla riserva di Leonardo Lenna poco dopo la sua morte, ma devo riconoscere che il vino è magnifico. Ha il colore del rubino e profuma di viole, un gusto che sboccia in bocca, si allarga e persiste.
Spazzoliamo la pasta in men che non si dica, siamo entrambi in cerca di compensazione emotiva, il mio bicchiere è rabboccato più volte. Le lattine di Coca si allineano ai piedi del divano. Quante sono: tre o quattro? Sembrano quattro, invece sono tre. Effetto ottico prodotto dall'ombra del piede del divano che la luce proietta sul pavimento. Mi tolgo la sciarpa, la poso sul divano. Ho caldo. Sfilo il maglione dalla testa e resto in camicia. Devo essermi spettinata e apparire buffa perché Ernesto ride. O è una mia impressione? Ho una voglia incredibile di sdraiarmi e di stendere le gambe sul divano.
Sta piovendo e grandina di brutto.
«Meglio se aspetti domattina per tornare a Roma. Ho due camere per gli ospiti ma sono fredde e in disordine. Ti cedo camera mia. Io mi sistemo qui, sul divano.
Frustate da folate di pioggia e vento all'esterno le fronde sbattono contro i finestroni.
«Okay, mi hai convinto, resto.»
La contentezza di Ernesto è quasi commovente.
Mi lancia una lunga occhiata poi va al cavalletto, prende l'*Amorino dormiente* e viene a mettermelo in grembo.

«È tuo.»
«Stai scherzando?»
«No. L'avevo già deciso. Era di mio nonno. Purtroppo lui non sarà più il collezionista dei miei Caravaggio.»
«Scusa ma non posso accettarlo.»
«Allora lo distruggo. Non potrei più darlo a nessuno.»
Ernesto è serio.
«Va bene. Accetto.»
«Affare fatto.»
Con un pennarello scrive sul bordo retrostante della cornice: *A Sandra con affetto*, e lo firma.
«Non avevo notato che sei mancino.»
«Uso anche la destra ma vado meglio con la sinistra.»
Riflette, osservando la tela.
«Forse sono pronto per un dipinto più grande. Potrei tentare *La Madonna della serpe*, per esempio. Con una piccola variante. Invece di schiacciare la testa al serpente con un piede, lei accetta la mela.»
«Quella è Eva.»
«No, sarà sempre la Madonna ma una Madonna che ha capito che esiste il paradiso in terra e sceglie di vivere in questo invece di essere assunta in quello celeste. Forse inauguro un filone nuovo di copie d'autore.»
«Nuovo e blasfemo.»
«Blasfemo. Bello. Mi piace l'idea. Vuoi prestarle il volto?»
«Vuoi rifare un Caravaggio con la Madonna che ha la mia faccia?»
«Perché no? Non hai niente da invidiare a Lena, la sua prostituta che era anche la sua amante e la sua modella.»
«Grazie del complimento.»
«Escludevo prostituta naturalmente.»

«Pensi che potresti esporlo?»
«Non nella cappella di una chiesa, ovvio. Potrei sempre trovare un acquirente agnostico interessato a inserimenti pittorici che confutano gli assiomi religiosi di nostra santa madre chiesa.»
«Credi?»
«Certo. Dipende dal prezzo. Tutto dipende dal prezzo e dalla novità di un'idea. Devi ammettere che questa sarebbe buona, migliore di tante stronzate che girano.»
«Buona non so, originale certo.»
«Voglio farti assaggiare un limoncello che fanno qui in paese. È particolarmente buono.»
Sparisce verso la cucina e io resto seduta a contemplare il dipinto che mi ha messo in grembo.
Passi per restare, data la bufera, ma ho sbagliato ad accettare l'*Amorino* in regalo. Ormai non posso dirgli che non lo voglio. Ernesto ci rimarrebbe male. Mi guardo intorno, cerco di capire se posso sistemarmi sul divano per la notte. Dormire nel letto di Ernesto è fuori discussione. Guardo fuori, scruto l'oscurità. Il casale è isolato e sono sicura che la figura che ho visto, anche se per un istante, non era un cinghiale. I cinghiali non camminano su due zampe. Sono sempre più inquieta.
Ernesto torna con una bottiglia di liquore giallo paglierino e un bicchiere. Lo riempie fino all'orlo. Sfarfallo con la mano per fargli segno basta così. Sorseggio in silenzio. È delizioso. Sento i muscoli distendersi, il corpo rilassarsi, l'inquietudine allentarsi.
«È dolcissimo.»
«Il limoncello è dolce.»
«Forse troppo.»
«Lascialo se non ti piace.»
«No, è buono. Davvero.»

È certamente per effetto dell'alcol che mi viene da ridere. Anche Ernesto ride. Sembra che rida pure la pioggia che continua il suo concerto tra le fronde degli alberi e contro i vetri delle finestre.

Ho la sensazione di avere la testa umida. Guardo le travi del soffitto per capire se c'è un'infiltrazione.

Mi tocco l'attaccatura dei capelli sulla fronte, dietro le orecchie. Se non piove dentro vuol dire che sono io, sono sudata.

Ho la bocca impastata, le guance mi pesano. Le percepisco come due grosse pere mature la cui buccia, la mia pelle, sembra sul punto di scoppiare, stretta dalla fragile intelaiatura degli zigomi.

Non riesco a tenere gli occhi aperti. Ho bevuto troppo. Il vino prima e adesso il limoncello mi sta dando il colpo di grazia. Mi è venuta una gran voglia di sdraiarmi, di allungare le gambe, di abbandonarmi a questo bel silenzio. Di dormire. Sognare. Magari sognare Paolo. Il massimo: sognare di fare l'amore con lui.

Cerco di resistere ma mi si chiudono gli occhi.

Ernesto mi toglie gli scarponcini, m'infila un cuscino sotto la testa e mi copre con un piumone. Va ad accostare le persiane e mi dice qualcosa che non capisco perché la sua voce adesso mi arriva come da dentro un imbuto.

La sua figura rimpicciolisce e sparisce nel riquadro della porta.

Così almeno mi sembra. Poi non mi sembra più niente.

21

Un filo sottile

Albeggia quando Paolo si sveglia di colpo con la sensazione di un pericolo imminente. Nessuno lo sta aggredendo, è solo una lamina di luce che attraverso gli scuri lo colpisce sugli occhi.

Si è addormentato con la testa appoggiata all'avambraccio, davanti al pc acceso di Bibo.

Si scuote e va da Jessica. Dorme, la bocca semiaperta, il respiro pesante. Sul comodino c'è la scatola di sedativi consumata a metà. Accidenti, quanti ne avrà presi? Le passa una mano sulla fronte per sentire la temperatura. Lei apre gli occhi e lo guarda in evidente stato confusionale.

«Bibo. Che ore sono?»

«Le sette.»

«Piove.»

«Dio mio... Bibo!»

In cucina, Paolo mette sul fuoco il bricco per il tè. Aspetta che l'acqua sia bollente. Intanto, pensa.

Dubita fortemente che Bibo sia allo scoperto, esposto alla furia degli elementi. È prezioso e chi l'ha preso deve tenerlo da conto. Non può rischiare che le cose vadano storte. Non prima di averci tirato fuori quello che vuole. Le immagini delle mani amputate e dell'ombelico gli fanno correre un brivido lungo la schiena. Deve scacciarle, pena restarci intrappolato, immobilizzato, incapace di far funzionare la testa, di elaborare una strategia.

Quando l'acqua comincia a fare le bollicine infila la bustina, prende una tazza e torna da Jessica.

«Sta' tranquilla. Se ti so tranquilla mi sento più libero di muovermi, lo capisci? Mi hanno tolto l'indagine e...»

«Come, ti hanno tolto l'indagine?» lo interrompe Jessica.

«È meglio. Posso dedicarmi completamente al nostro piccolo. Okay?»

Jessica fa segno di sì con la testa anche se non sembra convinta.

«Dico a Roberta di venire.»

«Va bene. Ma tu stai attento.»

Ha un tono diverso. Emotivamente più distaccato. Se ha rinunciato all'idea di obbligarlo a stare con lei forse le cose possono cambiare in meglio tra loro, pensa Paolo. Oppure, semplicemente, anche se in ritardo e solo davanti al pericolo che sta correndo Bibo, sta succedendo a Jessica quello che succede a tutte le donne quando diventano madri: i figli finiscono per occupare nella loro vita affettiva un posto infinitamente più importante dei mariti e dei compagni.

Lei tocca appena il tè. Torna a rannicchiarsi sotto le coperte. Paolo la copre.

«Brava. Riposati. Torno tra poco.»

«Dove vai?»

«Tranquilla, sono in camera di Bibo, devo fare un piano.»

Ha piovuto tutta la notte ma ora il cielo comincia a striarsi di arancio pallido. Il freddo deve essere aumentato. Povero Bibo, così freddoloso. Quante volte Paolo ha implorato Dio di dare a lui tutti i mali e nessuno al piccolo? Quante volte ha giurato a se stesso che lo avrebbe protetto contro il nero che grava sul cuore degli uomini? Ed eccola, la risposta di Dio. Al diavolo l'etica, la morale, la carità cristiana: avesse davanti chi tiene suo figlio gli torcerebbe il collo fino a sentire scricchiolare le ossa, fino a fargli schizzare gli occhi dalle orbite.

Le foto scattate da Bibo illuminano avvenimenti che sembravano senza senso, il testo si sta componendo, anche se il messaggio resta criptico. L'uomo che ha seguito Sandra e Bibo al Gianicolo durante la nevicata, con in testa la parrucca da paggio, il diavolo come l'ha chiamato Gina Senzatetto, si è accorto di essere fotografato? È caduto in un tranello o l'ha voluto? Perché era così concentrato su Sandra? Cosa vuole da lei?

Dal suo lavoro investigativo il commissario ha imparato che in un'indagine i dettagli sono fondamentali, le coincidenze non sono mai casuali, usando la testa e con un po' di fortuna, quando un tassello s'incastra il mosaico può prendere forma, un filo sottile può condurre al centro del labirinto. Ma bisogna usare prudenza. Un cognome e due nomi lavorano come un roditore nella testa del commissario: Lenna Leonardo e Lenna Ernesto. Il primo viveva dove è stata rinvenuta la mano con il fiocco. Quel pomeriggio le finestre del suo appartamento erano le uniche in tutta la zona a essere illuminate. E il professor Lenna aveva una storia da paura: la moglie suicidata, un cognato che lo accusava di esserne l'esecutore materiale e il figlio estremista morto con la benedizione di Balleri. E adesso anche lui aveva incontrato il suo giustiziere, come si augurava il cognato Dominic Puyol.

Perché Sandra non gli ha parlato della sua straordinaria somiglianza con Nadine Puyol? Possibile che Leo Lenna non gliel'abbia fatto notare la sera che era andata là con Julie? Ha dovuto scoprirlo lui facendo il sopralluogo con Cima.

Ernesto è il secondo. Paolo è ormai convinto che il ragazzo abbia qualcosa da nascondere, per questo non si fa trovare. Lo zio l'ha definito disturbato. Disturbato è un termine vago, cosa voleva dire di preciso? Che Ernesto abbia colpito la fantasia di Sandra per deformazione professionale? Che lei intenda frequentarlo per curarlo?

L'identificazione di Mirko Roibu nel ragazzino delle mani amputate, l'uccisione di Leo Lenna e la sparizione di Bibo continuano a passare ai Tg e nei programmi di news con il fragore di bombe mediatiche, rimbalzano in rete, eppure Sandra continua a non farsi viva.

Forse è partita, non guarda la tv, non compra i quotidiani. Forse ha incontrato qualcuno con cui dimenticare il passato, essere diversa da com'era fino a ieri. Il solo pensiero fa venire i crampi allo stomaco al commissario.

No, Sandra non vive fuori dal mondo, non può restare in silenzio a lungo, vuole bene a Bibo, saperlo in pericolo deve, sì, deve farle cadere la rabbia – non può essere odio – per lui. Che le sia successo qualcosa?

L'ansia monta, insieme al senso di vuoto che il silenzio di lei genera. Per l'ennesima volta Paolo clicca il suo nome sul cellulare. Lascia squillare a lungo. Nessuna risposta.

Allora, fregandosene dell'ora mattutina, chiama Julie.

Non appena sente la sua voce, Julie scoppia a piangere.

«Dio mio che cosa terribile!»

«Terribile, sì.»

Allude alla morte violenta di Leonardo Lenna o alla sparizione di Bibo? Forse a entrambe. Paolo arriva subito al punto.

«Sai dov'è Sandra?»

«No, non mi ha chiamato e non risponde al telefonino, è molto strano.»

«Sii precisa per favore. Da quando?»

«Dall'altro ieri.»

Mettendo l'orgoglio sotto i piedi Paolo le chiede se Sandra vede qualcuno. L'esitazione di Julie gli manda di traverso la saliva.

«Vedersi è una parola grossa, diciamo che ha cominciato a frequentare Ernesto, il nipote del professor Lenna.»

No, cazzo no!

«So che aveva intenzione una volta o l'altra di andare in campagna da lui, magari sta là e il cellulare non prende.»

A Paolo sembra di impazzire.

«Paolo...»

«Sì?»

«Che mi dici di Bibo? C'è qualche novità?»

«Nessuna.»

«E del professor Lenna? Si sa chi è stato?»

«No. È troppo presto.»

«Dio mio, che tragedia.»

«Di' a Sandra di chiamarmi. È importante.»

Chiude.

Il citofono geme.

Paolo si lancia alla porta d'ingresso.

Carlo Cima.

«Che vuoi?»

Il tono è aggressivo, provocatorio.

«Fammi entrare. Devo parlarti.»

Paolo resta con una mano sulla maniglia.

«Io e Sinni non ce la facciamo a portare avanti l'indagine senza di te.»

«Ah!»

«So perché Balleri te l'ha tolta. Non è per Bibo. È per

Lenna. Gli ho detto che sappiamo che lo conosceva. E lui mi ha risposto che non vuole essere tirato in ballo per un'amicizia sbagliata del passato. Tu sei un rompiscatole integralista, non accetteresti di passarci sopra. Secondo lui io invece sì. E Sinni è una sua creatura. Non muove paglia che Balleri non voglia.»

«Ah!»

«Si sbaglia. Essere il tuo compagno mi avrà pure insegnato qualcosa.»

«Ah!»

«Sai dire solo *ah*?»

Cima gli tende la destra.

Solo un attimo di esitazione, poi Paolo gliela stringe.

«Entra.»

Paolo fa strada a Cima in camera di Bibo.

«Supporto Sinni, non ho alternative, ma è mia intenzione relazionarti su tutto. Avevi ragione. Da giovani Balleri e il chirurgo erano inseparabili. Stesso liceo, stesso gruppo di estrema destra. Alla fine dei Sessanta Balleri entra in polizia. Va spesso a Torino dove diventa agente antisommossa nei cortei operai. Lenna si sposa, ha un figlio, si specializza in chirurgia estetica, e mentre il nostro capo fa carriera, lui mette in piedi la Biomedical. Sono in stretta relazione fino all'82. Dopo l'incidente al figlio di Lenna il sodalizio si interrompe.

Torniamo a giovedì sera. Il professore riceve la visita del suo assassino. Lo conosce perché gli apre la porta. Quello entra, discutono, vengono alle mani. Forse l'aggressore è più giovane e più forte. Certo è motivato. Ha già in mente di usare i quadri come arma? Perché usa proprio il Caravaggio? Il referto di Carmen dice che la punta del legno ha squarciato il cuore a Lenna, chi ha colpito ha agito con ferocia. E con una forza pazzesca. Odio puro. E l'odio va nutrito, non nasce sul momento. Lenna però è colto di sorpresa, ricordi l'espressione nei suoi occhi? È atletico ma rimane spiazzato e il gioco è fatto.

C'è dell'altro. Sul muro sotto il quadro della natura morta, l'arma del delitto, la Scientifica ha scoperto una scanalatura invisibile a occhio nudo. Facendo pressione, la parete ruota. Lenna aveva una stanza segreta attrezzata con una strumentazione per la proiezione di film hard. Peggio: snuff. Sul pavimento c'erano dei frammenti. Doveva essere un filmato compromettente. Deve averlo distrutto lo stesso Lenna. I Ris hanno portato via i dvd, ma dai pezzi non ci caveremo niente.»

«Avete sentito il nipote?»

«Sì.»

«Dunque?»

Rosato scatta sulla sedia.

«Sta' calmo. Te l'ho detto. L'hanno sentito i colleghi all'obitorio quando è andato per il riconoscimento. Sembra pulito. Non sa nulla della stanza snuff né della vita che faceva suo nonno. Giovedì era passato da lui per parlargli di una questione economica. Non l'ha trovato in casa ed è tornato al casale per l'ora di cena.»

«Non mi convince. Non si è presentato alle convocazioni. Non si è fatto trovare.»

«Dice che era fuori Roma. Controlleremo. Gli abbiamo detto di stare a disposizione. Lo sentiremo di nuovo.»

«Che tipo è?»

«Normale. Di poche parole.»

«Fisicamente?»

«Alto, prestante. Completamente rasato. Sull'arma del delitto ci sono le sue impronte, ma non conta perché è anche l'autore del quadro. L'appartamento è zeppo d'impronte. Il professore riceveva ogni due per tre. Per isolarle ci vorrà tempo. Balleri freme, non sa fino a quando riuscirà a far passare sotto silenzio i dettagli dell'omicidio. Capisci, un pezzo del telaio di una copia di un quadro di Caravaggio entrato fino a lacerare il cuore non è roba di tutti i giorni. Alimenta le fantasie morbose.

A proposito: ieri sera sono venuti i genitori di Mirko. Separatamente. Prima Stefan Roibu. Poi Rodia Tugucenau. Volevano i particolari, parlare con te. Non gli abbiamo detto che sei fuori dall'inchiesta. Gli abbiamo confermato che i reperti sono del figlio. Il padre non ha fatto una piega e se n'è andato. Rodia Tugucenau invece ha fatto una tragedia, si può capire, è la madre. Ha stramaledetto l'Italia e gli italiani, ha urlato che vuole il corpo del figlio per seppellirlo in Moldavia. Per fortuna con lei c'era l'allenatore, quel Leri, che è riuscito a calmarla. Quando siamo usciti anche lui ci ha preso a male parole. Come se fosse colpa nostra quello che è successo al ragazzino. Mestiere del cazzo!»

«Sono convinto che è tutto legato, Cima. I pezzi del corpo di Mirko, l'omicidio di Senzatetto e ora di Lenna, e adesso la scomparsa di Bibo. Guarda!»

E Paolo fa scorrere sul display del suo cellulare le foto del figlio con Sandra sulla neve. Ingrandisce sull'uomo alle loro spalle.

«Ti dice niente?»

«Accidenti! Questa è una parrucca. Potrebbe essere il diavolo descritto da Gina!»

«Non potrebbe, Cima. *È*. Ho chiesto a Celli di elaborare al pc la faccia di questo tizio per usarla come identikit. Io non posso autorizzare il lavoro. Ci vuole la firma di Sinni che chiederà a Balleri. Così perdiamo tempo e io ho fretta. Devi farlo tu, te le invio appena Celli mi manda il materiale.»

«Che? Aspetta un attimo.»

«Puoi rischiare la vita in pattuglia ma non riesci a fare una cosa contro il regolamento?»

«Se mi scoprono sono degradato, possono anche cacciarmi.»

«Lo sai che a volte non si controlla la firma di chi autorizza. Si dà per scontato che è tutto in regola.»

Cima riflette, l'espressione accigliata.

«E Celli ti ha dato la sua disponibilità?»

Adesso è Rosato che cambia espressione.

«Hai ragione, ho sbagliato a chiederglielo.»

«Posso farlo io. Ma ci vorrà almeno una settimana tenendo conto che serve la firma di Balleri.»

«Lo stronzo cui diamo la caccia ha un piano preciso. Il fiocco, i capelli nel pugno, l'ombelico stanno nei quadri di Caravaggio e Sandra mi ha detto tempo fa che Ernesto Lenna stava lavorando a una nuova copia di un Caravaggio, non sapeva quale.»

«Sei convinto che Ernesto sia pesantemente coinvolto?»

«Sì. Troppi elementi portano a lui. Dov'è il corpo di Mirko? Il nipote di Lenna vive in campagna. Posto ideale per occultare un cadavere. A che punto siete con i venditori di parrucche?»

«I contanti non sono tracciabili. Siamo risaliti solo a quelli che hanno pagato con carte di credito. Li stiamo schedando e interrogando tutti ma per ora non è emerso niente d'interessante.»

«Credo che Gina Senzatetto sia stata un inciampo casuale, farla fuori è diventata una necessità solo più tardi. Mentre la strangolava lei si è difesa afferrando il suo assassino per i capelli. Vuoi che lui non abbia messo in conto che qualche capello può essere rimasto impigliato tra le unghie di quella poveraccia?»

«Forse ci ha fatto trovare la parrucca perché è semplicemente sicuro di sé.»

«Troppo sicuro di sé.»

Paolo balza in piedi passandosi una mano tra i capelli arruffati. Sandra! Se è da Ernesto è in pericolo.

Cima lo guarda interrogativo.

«Che ti succede? Che c'è?»

Rosato esita. Deve o no mettere al corrente Cima di quello che ha intenzione di fare? Meglio di no. Potrebbe fermarlo.

«Niente. Niente.»

«Okay. Aspettiamo i materiali. Celli di solito è veloce» dice l'agente preparandosi a uscire. «Tu però non fare cazzate.»

«Okay, niente cazzate. Vai!»

Non appena Cima se ne è andato, Paolo prende il giaccone dall'attaccapanni e lo infila. Si fruga in tasca in cerca delle chiavi della moto e le sue dita incontrano un corpo estraneo. È il sacchetto di plastica con dentro il portafoglio di Lenna che gli ha dato il collega della Scientifica al momento dei rilievi nell'appartamento del professore. Avrebbe dovuto consegnarlo, ma la notizia della scomparsa di Bibo l'ha travolto. Lo apre. Dentro ci sono trecento euro in contanti, carte di credito, il codice fiscale, la patente e qualcosa che gli strappa una bestemmia: un foglio bianco scritto a mano intestato *Leonardo Lenna* in cui il professore dichiara di acquistare per cinquecento euro un dipinto eseguito dal nipote di cui non si legge bene il titolo, datata giovedì e firmata da Ernesto Lenna.

Rosato clicca subito il numero di Cima.

«Ho qui il portafoglio di Leo Lenna. Me l'ha dato un collega della Scientifica durante i rilievi nell'appartamento.»

«Cazzo, Rosato! Perché non me l'hai detto? Dovevi consegnarlo!»

«Abbiamo fatto bingo. Apri le orecchie: Ernesto Lenna ha detto che il giorno dell'omicidio è passato da suo nonno ma non l'ha trovato. Ha mentito. Nel portafoglio c'è una ricevuta di cinquecento euro per l'acquisto di un quadro firmata da lui e datata giovedì. Bisogna fermarlo. Provvedo io.»

«Non puoi.»

«Raggiungimi al casale con Sinni.»

«Non fare cazzate. Paolo! Paolo!»

Troppo tardi. Ha chiuso.

L'indirizzo di Ernesto Lenna è sulle *Pagine Bianche*. Il commissario lo memorizza sul cellulare. Arma la pistola, anche se non dovrebbe portarla, si fascia il collo con un paio di sciarpe, prende un cappello di lana da mettere sotto il casco, non può usare la volante, gli resta la moto, la strada è lunga su due ruote fino a Ceri e il tempo inclemente ma deve assolutamente arrivare prima di Cima.

Suona ai vicini. Roberta compare sulla soglia. Le spiega che deve assentarsi per un paio d'ore, che dia un occhio a Jessica, per favore. Scende a pianterreno. Dietro la vetrata dell'ingresso dello stabile c'è un gruppo di cameramen e fotografi. Torna indietro e raggiunge il cortile condominiale. Bussa alla finestra di una vicina del pianterreno che ha una seconda porta d'ingresso sulla via laterale. Non ha bisogno di giustificarsi, la donna gli apre subito, contenta di rendersi utile.

Mi sveglio con la nausea e un feroce mal di testa. Non sono sul divano ma nel letto di Ernesto. Non ricordo di esserci finita. Lui dorme profondamente, accanto a me. Siamo entrambi completamente nudi. Cosa cazzo ho fatto?

C'è un gran silenzio e la lamina di luce solare che filtra tra le persiane è fredda, brillante. Dev'essere molto presto. Accidenti al vino. E al limoncello. Ho esagerato e non sono abituata all'alcol. Cerco di mettermi in piedi facendo pianissimo per non svegliare Ernesto. Come ho potuto lasciarmi andare così, senza curarmi delle conseguenze? Devo essere impazzita. Avevo bevuto, ero alticcia, forse sbronza, ma non è un'attenuante per esserci finita a letto. Non posso neanche incazzarmi con lui. Ernesto non mi ha forzato a restare, non ha abusato di me. Quando mi si è sdraiato accanto sul divano parlandomi di sua nonna, di come è rimasto colpito per il fatto che le somiglio, che è convinto che si è reincarnata in me per avere una seconda possibilità, essere perdonata per il male che ha fatto e si è commosso, avrei dovuto mettermi a sedere di fronte a lui e invitarlo a parlare, a dirmi quello che ha scoperto sui suoi familiari. Deve essere qualcosa di tremendo. Invece l'ho stretto tra le braccia. Ho messo a dormire il cervello, stupida che non sono altro, grandissima idiota. Provo pietà per lui, persino una certa tenerezza, ma adesso chissà cosa penserà, magari che tra noi è cominciata una storia, che ho definitivamente rinunciato a Paolo, mentre nei fumi dell'alcol ho immaginato che fossero le sue dita a toccarmi, la sua bocca a baciarmi, il suo sesso a farsi strada dentro di me. E nel momento culminante penso di aver addirittura invocato il suo nome.

L'emicrania, la pelle delle guance e dei seni che pizzica, la nausea e il malcontento sono le naturali conseguenze della mia follia. Mi sento in colpa. Di fatto non sto più con Paolo, quindi tecnicamente non l'ho tradito. Ma non faccio che pensare a lui, vivo come sospesa in attesa di un suo cenno, sperando che un miracolo possa riunirci. Se non lui, ho tradito il mio desiderio, il mio sentimento.

Mi metto in piedi e la stanza comincia a girare come una giostra. Quello che è successo avrà delle conseguenze. Ho bisogno di riflettere e non posso farlo qui, in questa stanza, in questo casale, con Ernesto presente. Ho bisogno di un territorio neutro. È appena giorno, è domenica, ma ci sarà pure un bar aperto nelle vicinanze dove mettermi seduta, prendere un cappuccino e ragionare sul da farsi.

Raccolgo i vestiti dietro la poltrona, gli scarponcini da sotto il letto. Porto tutto in bagno. Non chiudo a chiave per non fare rumore, aggancio un asciugamano alla maniglia in modo da coprire il buco della serratura per garantirmi una privacy totale, anche se nessuno può venire a spiarmi, tranne la mia cattiva coscienza. Apro un filo il rubinetto, metto la faccia sotto l'acqua, la raccolgo nel cavo delle mani, bevo due, tre lunghe sorsate, respiro profondamente. Il mal di testa non si attenua, la nausea sì. Mi vesto velocemente, esco con gli scarponcini in mano. Ernesto non si è mosso, dorme supino, a braccia aperte, l'espressione serena, forse sta sognando e nel suo sogno ha trovato la pace.

Dovrò spiegargli come stanno le cose, con la massima gentilezza ma con fermezza, dirgli perché non possiamo rivederci, perché non posso accettare in regalo l'*Amorino dormiente*. Era già un azzardo ieri, quando eravamo solo amici, dopo stanotte sarebbe un errore.

Appena entro nel soggiorno vedo subito la tela, appoggiata su una sedia, di fronte al divano. La lamina di sole che entra nella stanza da una delle grandi finestre la colpisce di taglio. La mano abbandonata sul fianco che impugna le frecce brilla come per l'accensione di una luce interna. L'addome è gonfio, l'ombelico sembra pulsare.

Sul tavolo, accanto alle bottiglie e ai bicchieri vuoti ci sono le stampe fotografiche dei lavori di Caravaggio che

Ernesto mi ha mostrato ieri sera. Sono rimaste lì, sparpagliate, in disordine. Ne prendo una, la osservo, ne prendo un'altra, una terza. I dipinti sono troppo belli. Sono magnetici. Non riesco a smettere di sfogliarle. Arrivo alle ultime due: il *Bacco* e il *David con la testa di Golia*.

La destra del *Bacco* con il fiocco stretto all'indice, così come la sinistra del *David* che stringe in pugno per i capelli la testa amputata di Golia, sono cerchiati con un pennarello rosso. Ernesto deve aver evidenziato questi particolari perché, come mi ha spiegato ieri sera, Caravaggio alle mani affida un vero e proprio linguaggio.

Mani che chiedono, pregano, offrono.

Mani mozzate.

C'è anche la stampa dell'*Amorino dormiente,* con l'addome cerchiato. Un cerchio perfetto come se fosse tracciato col compasso usando l'ombelico come perno.

L'ombelico.

Il pensiero arriva come una fucilata. Non so perché, da quale tenebra è venuto ma è qui, s'insinua nella mia mente, divora tutto quello che incontra, s'impone come una verità non più nascosta: Ernesto c'entra qualcosa in questa maledetta faccenda? D'accordo, come pittore Caravaggio è conosciuto in tutto il mondo, chiunque può imitarlo se sa fare copie d'autore.

Mi passano davanti agli occhi i momenti che ho condiviso con Ernesto, a cominciare da quando con Julie sono stata a casa di Leo, un'eternità fa.

Il nostro primo incontro casuale.

Le rose rosse.

La nostra passeggiata.

La sua ossessione per Caravaggio e per i patiboli.

La sua certezza che il tempo non esiste, che non ci sia una fine e che i morti continuino a vivere accanto ai vivi.

L'acredine verso sua nonna Nadine che, morendo, l'ha tradito. L'astio verso Leo che gli tarpava le ali.

E se fosse coinvolto? Se ci fosse proprio la sua mano dietro le mutilazioni?

Mi dico che sono pazza a pensare una cosa simile ma il pensiero resta e punge.

Devo parlarne a Paolo, mandargli un sms, ma non ho il cellulare e non posso usare quello di Ernesto. Troverò un bar. Chiederò a qualcuno di farmi fare una telefonata d'emergenza. Ecco la mia borsa, le chiavi della macchina sono dentro. Bene. C'è anche il berretto, non vedo la mia sciarpa porca miseria. Pazienza.

La porta d'ingresso è chiusa ma ha la chiave infilata nella toppa. Sono fuori, sullo spiazzo. Intravedo una bassa costruzione con tante cellette in fondo a un viottolo che digrada verso la campagna. Dev'essere la porcilaia. Ieri sera al buio, con la pioggia, non si vedeva. La luce, benché ancora diafana, ristabilisce la giusta posizione delle cose. Il casale è più grande di come mi era sembrato, la tenuta deve essere piuttosto vasta. Il confine della proprietà dev'essere lontano. Da qui si distingue solo un pezzo di recinzione.

Corro alla macchina. Salgo, infilo la chiave. Non parte. Riprovo. Niente da fare. Non c'è contatto. Deve essersi scaricata la batteria, avrò lasciato le luci accese. Strano, di solito sto attenta.

La Panda di Ernesto è parcheggiata accanto alla mia. Scommetto che come tutti quelli che vivono in campagna la lascia aperta. Difatti. La chiave di accensione è addirittura infilata.

Ernesto Lenna apre gli occhi nel momento esatto in cui il rombo del motore dell'auto squarcia l'aria. Si tira su, scende veloce dal letto. Infila un giubbotto e corre fuori in tempo per vedere i fanalini di coda della sua auto che si arrossano in fondo alla strada.

«Perché, perché» urla scalciando il ghiaino.

Rientra massaggiandosi le gambe scoperte, rabbrividendo per il freddo. Resta un momento fermo al centro del salone. Poi vede le stampe sparpagliate sul tavolo. Le impila con rabbia, rispettando l'ordine. Prende la tela dell'*Amorino dormiente* e resta a osservarla tendendola davanti a sé. È un lavoro eccellente, forse la copia d'autore più bella che ha dipinto. Mentre va a sistemarlo sul cavalletto, sente un rigonfio morbido sotto la suola delle ciabatte. La sciarpa di Sandra. Si china a raccoglierla e ci affonda il naso, ne aspira con grande piacere il profumo.

Da qualche parte ha letto che la passione può diventare una valanga quando un soffio la desta dal suo riposo.

Se ha preso la sua auto vuol dire che Sandra ha intenzione di tornare.

Stavolta non se la farà più sfuggire.

La strada è deserta. Non c'è un bar neanche a pagarlo oro. Forse mi toccherà arrivare sull'Aurelia. Accendo la radio. Un concerto di Mozart. Adesso sono più calma, apprezzo il giorno che avanza e alza l'oscurità come un sipario sul filo dell'orizzonte. Il mondo si sta svegliando ma c'è ancora tempo, una parentesi di pace relativa, prima che la luce eserciti la sua azione adrenalinica sulla natura, sugli uomini e sugli animali.

Come sono potuta arrivare a questo punto con Ernesto? Lui non vive nel presente. Si è rifugiato nel sedicesimo secolo. Si è scavato una nicchia nelle tenebre del Caravaggio, è diventato tutt'uno con la realtà del pittore, l'ha sposata, resa propria. Quanto male gli farò dicendogli che non voglio più vederlo?

L'Aurelia è un nastro deserto, grigio e lucente per la pioggia notturna. Intravedo le prime abitazioni di Torre in Pietra. Sono le sette. Mi chiedo se è il caso di chiamare Paolo a quest'ora antelucana. Temo di lasciarmi trasportare dall'emotività, una parola sbagliata, un'esitazione e capirebbe subito quello che è successo tra me ed Ernesto. Ci sono verità che è bene restino nascoste quando rivelarle produce solo male. Forse Paolo ha cercato di mettersi in contatto con me e non ha potuto. Il pensiero mi rincuora.

C'è un gruppo di case in lontananza e l'insegna luminosa di un bar. Alla radio trasmettono un notiziario flash. Le solite beghe politiche e, di seguito, la cronaca.

«*Continuano senza esito le ricerche del piccolo Tommaso Rosato di cui non si hanno notizie da venerdì mattina. Secondo un comunicato dell'ufficio investigativo, il padre, il commissario Paolo Rosato, ha rimesso l'incarico dell'indagine sui reperti amputati per dedicarsi alla ricerca del figlio.*»

Tommaso Rosato. Bibo! Sparito! Bibo sparito! Il mio cuore perde un colpo, ho l'impressione che il sangue si arresti e che poi si rovesci nelle vene con la forza di un torrente che riceve all'improvviso una massa d'acqua che non può contenere. Lo vedo solo all'ultimo il cane che mi attraversa la strada. Schiaccio contemporaneamente freno e frizione. La macchina scivola, sbanda. Riprendo il controllo e infilo una laterale, piombo sul marciapiede. La gomma anteriore di destra cozza contro il cordolo di protezione, batto la fronte con violenza sul volante, poi all'indietro per il contraccolpo e resto imprigionata dall'Airbag.

La porta del bar si apre. Due uomini escono. Circondano la macchina. Uno dei due maneggia sulla maniglia della portiera fino a che non l'apre.

«Tutto bene signora?»

«Sì... sì.»

«Che botta!»

Mi aiuta a districarmi dalla protezione e a uscire.

Mi metto in piedi, malferma sulle gambe.

«Colpa del ghiaccio, meno male che andava piano.»

Uno dei due gira intorno al veicolo, l'altro mi indica il bar.

«Venga dentro a bere qualcosa.»

«La gomma è spaccata.»

Faccio fatica a parlare. Batto i denti. Il freddo sale dai piedi, mi pervade le ossa.

«Il cerchione è storto e il parafango si è piegato. Non basta sostituirla con quella di scorta. Deve chiamare il carro attrezzi. È fortunata. C'è un meccanico giusto un paio di chilometri da qui. È aperto di domenica perché è anche autogrill.»

«Grazie. Devo telefonare. Ho dimenticato il cellulare.»

«Prenda il mio.»

Digito il numero di Paolo e aspetto. Suona ma lui non risponde.

Riconsegno il cellulare. Uno dei due uomini mi prende per un gomito.

«Venga dentro, beva qualcosa, ci pensa dopo a telefonare.»

«Può chiamare lei il carro attrezzi per favore?»

«Certo, certo. Non si preoccupi.»

Entriamo nel bar. Mi fanno accomodare, ordinano un caffè al barista, me lo portano al tavolo. Chiedo il numero di un taxi. Devo raggiungere la stazione.

Mi suggeriscono di domandare al meccanico, sicuramente mi darà uno strappo.

Una volta sulla Braccianese, Paolo Rosato modera la velocità. Non per il traffico, la strada è deserta, sulla stessa Aurelia ha incrociato a malapena una decina di autovetture, ma per consultare la mappa e individuare dove sta il casale di Ernesto Lenna. Si ferma a lato della strada, si sfila il casco e il cellulare di tasca. Vede la chiamata. Non conosce il numero. Qualcuno che ha notizie di Bibo? Richiama. Risponde una voce d'uomo. Chiede chi è. Il nome non gli dice niente. Hanno sbagliato. Chiude. Clicca sul navigatore il nome della strada, infila le cuffie nelle orecchie, mette il cellulare nel taschino anteriore del giaccone, infila il casco, rimonta in sella e dà gas.

Due colpi di clacson annunciano l'arrivo del carro attrezzi. Esco dal bar con i due uomini e il barista osserva la scena dalla soglia. Non sto per niente bene. L'angoscia mi opprime, tendo il collo per sciogliere i muscoli, l'Airbag non mi ha salvato dal colpo di frusta. Non devo spiegare molto. La dinamica dell'incidente è chiara. Sono stata fortunata, poteva andare peggio. Il meccanico è il tipo pragmatico e corpulento che ci si aspetta da chi fa questo lavoro. Prende in mano la situazione, fa scendere i pianali e va a predisporre l'auto in modo da poterla caricare. Gli dico di fare prima possibile, ho fretta. Sono acciaccata ma non ho niente di rotto. Chiedo se può farmi la gentilezza di accompagnarmi alla stazione. Gli lascerò il telefono del proprietario della macchina per ogni formalità.

Gli avventori si fanno da parte, si disinteressano a me e alla cosa, si avviano per rientrare nel bar.

Un grido li blocca sulla porta e li fa voltare di scatto. Un secondo grido mi trapassa i timpani e mi getta nel panico mentre sono curva a prendere la borsa dal sedile accanto al guidatore.

È il meccanico che ha gridato. Vedo solo la sua faccia, il suo corpo è tagliato in due dallo sportello del bagagliaio aperto.

Faccio il giro e gli vado accanto.

Nel bagagliaio, tra buste di plastica e arnesi da lavoro, rannicchiato in posizione fetale, pallidissimo, gli occhi rovesciati, la bocca che schiuma bava bianchiccia e densa, rantolante e completamente incosciente, con il pile con l'orso che conosco bene allacciato fin sotto al mento, c'è Bibo.

QUINTO MOVIMENTO

22

Uno sparo nell'erba

«Ernesto Lenna?»

La voce viene da fuori.

«Sì?»

Ernesto va ad aprire ravviandosi i capelli con una mano. Ha infilato la sciarpa di Sandra nella tasca dei pantaloni senza accorgersi che un lembo è rimasto fuori a penzolare.

Sulla soglia di casa c'è un uomo.

«Sono il commissario Rosato.»

Il tono è duro, non ammette repliche.

Ernesto apre.

«So chi è. L'ho vista sui giornali. Prego, si accomodi.»

Ernesto Lenna è esattamente come gliel'hanno descritto Sandra e Cima: un bel ragazzo, alto e prestante, occhi grandi azzurri, completamente rasato.

«Dovrei farle qualche domanda.»

«Sì?»

«Lei abita qui?»

«Sì.»

«Da quanto?»

«Cinque anni.»

«Dov'eri l'altro ieri sera? Giovedì sera.»

Il passaggio dal lei al tu è brusco. Ernesto deglutisce un paio di volte.

«A Roma.»

«Da tuo nonno?»

«Sì. Dovevo parlargli ma non c'era.»

«Non c'era?»

«No. L'ho già detto ai suoi colleghi.»

«Dillo anche a me.»

Ernesto non capisce.

«Gliel'ho appena detto. Non c'era.»

«Io dico che c'era.»

«No, guardi...»

«L'hai ammazzato tu?»

«Cooosa?»

«La scientifica sta arrivando. Setaccerà il casale. Faranno rilievi sulla tua macchina, sui vestiti che indossavi quella sera, su tutto il tuo guardaroba. Anche se hai fatto tre lavatrici il Luminol fa parlare le cose. Sai cos'è il Luminol, no? Se c'è una traccia anche infinitesimale del sangue di tuo nonno sei fottuto.»

«Ma...»

«Abbiamo la ricevuta di cinquecento euro firmata da te in data giovedì. Era nel suo portafoglio.»

Il cellulare in tasca del giaccone di Paolo trilla. Lui non guarda nemmeno il display. Non vuole interferenze. Si batte il petto in corrispondenza della tasca per farlo smettere. Il cellulare si zittisce.

Ernesto Lenna cede di colpo.

«Volevo proporgli di vendere questo casale. Ho bisogno di soldi. Lui aveva fretta di uscire. Così gli ho mostrato la foto dell'ultimo lavoro che ho fatto. Mi ha dato cinquecento euro di anticipo. Il resto me lo avrebbe dato alla consegna del quadro.»

«Per questo non glielo hai consegnato.»
«Sì.»
«E quale sarebbe questo ultimo lavoro?»
«Eccolo.»
Ernesto si dirige verso il tavolo basso dove Sandra ha lasciato il dipinto. Lo mostra al commissario.
«È una mia copia d'autore dell'*Amorino dormiente* di Caravaggio.»
Paolo Rosato resta senza parole. L'immagine del corpo e dell'addome macchiato, come malato, che si offre alla luce smorta, evocatrice dell'ultimo referto è emotivamente fortissima da sostenere. Quando ritrova la voce fatica a controllarsi.
«A che ora sei andato da tuo nonno, giovedì sera?»
«Saranno state le sette, sette e mezzo, non ricordo, comunque era prima di cena.»
«Dovrai ripeterlo al gip. C'era qualcun altro con voi?»
«No.»
«E il cameriere?»
«Patel? No, non c'era.»
«E Sandra Kapsa?»
«Come?»
«Sandra Kapsa. La conosci, no?»
«L'ho vista tempo fa a casa di mio nonno appunto. Con un'amica francese.»
Paolo fa un passo avanti.
Ernesto ne fa uno indietro.
«L'hai rivista?»
«No. Sì.»
«Sì o no?»
«Sì.»
«Di recente?»
«Sì.»

Ernesto si guarda intorno. Adesso è spaventato.

Paolo fa un altro passo avanti.

Ernesto ne fa un altro indietro.

«È qui?»

«No.»

«Sei un gran bugiardo Ernesto Lenna! C'è la sua macchina qui fuori. Lei dov'è?»

Sono a ridosso del tavolo. Ernesto sistema un'arancia nel piatto della frutta che non ha alcun bisogno di essere sistemata.

Rincula ancora di un passo, fino a trovarsi a ridosso della spalliera della sedia.

«E di un ragazzino di nome Mirko Roibu sai niente, vero? E Tommaso Rosato, Bibo, mio figlio, sono qui anche loro?»

Ernesto scuote con forza la testa. Torce il busto e si guarda alle spalle, in cerca di una possibile via di fuga. Non si accorge che nel muoversi fa oscillare il lembo della sciarpa penzolante.

Paolo riconoscerebbe quella sciarpa tra mille: è stato il suo regalo per l'ultimo compleanno di Sandra, un pegno d'amore. Gliel'aveva annodata al collo dicendole che se l'avesse lasciato l'avrebbe stretta fino a soffocarla, perché se l'amore non è che un gioco anche la morte non è che un gioco.

Il commissario balza in avanti urlando: «Dov'è, dove sono? Dove li hai nascosti? È a questi quadri del cazzo che ti sei ispirato per farlo a pezzi?».

In pieno panico Ernesto fa un rapidissimo dietro-front e comincia a correre verso il retro. È in vantaggio conoscendo la casa mentre Paolo inciampa un paio di volte nei mobili perdendo secondi preziosi.

«Fermati! Fermo!»

Ernesto non si ferma. Raggiunge trafelato l'ultima stanza, spalanca la porta, è fuori. Corre a perdifiato lungo il filare di querce senza sapere dove andare, nelle orecchie la voce e i passi di Paolo che continua a gridare: «Fermati bastardo! Fermati o sparo!».

Sa che i poliziotti sparano, ma non crede che il commissario lo farà davvero, questo succede nei film. Quando ripiega verso il parcheggio e raggiunge la macchina di Sandra, lo vede poco distante, piantato sulle gambe nell'erba, i pantaloni infangati fino al ginocchio, le braccia tese, che gli punta contro la pistola e si getta a terra. Non vede il colpo partire, sente solo uno scoppio nel polpaccio che lo sbalza all'indietro e il bruciore gli spezza il fiato.

Il commissario raggiunge Ernesto che trema violentemente e si preme i palmi contro la gamba che si va velocemente arrossando. Tiene la pistola d'ordinanza in una mano abbandonata lungo il fianco e non parla. C'è un silenzio irreale intorno, come se anche la natura fosse stata colpita e faticasse a riprendere il respiro. Un silenzio che suona come qualcosa d'incongruo e di sbagliato, un errore della realtà.

Poi un corvo gracchia su una fronda, una specie di segnale che ristabilisce l'ordine e avvisa che la vita può riprendere.

Il cellulare geme in tasca di Paolo Rosato. Lui lo estrae e se lo porta all'orecchio.

È Cima.

«Sono al casale di Ernesto Lenna. Gli ho sparato.»

«Stiamo arrivando.»

La voce di Cima è coperta dal suono di una sirena. Una frenata, uno stridio di gomme sul ghiaino. Passi in corsa sempre più vicini.

Non possono essere già qui, pensa Paolo.

Infatti, è una gazzella del nucleo operativo radiomobile. Quattro carabinieri piombano sullo spiazzo, distribuendosi a ventaglio. In due corrono dal commissario, gli altri irrompono dentro casa.

Paolo Rosato alza la mano libera con il palmo aperto.

«Niente armi. Sono della polizia.»

«Sappiamo chi è, commissario.»

Paolo abbassa il cane e ripone l'arma nella fondina. Gli uomini dell'arma circondano Ernesto.

«Ernesto Lenna?»

«Ssì.»

«È sua una Panda targata AX344CM?»

«Sì, sì.»

«Lei è in arresto per sottrazione di minore e tentato omicidio.»

Ernesto si lascia sfuggire un singhiozzo.

Paolo è interdetto, non capisce.

«Venite su segnalazione da Roma?»

«No. Da Torre in Pietra.»

Il carabiniere indica il ragazzo.

«C'è stato un incidente sull'Aurelia che ha coinvolto la Panda di proprietà di costui. C'era una donna alla guida, Sandra Kapsa, e il ragazzino, Tommaso Rosato, suo figlio, commissario, mezzo morto nel bagagliaio.»

A Paolo si ferma il cuore.

Le voci si sovrappongono.

«Allo stremo, con difficoltà respiratorie ma vivo.»

«La Kapsa è uscita di strada, sembra per un malore, ha preso il marciapiede. La gomma è scoppiata e ha dovuto chiamare il carro attrezzi.»

«Un'altra mezz'ora e il suo ragazzino non ce l'avrebbe fatta.»

«Dov'è, dove l'hanno portato?»

«Al Bambin Gesù, qui, a Palidoro. È stato fortunato.»

«E la Kapsa?»

«Al comando. La stanno interrogando.»

La risposta è inghiottita dall'urlo di un'altra sirena. Gomme che stridono sullo spiazzo del casale, frenate che sollevano e sparano una gragnuola di sassolini contro la porta. Un'ambulanza, seguita da una volante con Carlo Cima e Marco Sinni a bordo.

Il commissario non sta nella pelle.

«Bibo. Nel bagagliaio della macchina di questo bastardo. Vivo, tutto intero!»

Ernesto Lenna è pallido, ha gli occhi lucidi. Lo stanno medicando.

Né Cima né Sinni hanno accennato agli uomini dell'arma che a Rosato è stata tolta l'indagine. Paolo ha incassato con soddisfazione la loro solidarietà.

«Non dovresti essere qui.»

«Venite.»

Rosato precede i due colleghi nello studio. Prende la tela dell'*Amorino dormiente* e l'appoggia sulla scrivania. Con l'indice disegna un cerchio sull'addome. Li guarda trionfante.

«Senza parole, eh?»

Sinni scrolla le spalle.

«Secondo te è il tassello mancante?»

«Aggiungici la ricevuta dei cinquecento euro firmata da Ernesto datata giovedì, quando il professore è stato ammazzato. E tieni questa» termina Rosato, consegnando la pistola.

Sa bene di essersi compromesso e ficcato in un guaio enorme dalle conseguenze inevitabili per aver sparato a Ernesto Lenna. La parte peggiore arriverà tra poco. Il confronto con Balleri. La deposizione davanti alla commissione d'inchiesta. La probabile sospensione, chissà per quanto, dal corpo di polizia.

Il cellulare di Marco Sinni si fa sentire. Quando chiude la veloce comunicazione il poliziotto è contrariato.

«Rosato, Balleri ti vuole a rapporto.»

«Devo andare da mio figlio.»

«Il capo dice subito.»

«Devo pensare a mio figlio.»

«Vuoi rovinarti?»

«Lenna ha mentito su giovedì sera, Bibo era nel bagagliaio della sua auto e sono sicuro che il corpo di Mirko Roibu è qui, da qualche parte.»

Sono arrivati gli uomini della Scientifica, scaricano gli strumenti per i rilievi. Ernesto è imbracato sulla lettiga. A vederlo disteso, pallido e spaventato, sembra un pulcino, troppo fragile fisicamente, psichicamente ed emotivamente per aver compiuto un'impresa di quella portata. Anche ammettendo che una mente perversa e malata possa ampliare a dismisura l'energia e centuplicare le forze di un essere umano.

«I colleghi hanno sentito Sandra?» chiede Rosato a Cima non appena l'ambulanza parte.

«Sì. Dice che è arrivata qui ieri pomeriggio. Non sapeva niente di Bibo e del professore. Gliel'ha detto Lenna. Aveva dimenticato il cellulare a casa. Stamattina prima delle sette è andata a cercare un bar per telefonarti. Era tutto chiuso, è arrivata sull'Aurelia.»

«Pazzesco. Ci siamo incrociati sulla Braccianese senza saperlo. Lei andava, io venivo. E la chiamata da sconosciuto era sua.»

«Ascoltava il notiziario e quando ha sentito di Bibo per lo choc ha perso il controllo, è finita contro il marciapiede.

Hanno chiamato il carro attrezzi e si sono accorti di tuo figlio.»

«Perché aveva la macchina di Ernesto?»

«La sua non partiva.»

«Quindi sarebbe tornata qui.»

«No. Dice che voleva farsi portare alla stazione per rientrare a Roma.»

«Lui l'ha lasciata libera di muoversi. Perché?»

Ci arriva subito, per quanto gli scotti anche solo pensarlo, quando già la risposta di Sinni è partita.

«Credeva di averla conquistata. Hanno passato la notte insieme.»

«Basta!»

Paolo ha alzato la voce. Le teste dei presenti si voltano.

«Andiamo. Non c'è altro da fare per noi qui, al momento.»

Rosato si infila sul sedile posteriore della volante dove solitamente siedono i fermati. Troppo doloroso immaginare Sandra nel letto di Ernesto. Pensa con una stretta al cuore alla sciarpa di Sandra, al loro pegno d'amore abbandonato nel fango tra i filari di querce.

Dario Balleri è stringato come al solito, però evita i toni taglienti e non passa in rassegna i fatti che hanno portato Rosato ad agire in barba alle consegne. È semplicemente perché il commissario si è spinto troppo in là e si è scavato la fossa con le sue stesse mani, sollevando il capo dell'investigativa da ogni responsabilità. Certo Balleri non si rammarica vedendo il gesto rassegnato e impotente col quale il commissario prende visione e firma per accettazione il documento che lo sospende in via cautelativa dal servizio.

«Il referto medico del fermato parla di lesione muscolare, legamenti rotti. Avrà difficoltà a recuperare la deambulazione. Non potremo impedirgli di farti causa se il suo avvocato glielo consiglierà e figuriamoci se perderà l'occasione nella posizione in cui si trova. Cima mi ha relazionato sul vecchio rapporto a mia firma che avete recuperato per l'incidente di Michele Lenna. È vero, all'epoca con Leonardo Lenna ero in buoni rapporti e mi chiese di intervenire con suo figlio. Voleva fargli capire in che guai si stava cacciando frequentando gruppi eversivi. Feci uscire la pattuglia. Cosa successe lo sai e capisci anche perché non ne feci cenno nel rapporto. Il professore non potrà confermare la versione dei fatti ma andò così. Il capitolo è chiuso.»

Eh no, caro mio, la partita non finisce qui, pensa Rosato mentre raccoglie le cose nella sua stanza, non te la cavi così, pezzo di merda! La gente non cambia e i bastardi restano bastardi tutta la vita. E tu sei un bastardo. Il fermato vuole farmi causa? Me la faccia. So che stai continuando a proteggerlo e mi chiedo perché. Intanto però dovrà fornirci un alibi valido e raccontarci parecchie cose. Prima fra tutte come c'è finito Bibo nel bagagliaio della sua Panda.

Il calvario di Bibo è durato meno di quarantotto ore ma quando lo rivede in ospedale a Paolo sembra sia passato un secolo. Ha la faccina smunta, la voce afona, gli occhi cerchiati. Il pulcino tornerà a casa tutto intero, anche se la sua carne è stata morsa da un rapace.

Al momento non ricorda nulla ma l'esito degli esami è stato confortante. Bibo non ha subito violenza. Non è stato picchiato. È disidratato e confuso per lo stato di sonnolenza persistente. Le analisi del sangue e delle urine hanno stabilito che è stato drogato con LiquidX, il gamma-hydroxybutyric acid, cioè il GHB, che si compra facilmente in internet, la droga dello stupro, usata anche nelle frodi e nei raggiri, quando serve avere la vittima fuori uso, incapace di difendersi e di chiedere aiuto o anche solo di accorgersi di quanto sta avvenendo. Bibo era prigioniero in attesa del peggio che, grazie a Sandra, è stato scongiurato. Ci vorrà del tempo ma tornerà quello che era, hanno detto i medici. I ragazzini hanno straordinarie capacità di recupero. Intanto bisogna monitorarlo costantemente perché possono manifestarsi fenomeni di rimbalzo, a causa dell'assunzione della droga.

Jessica non lo lascia un istante. Hanno dato dei calmanti anche a lei.

«Dovranno interrogarlo» le dice Paolo. «Ho chiesto che sia Cima. Bibo lo conosce e si sentirà protetto. Verrà anche uno psicologo. Lo faranno disegnare. Si fa così con i ragazzini. Non preoccuparti, Jessica. Io vi starò vicino.»

«Grazie.»

Ha l'aria dimessa, sfibrata.

«Come stai?»

«Bene adesso. Davvero.»

«Che mi dici della tua faccenda... Non ne abbiamo più parlato ma ora devo chiedertelo, devo sapere. Eri davvero incinta o ti sei inventata tutto?»

Jessica lo guarda con una luce di rammarico negli occhi.

«Sì. Penso di sì.»

«Pensi di sì cosa?»

«Che ero incinta.»

«Non sono cose che si pensano queste. Sono o non sono, Jessica. Te lo chiedo per l'ultima volta, non cambia la mia decisione, ma cambia parecchio dentro di me. Devo sapere chi sei perché anche se siamo stati sposati e abbiamo un figlio, ancora non l'ho capito fino in fondo. È importante perché sei la madre di Bibo e avrò sempre a che fare con te in un modo o nell'altro ma devo sapere come comportarmi. Per il bene del piccolo prima che per il nostro. Rispondimi sinceramente: eri incinta o era solo cattiveria?»

«Io... speravo... così tornavi.»

«Bugie ne diciamo tutti, con il lavoro che faccio ne sento di continuo. È che ci sono bugie innocenti e bugie moleste. La tua è stata velenosa.»

Jessica tace.

Paolo sa per esperienza che la felicità è spesso una condizione di facciata in una famiglia. Ora che lo tsunami è passato bisogna ricostruire partendo dalle macerie. Se lasciasse la divisa, dovrebbe inventarsi un nuovo lavoro, ricominciare. Con Bibo certamente. Anche con lei? No. A essere sincero aspetta solo che Jessica e Bibo tornino a casa per correre da Sandra. Non vede l'ora di incontrarla, di spiegarle tutto, di chiederle perdono, di ringraziarla e di stringerla tra le braccia se lei glielo permetterà. Bibo può restare a vivere con sua madre. Meglio non metterlo davanti a una scelta difficile almeno per un po'.

Guarda Jessica che accarezza la fronte al figlio e pensa con un certo sollievo che da quel momento, con un po' di buona volontà, mettendosi entrambi d'impegno potranno fare un falò degli equivoci e venirsi incontro.

Parcheggiare in via delle Fornaci è insieme straziante e consolatorio per Paolo. Passando sotto le finestre di casa ha gli occhi incollati a quelle dell'appartamento di Sandra che cominciano dove finiscono le sue. Vederle illuminate e sapere che la porta di casa di lei si aprirà per farlo entrare gli dà una scarica di adrenalina.

Le ha telefonato dicendo che, anche se ormai è fuori dall'indagine, deve chiederle molte cose, c'è di mezzo Bibo e lei gli ha semplicemente risposto: «Ti aspetto». Una telefonata formale, strano per loro due ma gli ultimi avvenimenti hanno segnato un punto che potrebbe essere di non ritorno e ci vuole cautela.

Sandra è uscita da poco dalla doccia, profuma del bagno schiuma che Paolo conosce bene e ama. Ha i capelli ancora umidi, indossa camicia e pantaloni neri che la slanciano.

Paolo ha l'aria del soldato che torna dalla trincea e rivede la casa, i suoi cari che temeva di non rivedere più. L'abbraccio scatta automatico, immediato, prolungato e confortante.

«Bibo è salvo, è salvo!» ripete Sandra.

Paolo la allontana da sé tenendola per le spalle in modo da guardarla diritto negli occhi e finalmente può dirle quello che gli sta a cuore.

«Jessica non è incinta.»

L'attrae di nuovo a sé e la stringe, glielo ripete tra i capelli, tutto d'un fiato e poi le riempie la faccia e il collo di piccoli, rapidi baci come se volesse pulirle la pelle da tutte le tossine degli ultimi avvenimenti. E intanto ride e anche se non vorrebbe qualcosa si spezza nel suo petto e scoppia a piangere. Sandra lo lascia piangere, non dice niente.

E mentre piange Paolo si dice che la felicità come le cose buone entra da una fessura, da una porta sul retro, in punta di piedi e bisogna saperla aspettare con cuore contento e lui ce la metterà tutta per essere un uomo migliore perché ha molto da darle e vuole e può dimostrarglielo.

È strano ritrovarsi. Sono successi fatti gravissimi, la loro stessa vita è cambiata insieme a quella di altre persone, è passata un'eternità da quando lei l'ha buttato fuori casa, eppure sembra che siano passati solo cinque minuti dall'ultima volta che si sono visti.

Sandra ha urgenza di parlargli di Ernesto. Il ritrovamento di Bibo nel bagagliaio della Panda l'ha scossa profondamente.

«Quando sono arrivata al casale Ernesto era molto provato. Avevo intenzione di tornare subito a Roma anche perché avevo dimenticato a casa il cellulare. Voleva farmi vedere il posto e mi ha invitato a bere un caffè. Poi è scoppiato il temporale, allora abbiamo cenato e...»

«Sì, lo so.»

«No, non sai, io...»

«So cosa vuoi dirmi. Vuoi parlarmi di quello che è successo tra voi. Non serve.»

«Ma...»

«Niente ma. Io so solo che stare con te gli ha impedito di concludere in malo modo con Bibo. Hai salvato mio figlio, Sandra. Non ti sto dicendo che mi è indifferente che tu sia andata a letto con lui. Al contrario. Ma devo accettarlo. Da quando ho cominciato a occuparmi di Mirko Roibu un'onda nera, come una marea di petrolio, ha invaso la nostra vita. Non c'è niente da fare, il male ti contagia.»

«Continuo a chiedermi quando Ernesto può aver messo Bibo nel portabagagli. Siamo stati tutto il tempo insieme. Può averlo fatto solo dopo che sono crollata. Non mi sono accorta di niente. Ero confusa. Avevo bevuto. Non è una giustificazione, solo che non sono abituata a bere così tanto.»

"Forse ha messo nel tuo vino del GHB" vorrebbe dire Paolo, invece: «L'ha fatto quella notte. Probabilmente mentre tu dormivi. Bibo aveva i vestiti bagnati, aveva piovuto forte».

«Perché Bibo?»

«Aveva bisogno di un altro bambino a disposizione.»

«Quando mi ha mostrato l'*Amorino* anch'io ho pensato alle mani mozzate e mi sono ricordata del fiocco, dei capelli, ho messo insieme tutto, vico Jugario, Santa Maria del Popolo. Avrei voluto chiamarti ma non avevo il cellulare. Però, credere che Ernesto abbia ucciso Mirko, gli abbia mozzato le mani, strangolato la povera Gina, trafitto suo nonno, rapito Bibo mi sembra tanto, troppo. Ernesto è timido, introverso, non me lo figuro come genio del male.»

«Lo stai difendendo?»

«No. Dico solo che conoscendolo mi sembra impossibile.»

«Eppure Bibo era nel bagagliaio della sua auto. E sarebbe morto se tu...»

Sandra gli mette un dito sulle labbra.

«Zitto. Non dirlo. Non è successo.»

«Ernesto potrebbe anche non aver agito da solo, essere complice di qualcuno più forte, di cui subiva il potere.»

Sandra ricorda all'improvviso la figura intravista tra le fronde al casale.

«Al casale, durante il temporale ho visto qualcuno tra le fronde del giardino. Aveva un mantello e un cappuccio in testa. Ci spiava. È stato un attimo, ma non credo sia stata la mia immaginazione.»

«Se c'era qualcuno lo scopriranno dalle tracce, anche se col temporale non sarà facile. Passeranno al setaccio la tenuta, la vita dei Lenna, l'attività del professore, le sue conoscenze, le sue pazienti, i loro uomini, un sacco di roba, ci vorrà tempo.»

«Ed Ernesto?»

«Per ora è piantonato in ospedale. L'hanno operato,

per fortuna il proiettile ha preso la fascia muscolare, non le ossa. Tornerà a camminare.»

«Se ti fa causa?»

«Che la faccia, non me ne frega niente. Bibo è salvo, tu sei salva, è questo l'importante.»

«E una volta dimesso?»

«Va in carcere. È imputato per tentato omicidio e rapimento di minore. Aspetterà il processo. Dovrà spiegare anche perché ha mentito dicendo che non era sul luogo del delitto il giovedì che suo nonno è stato ucciso. Sappiamo con certezza che è passato a vico Jugario perché Leo aveva nel portafoglio la ricevuta firmata da Ernesto con la data di quel giorno. Le sue deposizioni saranno acquisite agli atti. Non gli mancano i mezzi per scegliere dei bravi avvocati.»

«L'*Amorino* non l'aveva ancora portato a Leo. Il quadro era al casale.»

«L'abbiamo trovato e ho visto la dedica.»

Sandra non ha il coraggio di replicare. A che serve dire a Paolo che non l'ha accettato come regalo? Tutta quella brutta storia causerà un grosso dispiacere a Paolo in corso di dibattimento, in tribunale.

Abbiamo ripreso a vivere nei due appartamenti contigui in via delle Fornaci.

L'esperienza che abbiamo attraversato ci ha uniti, anche se il nostro stare insieme ora è diverso. Certi giorni siamo straordinariamente silenziosi. Passiamo le serate in casa, io correggo relazioni per convegni e incontri, Paolo cerca di appassionarsi a un thriller, o, per allenare la mente, s'impegna in cruciverba e rebus. Ci prova, perché spesso resta con il libro aperto, una mano appoggiata alla pagina per tenere il segno e lo sguardo incollato alla parete.

So che sta camminando altrove con la mente e credo di sapere dove: tra i filari dei limoni e dell'aranceto del casale di Ernesto Lenna. L'ammiro per la sua tenacia e l'amo ancora più appassionatamente di prima, ma con maggior discrezione. Non ho più l'esasperata necessità di essere rassicurata dalle sue carezze. Adesso so che non c'è carezza che arrivi a toccare l'anima. E oggi Paolo non risponderebbe indiscriminatamente *sì* a qualunque mia richiesta, spero tuttavia che non si addentri troppo a lungo e profondamente nel territorio del dolore, dove a ogni passo si incontrano labirinti e ci si può perdere.

Spesso Bibo viene da noi e resta a dormire. Io cucino. Vado sul sicuro, spaghetti al limone, saltimbocca alla romana, polpettine al pomodoro. Cucina casalinga, non stellata.

Cima e Sinni sono andati un paio di volte a interrogare Bibo insieme a uno psicologo. Presenti i genitori, sono riusciti a ricostruire i fatti almeno in parte. Il bambino era sgattaiolato da solo dal supermercato. Aveva visto una moneta da due euro luccicare per terra (forse l'esca del rapitore?) si era chinato a raccoglierla. Quando si era rialzato, una stoffa bagnata e puzzolente gli aveva tappato bocca e narici e lui si era addormentato. Aveva dormito tanto anche se i cerotti sulla bocca e sugli occhi gli facevano prurito e si vergognava a fare i bisogni perché c'era un signore con lui che gli diceva di sbrigarsi. Non lo vedeva ma sentiva la sua voce. Per il resto dormiva sempre. Si era risvegliato al Bambin Gesù, con un medico che gli sorrideva e gli diceva di non avere paura e poi aveva vomitato tanto. No che non aveva avuto paura, era stato molto contento quando gli avevano tolto i cerotti perché la pelle intorno agli occhi e alla bocca gli bruciava, come se avesse il fuoco sulla faccia. Non ricordava altro.

A volte tornando a casa la sera, trovo il piccolo e suo

padre acciambellati e addormentati in poltrona, Bibo in braccio a Paolo che lo tiene stretto e russa leggermente perché gli pesa sullo stomaco. Allora li copro e abbasso le luci, siedo in poltrona e resto a guardarli.

Paolo ha deciso che nessuno di noi suonerà più il campanello per annunciare che arriva. Concediamoci questa libertà, ha detto, come intendendo: la libertà di stare insieme, di averlo scelto e accettato con tutti i rischi che comporta.

Andiamo avanti così, senza programmi, la fune del tempo continua a tenere legato Paolo a quello che non ha saputo o potuto risolvere. E l'amore per me non basta a scioglierlo. Per ritrovare la pace dobbiamo aspettare che le offese e le piaghe dell'anima si rimarginino saldamente, sperando che non si riaprano.

Ho comprato frutta e verdura dall'egiziano sotto casa anche per Paolo e vado a portargliela. Infilo la chiave nella toppa e lui che mi ha sentita viene ad aiutarmi a svuotare la busta.

«Hanno setacciato il casale anche con i cani molecolari ma non hanno trovato tracce né di Bibo né di Mirko Roibu. Non si riesce a stabilire quando Bibo è finito narcotizzato nel bagagliaio. Fosse dalla sera prima Ernesto dovrebbe avere un posto segreto in aperta campagna. Forse ha "ritirato" Bibo rientrando dall'obitorio e a notte fonda o addirittura all'alba, mentre tu dormivi, è andato a rafforzare la dose di droga per... non farmelo dire. Una volta andata via tu, avrebbe avuto tutto il tempo di far sparire Bibo, come avrà probabilmente fatto con Mirko.»

«Ma Bibo era vivo!»

«Probabile che fosse un calcolo o forse Lenna ha sbagliato la dose per difetto, oppure aveva esaurito le scorte, forse la tua presenza l'ha disturbato, oppure Bibo ha un'eccezionale resistenza alle droghe.»

«Un miracolo. Oppure Ernesto ha capito il male che stava facendo e si è pentito.»

«Figurati. Non succede mai. Un killer non ha sentimenti come noi comuni mortali. Non ha neanche un'anima. Se riempie di droga un bambino perché ha deciso di farlo a pezzi non è per pietà, per non farlo soffrire, ma perché non dia fastidio.»

Ho un lungo brivido. Incrocio le braccia e mi stringo nelle spalle.

C'è una chiamata al cellulare di Paolo. È Cima. Paolo mette in viva voce.

«Scusa commissario, solo per informarti. Si è presentato di nuovo l'allenatore, quel Leri...»

«Be'?»

«Dice che la Tugucenau è disperata. Insiste per seppellire il bambino nella sua città, in Moldavia. Voleva parlare con te. Gli abbiamo detto che non c'eri e per il funerale è presto. Ti fa sapere che è contento che tuo figlio si è salvato.»

«Okay, okay. Novità?»

«No. Siamo fermi. Il giudice ha interrogato Ernesto Lenna che si è avvalso della facoltà di non rispondere. Da Leonardo Lenna c'è un'infinità di impronte. Il cameriere indiano ci è molto utile ma finora amici e conoscenti interrogati hanno un alibi o è evidente che non c'entrano per niente. Stiamo setacciando le pazienti del professore, i loro mariti e amanti. Ma navighiamo in acque profonde, il tempo è contro di noi e non abbiamo una sola impronta parlante sull'arma del delitto. Non troviamo acquirenti di parrucche che abbiano pagato con carte di credito o bancomat. Quello che abbiamo appurato è che Ernesto e Leonardo

Lenna si odiavano, tra loro c'era una questione di soldi. Sai com'è nelle famiglie: ci si ammazza anche per gli spiccioli. Abbiamo sentito di nuovo Dominic Puyol. Non ci è sembrato addolorato per il cognato e neppure preoccupato per il nipote. Però è efficiente. Si occuperà lui del funerale. Con Ernesto condannato, diventerebbe amministratore e curatore dei beni dei Lenna, terreni, appartamenti, il professore ne aveva altri in città oltre a quello dove viveva a vico Jugario, e le quote di Leo della Biomedical.»

«Tracce dei dvd?»

«Porcherie snuff. Torture, ammazzamenti di minorenni asiatici, niente che chiami in causa chi sai. Balleri ha deciso di scindere l'indagine, i tempi inevitabilmente si allungheranno. Se consideriamo la tempistica della legge... Un avvocato, Nicola Cremisi, che curava gli interessi dei Lenna è venuto a cercarti. Pare che Leonardo Lenna gli abbia chiesto un consiglio. Il nipote pretendeva di vendergli la sua quota della tenuta e del casale.»

«Non è di Ernesto?»

«No. Leonardo aveva il cinquanta per cento.»

Sandra fa segno di sì con la testa: dice a Paolo che lei lo sapeva. Ernesto glielo aveva detto. Ma non le era sembrato così importante da riferirglielo.

«Quindi Ernesto ha mentito anche su questo.»

«Il nipote chiedeva una liberatoria, pare avesse un compratore, oppure che Leo gli liquidasse la sua parte anche a un prezzo inferiore del mercato. Gli servivano soldi. Parecchi.»

«Per fare cosa?»

«Dice che aveva incontrato una donna e voleva andare a vivere con lei a Bahia, in Brasile. Ovviamente il professore non era d'accordo, pare che Ernesto sia diventato insistente arrivando a minacciarlo. Potrebbe essere il movente. Balleri ha ventilato l'ipotesi che il nipote sia andato lì quella sera per convincerlo a vendere ma sia riuscito solo a ottenere i soldi per *l'Amorino dormiente*. Hanno litigato, Ernesto ha perso la testa.»

«Pensavo che Balleri volesse proteggere Ernesto. Forse mi sbagliavo. Cosa gli ha fatto cambiare atteggiamento?»

«Ti giuro che a me e a Sinni ci sta facendo diventare pazzi. Chiede continuamente riscontri sul nostro operato.»

«Chi è questo compratore?»

«Ancora non lo sappiamo, Ernesto tiene la bocca cucita ma se esiste ci sarà un appunto, una nota tra le sue carte al casale, anche se servirà a poco visto che la trattativa non è andata avanti. Ti aggiorno.»

«Okay Cima. E grazie.»

Mentre ascoltavo ho messo le zucchine in una casseruola sfregando via con cura la buccia per calmare la mia visibile agitazione.

Le braccia di Paolo mi circondano la vita. Abbandono la testa all'indietro sul suo petto e faccio un respiro profondo.

«Povero Ernesto.»

«Povero Ernesto? Lo compatisci? Un assassino.»

«Non lo compatisco, è che ancora non credo che abbia una natura tanto perversa. Provo pietà per lui. La provo per tutti i malati di mente, assassini o meno. Evidentemente Ernesto è fortemente disturbato. Fin da piccolo ha perduto persone importanti. Non ha avuto punti di riferimento positivi. Se siamo sinceri, suo nonno era più colpevole di lui. Se il suo difensore chiede una perizia psicologica sarei contenta di propormi.»

«C'entri qualcosa tu con Bahia?»

Mi sciolgo dalla stretta. Mi giro verso Paolo e lo fisso occhi negli occhi.

«Gli ho detto una volta che odio il freddo e mi piacerebbe vivere in un posto dove l'estate è eterna. Tipo Bahia, appunto. Mai e poi mai avrei immaginato che lui ci costruisse sopra un progetto. Perlomeno nella testa.»

«La passione esagera tutto, per questo è passione.»

«Non consideri che è ancora un ragazzo. Mi spiace di aver incoraggiato le sue illusioni, le passioni portano in sé la loro punizione che è quella di non durare e la sua, per me, l'ha aiutato a perdersi.»

Paolo si china a baciarmi sulla fronte con tenerezza.

«Non è sempre così. Dovresti saperlo. La mia passione per te mi ha salvato.»

23

Un tesoro sull'argine

I giorni sono trascorsi senza portare novità.

Il salvataggio di Bibo in tempo record, il fermo di Ernesto Lenna grazie al commissario Rosato, finito però sotto inchiesta per i suoi metodi violenti, e il mistero che ancora avvolge il mancato ritrovamento del corpo del piccolo Mirko, continuano a tenere alto l'interesse dei media.

Ora che è parcheggiato in Purgatorio, come chiama il tempo d'attesa del processo per l'abuso consumato nei confronti di Ernesto Lenna, Paolo Rosato si sfoga camminando. O, come dice lui, peregrinando per la città. A volte fa chilometri sulle banchine dei lungotevere, quella di sinistra lo attira di più perché ci batte il sole fino al tramonto, mentre l'altra è in ombra già a fine mattina. Qui i senzatetto hanno allestito i loro ricoveri, all'ora di pranzo tirano fuori pentole smanicate e vari arnesi da cucina. Sono veri e propri insediamenti che punteggiano le arcate dei ponti a perdita d'occhio da nord a sud, salvo i segmenti dove la vegetazione è selvaggia e topi, piccioni, gabbiani e lucertole la fanno da padroni. Non è certo come stare in campagna, il fiume marrone puzza tremendamente se tira vento, ma si ha l'impressione che la città con tutti i suoi problemi sia lontana e si possa stare quieti.

Oggi Paolo ha raggiunto l'argine da ponte Principe Amedeo d'Aosta. Conosce di vista il ragazzo pieno di tatuaggi e *piercing* che ha scelto quel tratto di fiume come bivacco. Deve aver pranzato a giudicare dalle cartacce ammonticchiate a ridosso dell'arcata e se ne sta sdraiato su un materasso a godersi lo scampolo di sole. Nel superarlo, Paolo gli fa un cenno di saluto. Giorni addietro gli ha allungato anche una banconota da dieci euro. Il ragazzo lo riconosce all'istante e si rizza sul busto con un sorriso bello quanto gli permette la corona dei denti presenti.

Paolo gli si ferma davanti.

«Come te la passi?»

Il ragazzo si scherma gli occhi con una mano per difendersi dal sole.

«Bene, amico, bene.»

Un riverbero gli brilla al collo. È un ciondolo.

Una vecchia chiave, sormontata da un cavalluccio marino d'argento.

Paolo sente il sangue affluirgli alle guance.

Impossibile che si sbagli: quello è il ciondolo che portava al collo Gina Senzatetto, lo stesso con cui molto probabilmente è stata strangolata.

«A chi l'hai rubato?»

«Questo?» il ragazzo lo palpeggia con la punta delle dita. «Mica l'ho rubato. L'ho trovato.»

«Dove?»

«Laggiù.»

Indica vagamente la banchina verso sud.

«Si trovano tante cose sugli argini. La gente non guarda mai dove mette i piedi. Roba di valore.»

Di valore. Quando le parole hanno significato, pensa Paolo.

«Me lo vendi?»

«Scherzi? È il mio portafortuna.»

Paolo si cava di tasca il portafoglio. Toglie una banconota da cinquanta euro. La fa dondolare al vento.

Il ragazzo si sfila lesto il ciondolo, lo consegna a Paolo e afferra la banconota. Deve pensare che è la sua giornata fortunata perché un sorriso compiaciuto gli allarga la bocca. Se vedesse l'espressione trionfante di Paolo che sale quattro a quattro gli scalini, senza neanche tapparsi il naso per non respirare la puzza di piscio, si renderebbe conto che l'affare l'ha fatto il commissario.

Una volta guadagnato il piano stradale, Rosato resiste alla tentazione di chiamare Cima. Vuole prima vederci chiaro e va direttamente all'istituto di Medicina legale.

Belfiore è in pausa pranzo. Paolo siede ad aspettarla sul muretto di fianco all'edificio.

Osserva il ciondolo. È quello, ne è sicuro. Quando avevano tirato fuori dalla Cloaca Maxima Gina Senzatetto il gioiello era sparito ma aveva lasciato un solco rosso scuro intorno al suo collo. Era da lì che l'anima di quella poveretta era uscita.

Quel ciondolo vale tantissimo sul piano investigativo.

Carmen Belfiore non è per niente contenta di vedere Paolo.

«Dovresti stare lontano da questo posto, almeno finché non sei stato sentito dal giudice. Ti ostini a incasinarti la vita.»

Però la sua faccia s'illumina quando il commissario le mostra il ciondolo.

«Dove cazzo l'hai trovato?»

«Ce l'aveva un tizio che vive sulla banchina del Tevere sotto il ponte Principe Amedeo. Quella di sinistra dove c'è la Cloaca Maxima. Se è quello che cerchiamo abbiamo avuto fortuna. L'assassino deve averlo lanciato nel fiume.

Credeva che andasse a fondo ma è leggero, ha galleggiato e l'onda l'ha riportato a riva.»

«È stato a mollo nelle acque marce del fiume. Non sembra rovinato. Si sarà impigliato in qualche rovo.»

«Auguriamoci che ci sia qualche tessuto biologico, magari l'aggressore si è ferito mentre glielo stringeva al collo o glielo strappava via.»

«Non posso tenere nascosti i risultati a lungo. Dal laboratorio qualcuno avviserà direttamente Marco Sinni, cioè Balleri.»

«Telefonami appena li hai.»

«Mi spiace ma quello che abbiamo trovato sotto le unghie di Mirko Roibu è terriccio comune. Può essere di qualunque giardino, il parco di una villa romana, un terreno dentro o fuori città. Forse è precedente al momento in cui è stato sequestrato.»

La telefonata di Carmen Belfiore arriva la sera stessa.

«Ci siamo. Avevi ragione. È l'arma del delitto. Il cordoncino è penetrato in profondità nel collo di Senzatetto, conserva tracce dei suoi resti biologici insieme con altre tracce, evidentemente di tutti quelli che hanno avuto contatto con il reperto in seguito. Siamo fortunati. Ci sono anche tracce di sangue che non è di Senzatetto, quindi potrebbe appartenere all'assassino.»

«Si sarebbe ferito? E come? Senza dubbio portava i guanti.»

«Forse Senzatetto l'ha morso mentre lui le stringeva il cappio al collo e lui non si è accorto della lacerazione. Forse se n'è accorto dopo ma ormai aveva gettato via il ciondolo e non ha avuto modo di recuperarlo o semplicemente non l'ha più trovato. La notizia bomba però è un'altra. La scoperta è troppo clamorosa, devo informare subito Balleri.»

«Dilla intanto a me.»

«Riguarda il sangue sul cordolo e quello di Ernesto Lenna.»

«Sarebbe?»

«L'analisi comparata dei profili genetici isolati ha dato esito negativo. Ma il sangue, negativo al cromosoma Y di linea paterna, rivela una perfetta sovrapponibilità con il dna mitocondriale, cioè di linea materna. Statisticamente, la probabilità che si presenta con valore superiore a 1 su 1012 soggetti (cioè 1 su 1012 miliardi) equivale in pratica alla certa unicità del profilo e, di conseguenza, all'identificazione assoluta del soggetto.»

«Lascia stare il linguaggio genetista che non ci capisco niente, Carmen. Mi stai dicendo che hai accertato nelle tracce di sangue che hai isolato sul cordoncino il profilo genetico di una persona compatibile in linea materna con quello di Ernesto Lenna?»

«Esatto.»

«No, no, aspetta un momento.»

Paolo Rosato è scattato in piedi.

«E di chi?»

«Di un suo fratellastro, evidentemente. Figlio della sua stessa madre.»

«Stai dicendo che Adele Foglia ha avuto un altro figlio, oltre a Ernesto?»

«Sì. È così. Non con il padre di Ernesto. Con un altro uomo.»

Paolo Rosato ha chiesto alla coppia Cima-Sinni di raggiungerlo a casa per ragguagliarlo sul nuovo interrogatorio cui è stato sottoposto Ernesto Lenna dopo la scoperta del medico legale. La novità, scoppiata come una bomba e tenuta segreta alla stampa, ha messo a soqquadro l'intera questura perché apre uno scenario nuovo sull'indagine.

Siedono al tavolo del soggiorno, le sigarette accese.

«Ragioniamo» dice Cima. «Ernesto continua a dichiararsi innocente. Non sapeva di Bibo nel bagagliaio e quando gli abbiamo detto che ha un fratellastro a momenti gli prendeva un colpo. Se recita merita l'Oscar. A questo punto non credo che abbia qualcosa di utile da dirci.»

«Cioè secondo te è sincero quando dice che non sa niente.»

«Mi dà l'idea di uno che cerca protezione. È come sperduto, disperato, è guardato a vista ventiquattr'ore su ventiquattro. Dice che vuole morire.»

«Si può capire, Sinni,» dice Cima «la ricevuta dei cinquecento euro e la mancanza di un alibi per l'ora del delitto di Leo sono solo prove indiziarie. Però Bibo era nel bagagliaio della sua Panda e l'accusa di tentato omicidio tiene.»

«Dobbiamo riconoscere che niente quadra,» Rosato spegne l'ennesima cicca nel posacenere «il movente non è chiaro, le equazioni non tornano. Tutti noi sappiamo che, a dispetto dell'impegno, della buona volontà e delle capacità individuali e di gruppo, senza l'ausilio della fortuna un'indagine può avvitarsi su se stessa, restare ferma o trascinarsi insoluta all'infinito. Abbiamo gli archivi pieni di casi irrisolti, corpi mutilati e scorticati sepolti dietro un muro di silenzio, avvolti in decennali cortine di polvere che non posa mai.»

«Io non desidero encomi e medaglie,» precisa Cima «solo fare un lavoro pulito, stilare un rapporto in cui i come e i perché trovino la loro ragion d'essere, riuscire a dare nome e cognome con certezza all'assassino o agli assassini di modo che le vittime e i loro parenti possano trovare pace.»

«Okay. Procediamo per gradi. Abbiamo l'assassino di Senzatetto. Un fratellastro di Ernesto Lenna. Dobbiamo solo capire chi è.»

«*Il* fratellastro, non *un* fratellastro» precisa Rosato. «Secondo il rapporto a firma Balleri, all'epoca dell'incidente di Michele Lenna, Adele Foglia aveva ventisei anni ed Ernesto, il loro bambino, quattro mesi. Dominic Puyol e lo stesso Leo Lenna ci hanno confermato che la ragazza è stata falciata da un'overdose nei primi giorni dell'85. Quindi a ventinove anni. Difficile che avesse avuto un figlio da qualcun altro nei tre anni successivi la morte di Michele, soprattutto se nel frattempo era diventata tossicodipendente. Più probabile che questo figlio l'abbia avuto prima, durante il periodo politicizzato, magari da un compagno di lotta. Il fratellastro dovrebbe essere più grande di Ernesto, anche se non di molto. Dobbiamo scoprire se è stato riconosciuto dal padre naturale e porta il suo cognome oppure si chiama Foglia come Adele. Viveva con la coppia quando Michele è morto? Perché i Lenna, Leonardo e Nadine, non l'hanno adottato insieme a Ernesto quando la madre è morta? Dov'è finito? Con chi è cresciuto? Perché né Leo Lenna né suo cognato, Dominic Puyol, l'hanno menzionato quando li abbiamo sentiti? Eppure devono sapere che esiste. Ernesto sa? I due si conoscono?»

«E se agissero di comune accordo?»

La battuta di Carlo Cima fa calare un silenzio pesante. Sinni resta seduto, Cima e Rosato si alzano e fanno qualche passo nella stanza, come sperando che con il movimento un'idea si affacci alla loro mente.

Paolo si accende una nuova sigaretta nel momento in cui Sandra arriva con una caffettiera fumante.

«Dobbiamo trovare questo fratellastro, prima possibile.»

«Forse non vive in Italia, forse è morto.»

«Negli schedari non abbiamo trovato niente su Adele Foglia, figurarsi su un figlio di cui non sappiamo neanche il nome.»

«Perché non provate a cercarlo in rete?» dice Sandra.

«Una gran perdita di tempo. Chissà quanti Foglia ci sono.»

«Voglio dire perché non create un profilo di Adele Foglia su Facebook.»

Le teste dei tre poliziotti si voltano all'unisono verso di lei.

«Un profilo di *quella* Adele Foglia, con data di nascita e morte, incidente con Michele Lenna, ultimo indirizzo noto, chiunque la conosceva resterà colpito di trovare il suo profilo sui social a distanza di tanto tempo. Si chiederà chi c'è dietro, magari abbocca e si fa vivo.»

Anche Sinni scatta in piedi.

«Geniale Sandra, ma certo! Un cavallo di Troia! Forza, Sinni incarica qualcuno dell'ufficio informatico di mettersi al lavoro.»

Una settimana dopo essere nato e messo in rete, il profilo di Adele Foglia parla.

È una tale Giannina Lócri a chiedere l'amicizia.

Sessantadue anni, romana, estetista. È single e posta in rete una serie di video e petizioni per combattere criminalità ed effetto serra, proteggere le specie animali in via di estinzione, abolire la pena di morte. Nel profilo e nell'album delle foto appare bruna, magra, un sorriso aperto ma velato da una profonda malinconia, a piedi nudi in un parco, a un concerto di Patti Smith, in costume su una spiaggia (più giovane), in barca su un lago. Ovvimente ha omesso nel profilo che in gioventù ha fatto attività politica in un gruppo eversivo, è stata arrestata per rapina a mano armata, pentita e dissociata si è fatta otto anni a Rebibbia, come Cima scopre subito nell'archivio di polizia. Non ha figli e vive in città in un appartamento di proprietà, in via di Monteverde.

È l'imbrunire quando Sinni e Cima, cui si è aggiunto Paolo Rosato, suonano alla sua porta.

Anche se i tempi del sospetto e della paura sono alle spalle, nel passato remoto, Giannina Locri ha mantenuto le vecchie abitudini. Non l'hanno sentita arrivare dietro la porta e ora li sta osservando dallo spioncino.

Sinni vi appoggia il tesserino, in modo che sia ben visibile.

«Polizia, apra.»

La catenella di sicurezza salta. La porta si apre.

Giannina Locri non sembra spaventata ma stupita, come se aspettasse qualcun altro, non la polizia.

«Sì?»

«Agenti Sinni, Cima e commissario Rosato. Ci fa entrare?»

La porta non si spalanca. Si apre quel tanto che basta per farli passare. Giannina Locri non ha simpatia per le divise.

Paolo non potrebbe parlare, ma è impaziente. Afferra il toro per le corna.

«Lei ha chiesto l'amicizia a Adele Foglia in rete?» domanda.

«Sì.»

«Sa che è morta?»

«Sì.»

«Perché l'ha chiesta?»

«Volevo capire a quale scopo qualcuno ha creato un profilo di una persona morta ventisette anni fa che era anche una cara amica. Certo non immaginavo fosse la polizia.»

«Lei avrà ovviamente seguito la vicenda dei ritrovamenti dei reperti,» interviene Cima «saprà che il figlio di Adele Foglia, Ernesto Lenna, è stato arrestato.»

«Sì, certo.»

«Lo conosce personalmente?»

«L'ho visto finché ha avuto tre anni. Dopo non più.»

«E il professor Lenna lo conosceva?»

«No, ma sapevo che prima o poi avrebbe passato un guaio, certo non fino al punto di essere ammazzato.»

«Ci dica quello che sa della Foglia.»

Giannina Locri esita. È evidente che non si fida.

«Può parlare,» fa Rosato «quello che ci dice resta tra noi. Non abbia paura.»

«Non ho paura. All'epoca pensavamo alla politica, non a farci confidenze intime e personali. Adele era una ragazza riservata ma questo non c'impedì di diventare amiche. Lei morì nell'inverno dell'85. Durante le feste di Natale, di preciso il giorno della Befana, lo ricordo benissimo perché nevicava. Una nevicata eccezionale. Fatto rarissimo, a Roma.»

«Lo sappiamo, vada avanti.»

«Era arrivata una sua lettera qui a casa, l'aveva presa mia madre, che ora non c'è più.»

«Cosa le diceva nella lettera?»

«La busta ne conteneva un'altra, chiusa, e un foglio di due righe per me. M'informava che nella busta chiusa c'era una lettera dove aveva scritto tutta la verità sui Lenna. Dovevo consegnarla a suo figlio quando sarebbe diventato maggiorenne.»

«A Ernesto?»

«No. Non a Ernesto. Al figlio più grande.»

Giannina Locri lo dice in modo naturale, come fosse scontato.

I poliziotti scambiano un'occhiata soddisfatta che significa: ci siamo!

«E qual era questa verità?»

«Credo riguardasse le sue disavventure. Al contrario di lei, Michele, il suo nuovo compagno, non era coinvolto più di tanto nella politica attiva. Si era innamorato, era andato a vivere con lei e col bambino che Adele aveva avuto tre anni prima da un compagno che poi era sparito al quartiere San Lorenzo, nello stabile dove aveva sede Autonomia Operaia. Ci gravitava una marea di gruppi e collettivi politici. Quel giorno loro due stavano sostituendo un compagno per l'attacchinaggio a Trastevere ma questo lo saprete già.»

«Non importa. Vada avanti, ci interessa la sua versione» la sprona Sinni.

«Una volante ha tentato di fermare l'auto di Michele, lui si è spaventato, è scappato sul lungotevere, ha capottato e c'è rimasto secco. Adele invece ne è uscita illesa. Avevano appena avuto un bambino, Ernesto. Chiamato così in onore di Che Guevara. Lei lo stava ancora allattando.

Agli inizi degli Ottanta stava già cambiando tutto. Lo sapete meglio di me. Il movimento si stava disgregando, molti di noi erano finiti in carcere, altri scappati all'estero e l'eroina girava a fiumi. Adele c'è caduta dentro con tutte le scarpe. Sola, senza mezzi, con due bambini piccoli, è andata a bussare alla porta dei genitori di Michele, si sentiva autorizzata per via di Ernesto. L'incontro fu sconvolgente. Il professore le disse in faccia che era stato lui a denunciarli al suo amico poliziotto, un vero bastardo, i suoi interrogatori erano il terrore dei compagni fermati ma credo che lo conosciate visto che dirige la questura, del resto perché meravigliarsi, tipico del sistema premiare i bastardi.»

Giannina Locri fa una pausa e ondeggia come soffocata dal peso di ricordi ancora vivi che continuano a farle male.

Paolo e Cima sono visibilmente imbarazzati. Nonostante l'analisi politica che non condividono, non possono certo negare che Giannina Locri abbia ragione su Balleri.

«Continui.»

La donna ritrova subito il sangue freddo.

«Il professore la insultò, si disse molto dispiaciuto che non fosse rimasta secca lei nell'incidente al posto del figlio, e siccome Adele gli aveva buttato in faccia tutta la sua disperazione per non sapere come andare avanti con i due piccoli, le fece capire che un mezzo c'era, antico come il mondo. Lei lo rifiutò e lui la violentò. Adele mi disse che la moglie di Lenna era in casa e che per forza di cose doveva aver sentito le sue urla e le sue invocazioni d'aiuto ma non aveva mosso un dito.»

Giannina Locri stringe i pugni.

«Dopo aver abusato di lei, il professore la mise alla porta. Adele voleva denunciarlo ma a quel punto intervenne la moglie, l'algida Nadine, la convinse che lo scandalo avrebbe distrutto lui ma anche la famiglia, e soprattutto Ernesto. Ci avrebbe pensato lei al bambino e le promise che avrebbe potuto vederlo ogni volta che avesse voluto. Ma non andò così. Nadine si tenne Ernesto e le chiuse la porta in faccia. Non glielo fece vedere più.»

«Perché Adele non si rivolse all'autorità competente per riavere il figlio?» chiede Sinni.

«Ci provò, ma la tossicodipendenza le aveva tolto credibilità e forza di lottare. Ero la sua unica amica ma – lo saprete, vi sarete documentati su di me – mi feci parecchi mesi d'isolamento in carcere, scontavo una condanna per rapina e ci perdemmo. Seppi dai giornali che era morta. Adele non aveva nessuno e finì nella fossa comune di Prima Porta. Ernesto fu adottato dai nonni e il più grandicello andò all'orfanotrofio, poi per lui cominciò il valzer delle case famiglia. Non riusciva ad adattarsi, era un bambino problematico, violento. Dopo brevissimi periodi lo rimandavano all'istituto. Un paio di volte finì nel carcere minorile.

Adele si disperava per la separazione da Ernesto, era diventata una sopravvissuta. Quel 6 gennaio dell'85, giorno della Befana, si era messa in testa che se fosse andata a bussare dai Lenna con l'altro figlio per mano, Nadine si sarebbe impietosita e le avrebbe fatto salutare Ernesto, almeno un ciao da dietro le finestre. Probabilmente la dose che si era iniettata era tagliata male. Alla rupe Tarpea, in vico Jugario, è crollata in terra. È morta così, sotto la neve che cadeva, con quel gran freddo, con il suo ragazzino accanto.»

Giannina Locri interrompe il racconto. Per qualche istante nessuno parla. Poi una luce si accende dietro le finestre dell'appartamento di fronte e la donna si scuote.

«Se non sbaglio era marzo del '95 e il ragazzo, adesso sarà un uomo, ha suonato alla mia porta,» riprende «ho sempre abitato qui, non so come se l'è ricordato, c'era venuto solo qualche volta con sua madre. L'ho riconosciuto subito. Alto, bello, con la bocca e l'ovale di Adele. Ma aveva gli occhi di un cane perduto senza collare che all'improvviso può diventare rabbioso e mordere. Mi ha spaventato. Feci quello che la mia amica mi aveva chiesto. Gli consegnai la busta. Sedette lì, sul divano, l'aprì e lesse. Non disse una parola. Lo rivedo come fosse ora con il ghigno di un demonio scacciato dall'inferno perché anche gli altri demoni lo temono. Mi ha chiesto se avevo qualche foto di sua madre. Ne avevo un paio scattate durante una manifestazione e gliel'ho date.»

«Ernesto e il fratellastro si conoscono?»

«Non lo so. Ho perso di vista entrambi che erano molto piccoli e ho perso i contatti con le persone di quel periodo. Fu esaltante credere di poter cambiare il mondo. Che era un sogno impossibile e che usavamo mezzi sbagliati per cercare di attuarlo l'abbiamo capito dopo, quando era tardi e ormai la nostra meglio gioventù si era perduta.»

«L'ha più rivisto da allora?»

«No.»

«Quindi non sa se vive in città e dove?»

«No.»

«Lei sa chi è il padre del ragazzo?» Rosato torna a farsi incalzante.

«No. Non lo so. Non lo sapeva neppure Adele. All'epoca praticavamo il sesso libero.»

«Quindi porta il cognome della madre.»

«No. Prima di mettersi con Michele, Adele ha avuto una breve storia con un altro compagno che faceva Riccio di cognome, che poi è morto. Lui ha riconosciuto il bambino, anche se non era suo. Riccio, è questo il cognome sui documenti. E di nome fa Valeriano.»

Un'onda adrenalinica corre nell'aria e investe i poliziotti. Quel nome non è nuovo. Scambiano occhiate tra loro come cercando la conferma di un ricordo o di un'intuizione.

Giannina Locri non lo nota assorta com'è a rovistare nel cestino della memoria.

«Lui è il ritratto di sua madre. Ha perfino la stessa voglia a forma di fragola all'attaccatura dei capelli, dietro l'orecchio destro. Lei se ne vergognava e portava i capelli lunghi, non li legava mai. Li faceva portare lunghi anche a Leri. Glieli tagliava lei, pari sulla nuca. Il mio paggetto lo chiamava.»

«*Come l'ha chiamato*?»

A Rosato si è spezzata la voce. Sinni e Cima sono saltati in piedi.

«Paggetto.»

«No. Leri!»

«Leri, sì. È così che lo chiamava Adele. Era il diminutivo di Valeriano.»

I tre poliziotti sono già alla porta che si chiude con un tonfo alle loro spalle.

«Chi aveva preso le generalità?»

«Pizzuto.»

Sinni chiama in centrale. Pizzuto conferma. L'allenatore si chiama Valeriano Riccio.

«Voglio due volanti pronte. Quattro uomini ciascuna.»

Il led lampeggia, la sirena soffoca le voci.

Valeriano Riccio, Leri, il consolatore di Rodia Tugucenau, l'istruttore di calcio di Mirko Roibu e di altri cento, mille bambini! Quell'uomo che veniva a chiedere notizie sull'indagine, invocava giustizia per la madre e si complimentava per lo scampato pericolo di Bibo!

«Cazzo, cazzo, ce l'avevamo sotto il naso e non l'abbiamo capito!»

«Puntavamo su Ernesto e abbiamo dimenticato la regola che i cattivi non hanno le corna e non puzzano di zolfo.»

«Chiudete subito il profilo di Adele Foglia, non serve più, c'è da sperare che Riccio non ci sia inciampato. Non può sapere che abbiamo parlato con Giannina Locri, abbiamo collegato la sua identità e siamo sulle sue tracce. Se non sente il fiato sul collo e non si crede in pericolo è possibile che rimanga dov'è e continui la vita di sempre.»

«Per inchiodarlo bisogna trovare il corpo di Mirko. Serve il mandato del Gip per perquisire casa sua e il campo.»

Sinni guarda l'orologio da polso.

«Dobbiamo fare irruzione in sincrono. Casa e campo.

Oggi è martedì. Dobbiamo aspettare la fine degli allenamenti per non scatenare il panico.»

La volante inchioda davanti a un parcheggio taxi. Paolo scende al volo. Non potrebbe partecipare all'azione. Ha un'incriminazione sulle spalle. Ma non ha bisogno di dire che lo farà.

È l'imbrunire quando comincia la battuta di caccia all'uomo.

Cima e Sinni capeggiano la squadra composta da altri tre poliziotti. Prima irruzione al campo sportivo. Poi toccherà alla casa. Rosato è l'unico a non essere armato.

Il cancello di recinzione è chiuso. Un colpo con il silenziatore e la serratura si apre.

Il campo è deserto. La porta e le finestre del fabbricato sono serrate.

La porta d'ingresso si spalanca con un paio di spallate e un calcio. Sono dentro. Inutile attivare l'interruttore, la luce dev'essere staccata. Usano le torce. Procedono a scatti, strisciando lungo le pareti fino ai servizi. Ai ganci ci sono un paio di zaini evidentemente dimenticati. Sono davanti al ripostiglio. Provano con calci e spallate. La porta è solida. Un colpo silenziato fa esplodere il lucchetto. Sono dentro. C'è una scala che scende nel buio. Rosato e Cima ci s'infilano. È un pozzo o un budello nel cemento che s'insinua nelle viscere del terreno. Sbuca in un ambiente senza aperture. Il vano è largo quel tanto che permette di muoversi. Si respira male, l'aria scarseggia. La luce delle torce fende il buio. Quella di Cima lo inquadra. È un grosso freezer. Rosato e Cima scambiano una rapida occhiata come per incoraggiarsi l'uno con il respiro sempre più affannoso dell'altro.

Uno dei due deve farlo. Rosato. Cerca di sollevare il

coperchio. È troppo pesante. Cima deve aiutarlo. La zaffata fumante di freddo inumidisce le loro guance. L'interno è stipato di sacchi. Plastica trasparente. Bisogna metterci le mani. Scansarli. Cercare. Capiscono cos'è prima di distinguerla bene. Una testa. Di ragazzino. A faccia in giù. Cazzo, cazzo! È lui? Nessuno lo chiede. Nessuno parla. Mirko! Sì, Mirko. Il suo piccolo corpo, smembrato, congelato, fatto a pezzi, e carne. Tanta carne. Altra carne. Congelata, non umana, no, di animali. Polli, abbacchi.

Paolo si volta verso Cima ma Cima è girato di spalle. Sta dando di stomaco.

L'operazione di polizia è la notizia d'apertura di tutti i Tg. Dario Balleri tiene una conferenza stampa in questura, presenti gli agenti Carlo Cima e Marco Sinni, tutti gli uomini della squadra e il medico legale Carmen Belfiore. Solo il commissario Paolo Rosato non è presente in quanto in attesa della sentenza disciplinare. Manca la cattura del responsabile, l'irruzione a casa di Valeriano Riccio non ha avuto esiti positivi, ma è questione di tempo, assicura. Non posso scendere nei particolari, si difende Balleri quando i cronisti lo incalzano, il killer è latitante ma è segnalato anche all'estero, non andrà lontano. L'allerta è altissima, lo spiegamento di forze pure. Gli uomini impegnati sono professionisti eccellenti.

Paolo è accanto a me, so che desidererebbe lasciarsi alle spalle la sofferenza delle ultime settimane, ma so anche che non gli sarà possibile finché il responsabile non sarà al sicuro dietro le sbarre di una cella e il caso aggiunto alla casistica delle indagini condotte a buon fine.

Quando ho visto la foto del colpevole mi ha preso un colpo. L'ho riconosciuto subito. È lui, Valeriano Riccio, l'allenatore affabile e gentile che si era presentato come

Antonio al negozio di articoli sportivi e aveva regalato il pallone da calcio a Bibo. Ci seguiva, ci controllava, anche noi pedine del suo scacchiere. Sapeva benissimo chi era Bibo e che non è mio figlio.

Mi chiedo con un brivido se Valeriano Riccio abbia letto nel mio inconscio anche il dilemma per il mio frustrato desiderio di maternità.

Paolo ha deciso che Bibo non può tenere quel pallone anche se gli piace da pazzi. «Troverò le parole per spiegargli perché andremo in un prato lontano da casa, lo faremo scoppiare e gli daremo fuoco,» mi ha detto «sono sicuro che Bibo capirà.»

Sono sicura anch'io.

Paolo mi ha ringraziato mille volte per l'idea vincente del profilo su Facebook che ha permesso l'incontro risolutivo con Giannina Locri. A dire la verità anche Carmen Belfiore, Sinni e Cima mi hanno telefonato per ringraziarmi e complimentarsi.

«La fortuna esiste, la mia fortuna è Sandra» ha detto Paolo e Carmen ha giustamente rilevato che la dea bendata ha avuto un occhio di riguardo anche per lui, facendogli incontrare il ragazzo sbandato con il ciondolo di Senzatetto sull'argine del fiume.

Spenta la tv, vado a preparare un caffè. Paolo mi raggiunge. Si accende una sigaretta. Toglie le tazzine dall'armadietto, le dispone sul tavolo. Gesti semplici con i quali cerchiamo di ritrovare una normalità nel quotidiano.

«Il giudice chiederà la perizia psichiatrica per Riccio. È la prassi. Ma vorrei sapere cosa pensi tu della sua psiche, perché secondo te ha fatto quello che ha fatto» mi chiede.

«Dovrei esaminarlo più volte direttamente per una diagnosi seria. D'impatto ti direi che quell'uomo è la somma e lo sdoppiamento di due personalità. Come se vivesse due vite parallele. Da una parte Leri, l'allenatore disponibile che comprende i problemi di Rodia Tugucenau e del suo bambino, organizza tornei di calcio e simpatizza con gli scolari. Dall'altra Valeriano Riccio, che rapisce Mirko, un bambino, lo fa a pezzi, si inventa una strategia per far cadere la colpa su Ernesto, mettendo in scena i reperti in quella modalità, cioè sfruttando la passione del fratellastro per Caravaggio, si accanisce contro Senzatetto e Leo e tenta di uccidere Bibo. Mentre Leri si costruisce un'esistenza normale, si assume le sue responsabilità e si circonda di un tessuto di relazioni, Valeriano Riccio resta cristallizzato nel bambino che non ha potuto e saputo salvare sua madre a vico Jugario.»

«Credi che il suo male sia cominciato lì?»

«Pare assodato che i primi sette anni di vita siano decisivi per la formazione della personalità. Quello che Valeriano Riccio ha vissuto da piccolo l'ha spaventato a morte e ha imprigionato la sua psiche in un'angoscia da cui ha cercato di liberarsi con ogni mezzo. La parrucca era una maschera perfetta per la regressione, riproduceva il taglio di capelli che gli faceva sua madre. Gli nascondeva la voglia di fragola sulla nuca ma soprattutto, indossandola, ritrovava il gesto d'amore di sua madre che lo pettinava e tornava il bambino di quando tutto era ancora possibile, tutto era immacolato, nessuno aveva commesso peccati.»

Paolo mi ascolta attentamente.

«Valeriano Riccio è prigioniero di un passato che lo tormenta. La vita lo terrorizza da sempre. Annientarla è la miglior difesa. Non lo sappiamo ma non si può escludere che abbia vissuto altre esperienze traumatiche nel suo girovagare tra l'orfanotrofio e le case famiglia. Odia se stesso, ma soprattutto odia Ernesto, lo ritiene responsabile della sofferenza di Adele e vuole punirlo. Ma non sa come fare. Deve aspettare e così addormenta la sua furia, veste i panni di Leri. E tale sarebbe rimasto se, all'improvviso non fosse accaduto un evento epocale: nevica. A ventisette anni di distanza, a Roma nevica. L'animale assopito che vive dentro di lui, si risveglia.»

«Secondo te può succedere a distanza di tanto tempo?»

«Sì, Paolo. Cosa sappiamo in fondo del tempo? Cos'è? Einstein diceva che è un'illusione. Ernesto ad esempio gira per le strade di Roma e indica i luoghi dove sorgevano i patiboli. Forse anche Riccio ha questo tipo di sensibilità. È un uomo molto solo. Avete controllato se ha degli amici? Amici cari, non conoscenti, genitori degli scolari, voglio dire.»

«No, non mi pare. Rodia Tugucenau non può essere considerata un'amica, era la mamma di Mirko.»

«Appunto. Credo che il suo mondo relazionale fosse circoscritto ai ragazzini.»

«Però non è un pedofilo, non ha abusato di Mirko, su questo Belfiore è stata categorica.»

«I bambini non sono oggetti sessuali per lui. Ci si identifica, direi che il suo è un narcisismo affettivo, non erotico. Valeriano è un erotomane.»

«Ma avrà goduto nel fare a pezzi il corpo di Mirko!»

«Sì, ma senza arrivare all'atto fisico. L'erotomania è una patologia degli impulsi sessuali a carico dell'aspetto affettivo e di solito non è accompagnata da una corrispondente attività.»

Il liquido è salito. Verso il caffè nelle tazzine. Paolo aggiunge lo zucchero.

«Perché proprio Mirko.»

«Intanto perché era facile, ce l'aveva sottomano, poi

perché, esattamente come lui, Mirko viveva con la madre, sola e in difficoltà che si faceva il mazzo per tirarlo su, immagine specchiata e intollerabile di se stesso. Lo narcotizza, il bambino muore. La cosa lo fa sentire potente. Ha fatto giustizia. Ma c'è un altro bambino colpevole quanto e più di lui: suo fratellastro Ernesto. Sa tutto del fratellastro, dove vive, che dipinge, conosce la sua passione per Caravaggio. Ma è troppo poco togliergli la vita. Ernesto deve pagare soffrendo anni, come ha sofferto lui. Quindi dissemina i reperti ispirandosi alle tele del Merisi. Scusa Paolo ma ammetterai che in questo Riccio ha dato prova di un certo talento.»

«Già. È partito da vico Jugario perché quello è il nodo centrale della sua storia personale, lì è morta sua madre e lì abitavano i Lenna.»

«Ricordi quando abbiamo letto le informazioni sulla rupe Tarpea? Quanto eravamo lontani dalla verità! L'arce, i Sabini, le armille, Tarpea e il suo tradimento non c'entravano niente. Non erano la fonte d'ispirazione primaria di Riccio. Lì era morta sua madre Adele. Ai piedi della rupe Tarpea si era consumata la sua tragedia personale. Non te ne ho parlato – non ci vedevamo in quei giorni – ma ho scoperto che il complesso di Santa Maria della Consolazione anticamente era un ospedale. Caravaggio fu ricoverato lì per il calcio di un cavallo. Avrebbe perso una gamba e forse la vita se un appassionato della sua pittura non fosse passato per caso davanti al suo letto, riconoscendolo. Lo fece curare, lo presentò al cardinale Del Monte e da lì cominciò la sua fortuna. Riccio non si sarebbe fermato in ogni caso con la neve che è tornata a sorpresa una settimana dopo.»

«A risvegliare il suo animale non è stata solo la neve. L'altro motivo scatenante sei stata tu, Sandra. Probabile che Riccio odiasse anche te perché somigli come una goccia d'acqua a Nadine Puyol, co-responsabile della sua tragedia. Nella lettera che ha lasciato in eredità al figlio da Giannina Locri e che non leggeremo mai, Adele avrà menzionato la violenza di Leo e il silenzio complice di sua moglie. Anche tu dovevi pagare perché Ernesto si è innamorato di te.»

«Innamorato? Non credo che Ernesto sia in grado di amare. È troppo sofferente. La sofferenza è preziosa, aiuta a crescere, a maturare, ma quando non viene elaborata e si cristallizza come nel suo caso può diventare una gabbia. Te l'ho detto che ha sviluppato una fissazione per i patiboli e una concezione del tempo tutta sua. Per lui esiste solo un presente infinito, i morti vivono accanto a noi vivi anche se sono passati secoli, quando passa per Campo Marzio, in piazza Firenze, immagina di vedere Caravaggio che sta giocando alla pallacorda.»

«Questa di Caravaggio era la fissazione di sua nonna. Quando l'abbiamo interrogato, Dominic Puyol, il fratello di Nadine, ci ha detto che lei passava la vita tra Campo Marzio e piazza Navona dove viveva il Caravaggio, trascinandosi dietro il nipote piccolissimo.»

«Di quanto era attaccato alla nonna Ernesto ne ha parlato anche con me. Invece non mi ha mai nominato sua madre. Non credo l'abbia mai cercata. È come se non fosse mai esistita. Mi chiedo se sappia della fossa comune. Una cosa tristissima.»

«Adesso bisognerà dirglielo.»

«Perché non lo fai tu? Sarebbe un bel gesto da parte tua.»

«Sì, forse. Mi spiace avergli sparato. Anche se non gli devo niente. Era un'operazione di polizia. Il mio debito lo pagherò con la giustizia.»

«Dicevo sul piano umano. È così solo!»

«Non è solo. Ha un prozio. Dominic Puyol. Era ben disposto verso di lui. Forse stavolta ricuciranno lo strappo. Dimmi: perché sei andata al casale sapendo quello che sapevi?»

«Non sapevo un bel niente. Ultimamente non leggevo i giornali e non guardavo la tv. Ernesto insisteva, ero curiosa ma a essere sincera ci sono andata perché non sopportavo l'idea di un altro fine settimana senza di te.»

«Hai corso un bel rischio.»

«Sì, se penso che Riccio era lì, all'opera.»

«Deve aver narcotizzato e imprigionato Bibo nel sotterraneo del fabbricato al campo sportivo. Poi quella notte l'ha infilato nel bagagliaio della macchina ed è venuto al casale. Durante il temporale l'ha trasbordato nella Panda di Ernesto. Può aver agito solo in quel momento, i vestiti di Bibo erano bagnati e i Ris hanno trovato il dna del mio bambino nella sua auto, sequestrata. Il piano era semplice.»

«Cioè? Avrebbe fatto una telefonata anonima ai carabinieri appena Ernesto fosse uscito con la Panda per denunciarlo?»

«No. Una telefonata anonima sarebbe stata sospetta. Avrebbe introdotto un elemento di disturbo sul quale indagare. Alla mobile ci saremmo chiesti chi telefonava e perché. Molto meglio aspettare nelle vicinanze che Ernesto uscisse in macchina, magari con te, e provocare un incidente. Non avrebbe rischiato niente. Tutto era contro Ernesto.»

«Un incidente l'ho fatto io comunque.»

«Sì, ma prodigioso! Portando via la Panda prima che Riccio tornasse a finire il lavoro hai salvato la vita a mio figlio.»

«Io mi sentivo solo in colpa verso di te, non sarei rimasta un altro minuto con Ernesto. Avevo un bisogno quasi fisico di vederti, di parlarti. Se la mia macchina fosse partita non avrei preso la Panda.»

«Pensi che sia stato un caso? Nel mio lavoro troppe volte ho visto che il caso non esiste.»

«In effetti... qualcuno dice che il caso è Dio.»

La frase resta sospesa tra noi e facciamo silenzio.

«Stanca?» mi chiede Paolo.

«No. Sto pensando a Mirko, chiuso nel freezer del campo sportivo. E alla disperazione di sua madre, di Rodia, povera donna. È possibile che Riccio avesse sviluppato un attaccamento al corpo del piccolo, come fosse un'appendice del suo stesso corpo. E penso anche alla ferocia con cui ha massacrato il professore, sempre che sia stato lui.»

«È probabile. Ci sono solo prove indiziarie a suo carico, per il momento.»

«Lui e Leonardo Lenna si conoscevano?»

«Non lo sappiamo. Ernesto è andato dal nonno all'ora di cena. Almeno questo è quello che ha dichiarato e adesso non abbiamo più ragione di non credergli. Riccio probabilmente lo seguiva, è entrato subito dopo di lui, prima che il portone si richiudesse. Si è fermato al piano inferiore o superiore e ha aspettato. Quando Ernesto è uscito e ha preso l'ascensore, deve aver suonato il campanello. Leo Lenna avrà pensato che il nipote avesse dimenticato qualcosa, ha aperto e si è trovato di fronte Riccio. Il cameriere indiano era in permesso. Riccio deve averlo incalzato e sono finiti vicino ai quadri. Forse l'avrebbe fatto secco in un altro modo ma davanti ai quadri di Ernesto deve essere diventato una furia. Ricordo l'espressione di assoluto stupore sulla faccia del professore morto. Mentre lo colpiva Riccio gli avrà vomitato addosso chi era e perché doveva accopparlo. La sorpresa deve aver sconvolto Lenna. Malgrado l'età era uno sportivo, avrebbe reagito davanti a un'aggressione, ma lo choc deve averlo paralizzato.»

«E la parrucca?»

«Un affronto. Una punizione. Uno sberleffo. La sua firma.»

«Sarebbe interessante sapere quando Valeriano Riccio ha preso il sopravvento su Leri.»

«Eh, quello che possiamo supporre seguendo la tua analisi è che finché Leri ha potuto agire senza essere schiacciato da Valeriano ha accompagnato Rodia in questura, è tornato con lei quando la poveretta ha dovuto fare il tampone per il dna e ancora per avere notizie sull'indagine. Mi ha persino mandato gli auguri per Bibo.»

«Un campetto di calcio è il posto ideale per tenere prigioniero un bambino.»

«E farlo a pezzi.»

Paolo si alza e fa due passi nella stanza.

«Un pensiero mi tormenta. Abbiamo messo a fuoco il probabile nesso tra la rappresentazione delle mani amputate a Mirko con i dipinti di Caravaggio. Evidente che il bersaglio era Ernesto. Ancora mi sfugge il significato dell'ultimo reperto, l'addome con l'ombelico e il luogo, piazza delle Cinque Lune.»

«Secondo me il posto non doveva essere quello ma la chiesa vicina, Sant'Agostino, dove c'è una pala del Caravaggio, la *Madonna dei pellegrini.* Forse un contrattempo gli ha fatto cambiare idea all'ultimo minuto, di giorno ci sono molti turisti.»

«Sì, ma perché l'addome? Capisco che aveva finito le mani, scusa Sandra forse sono troppo crudo, ma perché proprio l'addome? Solo perché l'ultima crosta di Ernesto è l'*Amorino*?»

«Sì, ma non solo. Per Riccio la scelta di Caravaggio era obbligata. Da una parte era perfetta per incolpare Ernesto, dall'altra proprio Ernesto mi ha fatto notare che le mani nei lavori di Caravaggio sono importantissime: sono aperte e tese, i palmi rivolti verso l'alto, chiedono pietà, soprattutto ascolto. È l'immagine della madre interiorizzata da Valeriano bambino: una donna bisognosa, richiedente e inascoltata. Perché l'addome, mi chiedi. Il modello dell'*Amorino* usato da Caravaggio era un bambino malato, se non addirittura cadavere. Anche Leri morì dentro quando sua madre Adele cadde sotto la neve a vico Jugario. La sua anima bambina si ammalò irrimediabilmente perché lui si sentì in colpa per non averla potuta salvare. Probabile che lui si identificasse con quel bambino.»

Prendo una mano di Paolo, la stringo tra le mie.

«Che succederà ora?»

«Cercheranno Riccio dovunque. Lui è furbo, deve aver organizzato la fuga da tempo, si sarà procurato documenti falsi, a quest'ora avrà già raggiunto un posto dove si sente al sicuro. Ma prima o poi commetterà un errore e si farà prendere. Ernesto non è stato annientato, le accuse contro di lui sono cadute. Quindi Riccio ha fallito. E non lo sopporterà.»

«Se succederà non sarà solo per questo. Ti ho detto una volta che lui stava riannodando un filo per prenderti al laccio perché voleva qualcosa da te. Ora credo di saperlo: voleva che tu lo catturassi per mettere fine alla sua delirante sofferenza, per trovare finalmente la pace.»

«E io sarò qui ad aspettarlo. Per ora ho la sospensione della disciplinare. Ma possono ridurmela se Ernesto ritira la denuncia. L'unico vantaggio del mio riposo forzato è che non dovrò vedere tutti i giorni la faccia di Balleri. Poliziotti puliti esistono. Sono la maggioranza. Appena mi reintegrano, chiederò di essere trasferito.»

«Dove?»

«Dove serve. Non all'altro capo di Roma, spero. Non troppo lontano da Bibo, da casa. Da te.»

«Sai Paolo, qualcuno ha detto che se vuoi che uno ti si affezioni fortemente devi imporgli gravi sacrifici e che bisogna avere la fame di chi non ha avuto amore per godere fino in fondo la ricchezza di questo sentimento.»

«Insomma, devi essere iellato.»

«Fa' poco lo spiritoso. Guarda me. Non sono iellata eppure puoi chiedermi tutto. Non c'è niente che non farei per te.»

SESTO MOVIMENTO

24

Sul mare luccica

La vecchia barca con la vernice scrostata dal sole e dalla salsedine avanza sotto costa. Il sole sta calando ma il vecchio al timone non forza l'andatura. Nelle isole la vita scorre lenta di giorno ma la notte si anima per via della pesca di frodo e la sosta alla fonda di piccoli mercantili che contrabbandano generi di prima necessità col loro seguito di prostitute locali. La morfologia, le coste frastagliate, la difficoltà degli approdi per la penuria di porticcioli, l'oceano infestato di squali, le mette al riparo dai controlli della polizia. E anche se il mare è stupendo con spiagge di sabbia finissima, sono troppo selvagge e lontane dalle rotte convenzionali per entrare nei circuiti turistici di massa.

Sciami di moscerini danzano intorno alla fronte sudata del vecchio che si limita a scacciarli colpendo l'aria con la mano, con la rassegnata pazienza di un bovino. Non sembra preoccuparsi per le violente vibrazioni del timone che tiene con una sola mano e fissa l'orizzonte, voltandosi di tanto in tanto verso l'uomo seduto a poppa.

L'uomo si è presentato al molo dove il vecchio ormeggia di solito la sua barca accanto a poche altre con in mano un foglietto con su scritto il nome dell'isola che vuole raggiungere, la più lontana, e un fascio di banconote. Evidentemente straniero, venuto da chissà dove. Non parla la lingua del posto e il vecchio non ne parla un'altra, ma nessuno dei due ha sentito il bisogno di dire qualcosa. Neppure il nome. Del resto in questo posto i nomi non interessano a nessuno. Il battelliere gli ha fatto cenno di salire a bordo.

Mentre il vecchio scioglie il nodo di attracco, lo straniero controlla la banchina e la fila di palme sulla spiaggia. Non si vede nessuno in giro. Sistema la sacca sotto il sedile di legno e prende posto.

Il mare è grosso, oltre la barriera corallina, ma nessuno dei due sembra preoccuparsene.

Il vecchio da di mano al remo, appena al largo gira la chiave nello starter, il motore scoppietta, la navigazione ha inizio.

Non è stato facile raggiungere l'arcipelago per il fuggiasco, ma il posto è ideale: mangrovie, palme, cormorani, ratti, famiglie di pescatori e locande. Ha scelto l'ultima isola dell'arcipelago, poco abitata, che guarda verso l'oceano aperto. Con il tempo troverà quella più adatta alla vita tranquilla e in incognito che intende fare.

In questo senso il futuro è pieno di promesse.

Adesso che l'opera è compiuta, ha tutto il tempo che vuole, almeno così crede.

Il tempo, unica vera ricchezza del genere umano, un bene a scadenza non rinnovabile, cui non si da l'importanza che merita, pensa. Fin da piccolo ha capito che si è soli e non si può essere diversi da quello che si è. Non ha mai vissuto in intima relazione con il mondo e per questo ha avuto agio di osservarlo.

Quello che ha visto non gli piace.

È convinto che se l'essere umano avesse il coraggio di

essere sincero ammetterebbe che non ama ciò che dice di amare, desidera ciò che nega e anela a ciò che distrugge.

Per sua fortuna, rispetto alla vita, al mondo e ai suoi abitanti, lui si è sempre sentito osservatore, non partecipe. Grazie a questo è sopravvissuto.

Quando, dopo un'ora di agitata navigazione la banchina del piccolo porto si profila finalmente a poche centinaia di metri, il vecchio spegne il motore. Non ha bisogno di attraccare. Cala i remi in acqua per raggiungere quella bassa, lottando contro l'onda.

Solo allora l'uomo estrae dalla sacca una bottiglietta di whisky e la tende al vecchio facendogli segno che è per lui. Ne prende un'altra per sé dalla sacca e la alza al cielo in un brindisi che significa: grazie. Un lungo sorso, le gole tese verso l'alto. La voglia a forma di fragola dell'ospite si anima.

Il vecchio gliela indica con il collo della bottiglia e ride. Anche l'uomo ride, accarezzandosi. Allunga al vecchio il fascio di banconote pattuito e il marinaio conta i biglietti. Annuisce soddisfatto. Li arrotola e li infila nel sacchetto che porta appeso alla cintura sui fianchi. Allunga le braccia in avanti e all'indietro come nuotando nell'aria, sorride e scuote la testa indicando il mare aperto. Chiaro cosa intende: «Goditi il posto, amico, ma attento alle correnti, là fuori è pieno di squali».

L'uomo si curva a raccogliere la sacca.

Scende in acqua, cammina verso la battigia e raggiunge la spiaggia. Ha pensieri lieti. La nuova identità gli garantisce l'anonimato in un paese che non contempla l'estradizione.

Gli uccelli dormono tra le fronde, le lampade tremolano nel villaggio in fondo alla baia. Il buio cade presto e di colpo, come succede in quelle coordinate geografiche, ma dietro la corona di palme si sta alzando la luna piena e la sabbia brilla come illuminata da una luce che sembra provenire dalle profondità della terra, non da quelle del cielo.

A bordo si accende una lampada a olio. L'imbarcazione si allontana sul mare che luccica. Il *tataratatà* catarroso del motore si affievolisce più aumenta la distanza.

Sulla spiaggia l'uomo è fermo, la sacca a terra. Osserva la barca: stavolta è stato attento a non sbagliare il dosaggio. Funzionerà. Comincia a contare mentalmente.

Uno, due, tre, quattro...

Non è arrivato a cento che la figura del vecchio al timone si accartoccia, si affloscia e sparisce nella pancia della scialuppa. Non si rialza. Il narcotico ha fatto effetto. Non più governata, la barca ondeggia e punta decisa verso il largo. Un'onda più alta e imbarcherà acqua, pensa l'uomo sulla spiaggia. Infatti, in capo a pochi minuti la scialuppa rotea su se stessa, e si inclina su un fianco a pelo d'acqua.

Sulla superficie marina si scatena una cruenta guerra lampo.

Buon appetito, squali!

L'uomo s'incammina di buona lena verso le luci del villaggio.

Gli torna in mente la frase finale del romanzo di un famoso scrittore americano che piaceva molto a sua madre Adele.

«Così continuiamo a remare, barche contro corrente, risospinti senza posa nel passato.»*

No, lui non sarà risospinto nel passato.

Altrove la neve continuerà a cadere e i peccati non saranno rimessi, ma nel posto dove lui sta cominciando a vivere splenderà sempre il sole.

* Francis Scott Fitzgerald, *Il grande Gatsby*, traduzione di Fernanda Pivano, Arnoldo Mondadori Editore, Milano 1950.